AILES RUINÉES

FLAMMES BRISÉES
TOME UN

ANNIE ANDERSON

Aux copines qui ont été traumatisées par la multitude de triangles amoureux qui nous ont crevé le cœur dans le début des années 2000.
Cette histoire est pour nous.

CHAPITRE I
VALE

Cet escalier en pierre représentait le plus grand obstacle de ma journée.

La faim me tenaillait le ventre tandis que je montais péniblement sur la passerelle instable, derrière d'autres mineurs, pour rejoindre le contremaître. Mon paquetage pesait sur mes genoux flageolants alors que mes muscles menaçaient de me faire basculer sur le cul, ce qui me ferait dégringoler les marches et revenir au bout de la file.

Et encore, si je survivais à la chute. La nausée se mêla à la sensation de faim quand je relevai les yeux pour regarder la brèche béante dans la montagne, le crépuscule faisant plus office de dissuasion qu'autre chose. La nuit apportait des monstres, de grandes bêtes ailées qui risquaient de nous éliminer si nous nous approchions trop de la surface.

Des bêtes qui crachaient du feu et nous réduisaient en cendres sans une once de pitié.

Des bêtes qui nous empêchaient de quitter cet endroit.

Du moins, d'après le *Perder Lucem*. Je persistais à penser que la passerelle était plus dangereuse que n'importe quel monstre rôdant à l'extérieur de cette montagne.

Brutalement poussée vers l'avant, je mis un coup de pied dans un caillou qui tomba du bord de la marche dans le ravin en contrebas, ce qui suffit à me donner raison. Si je ne faisais pas attention, je glisserais de ces marches escarpées qui serpentaient jusqu'au pic de la montagne, et comme tant d'autres avant moi, je plongerais vers une mort certaine.

La semaine précédente, une jeune fille était tombée du sommet. La corde effilochée assurant une sécurité dérisoire sur la passerelle n'avait pu lui éviter de basculer dans le vide.

Certains disaient qu'elle avait été bousculée.

D'autres qu'elle avait sauté.

Mais je parierais qu'elle était simplement tombée comme tant d'autres avant elle, même si un tel événement importait peu. La vie sous la montagne continuait comme si nous n'avions pas perdu l'une des nôtres, comme si son existence n'avait eu aucune valeur.

Peut-être que nous étions tous insignifiants pour eux.

Les dents serrées, je gardai les yeux rivés devant moi, ignorant mes cuisses en feu alors que je faisais un pas de plus. Si j'atteignais le bout, j'obtiendrais, espérons-le, quelque chose à manger. Cependant, à en juger par l'expression du contremaître, je pensais pouvoir dire que la journée ne serait pas satisfaisante.

Elle ne l'était jamais.

Sale et aigri, Darren était aussi fatigué que nous autres, mais au moins, lorsqu'il distribuait les rations de nourriture que nous obtenions en échange du minerai inhibiteur de magie extrait de cette même montagne, *lui* avait le droit de s'asseoir. J'enviais la chaise fragile qu'il avait à sa disposition et songeais à tout ce que j'aurais été prête à donner pour avoir quelque chose de matelassé où reposer mes os exténués.

Mais surtout...

J'aurais été prête à commettre un meurtre pour manger un vrai repas. Je pouvais même me contenter de moins. Un bouillon et un morceau de pain suffiraient. N'importe quoi ferait l'affaire, comparé aux maigres rations dures comme de la brique avec lesquelles ils nous payaient pour extraire le *Lumentium*.

Ces roches irisées m'empoisonnaient à chaque

coup de marteau que je donnais, à chaque inspiration que je prenais, à chaque seconde que je passais sous cette montagne, mais elles représentaient aussi mon salut. Sans elles, je serais incapable de garder secrète la magie qui sommeillait en moi. Sans elles, je n'aurais aucun moyen d'échapper à l'attention de la guilde *Perder Lucem*, qui me condamnerait à mort.

Car c'était le sort qui était réservé aux êtres magiques en ce lieu.

La mort.

Toutefois, je n'étais pas la seule. La mort attendait aussi les bêtes ailées qui nous retenaient dans cet endroit. C'était notre seule arme contre le royaume qui nous coinçait dans le ventre de cette montagne. Un royaume que j'avais l'intention de rejoindre, même si je le détestais.

Chaque jour, je glissais un morceau de ce poison dans ma poche, espérant qu'il tempérerait le pouvoir maudit qui s'était réveillé le jour de mon vingtième anniversaire. Cela faisait maintenant cinq ans que je m'accrochais à l'un de ces cailloux, priant pour que personne n'aperçoive ceux que j'accumulais dans mes poches.

Priant pour que personne n'essaie de s'en emparer.

Priant pour avoir encore assez de force pour nous sortir de là, même si je m'intoxiquais.

Priant pour que cette guilde, qui détestait la magie, ne s'intéresse pas de trop près aux survivants de ma famille.

Parmi les trois personnes qui me précédaient, un homme que je ne connaissais pas glissa sur les marches, alourdi par son sac durant l'ascension mortelle que représentait la passerelle. Son cri résonna sur les parois rocheuses tandis que son paquetage heurtait les deux hommes qui nous précédaient, manquant de nous emporter tous. Je fus prise de vertige lorsque je baissai les yeux vers le fond du ravin. Des ossements jonchaient l'ardoise dentelée, le reste ayant été emporté par le flot du ruisseau. C'était tout ce qui restait des morts.

Cela faisait six ans que mes parents avaient péri en tentant d'échapper aux bêtes cracheuses de feu qui nous retenaient là. Les dragons les avaient emportés dans l'au-delà en un battement de cil. Chaque jour, je maudissais Orrus pour nous les avoir enlevés, mais une partie de moi craignait qu'en maudissant le dieu de la mort, je ne sois amenée à le rencontrer plus tôt que prévu.

Au moins, ils étaient morts avant de voir ce que j'étais devenue.

M'accroupissant pour ne pas tomber, j'attrapai la main de ma sœur pour l'attirer vers un endroit relativement sûr, tandis que je sentais mon estomac se retourner. Je n'arrivais pas à détacher mon regard du pauvre homme qui se cramponnait au rebord de toutes ses forces, sans son sac, qui avait disparu. Quelqu'un avait dû l'arracher de son dos, et à présent, l'homme était suspendu au-dessus de la crevasse béante, sa mort presque assurée.

Si j'avais été assez courageuse, je me serais précipitée pour l'aider. Mais au lieu de cela, je restai figée, serrant la main de Nyrah si fort qu'elle hoqueta de douleur. Je croisai les grands yeux verts de l'homme qui réalisa que personne ne viendrait à son secours, que personne ne l'aiderait, et j'assistai, impuissante, à la fin de son combat contre la gravité, lorsque son corps s'étala sur les rochers escarpés en contrebas.

Fermant les yeux, je maudis Orrus une fois de plus pour avoir pris si indûment une nouvelle vie, pour se rappeler à nous à chaque battement de cœur, à chaque pas, à chaque seconde.

Puis la file avança comme si nous ne venions pas de voir quelqu'un rendre son dernier souffle, comme si nous ne venions pas de faire un pas de plus vers notre propre fin.

Comme si le prochain à tomber ne serait pas l'un d'entre nous.

Ignorant la brûlure de mon chagrin dans ma gorge, je me forçai à me lever, à continuer, à faire un pas de plus. Nyrah retira sa main de la mienne, et à cause de mes oreilles qui bourdonnaient, j'entendis à peine les reproches qu'elle marmonnait.

Elle avait dix ans de moins que moi, et cela avait été un défi d'assurer sa sécurité et de lui éviter le même sort que celui de nos parents. Si les escaliers ne s'en chargeaient pas, le manque de nourriture ou les mineurs avides tentant de nous arracher notre butin y veilleraient. Et ce n'étaient là que les menaces existant sous la montagne.

L'extérieur apportait son lot de dangers.

Chaque jour, nous tutoyions la mort, plus encore depuis que ma sœur avait attiré l'attention du fils du dirigeant de la guilde.

Avec sa mâchoire carrée, ses yeux d'un bleu éclatant et ses cheveux aussi blonds que ceux de ma sœur, Thane Ashbourne était assez séduisant. Mais ses épaules musclées ne connaissaient pas les travaux miniers, et il était dépourvu de toute humanité et de toute empathie. Il considérait ma sœur comme un trophée, précisément parce qu'il ne pouvait pas l'avoir.

Et il ne l'aurait *pas*.

Le statut de son père m'importait peu.

Dans deux jours – peut-être une semaine –, nous aurions amassé suffisamment de provisions pour tenir jusqu'au Crédour. De là, j'ignorais comment je nous nourrirais, mais ça m'importait moins que de nous sortir de l'emprise de la guilde.

— Une demi-ration ! aboya Darren à l'homme qui nous précédait, dont le butin faisait deux fois la taille de celui de Nyrah.

Ma petite sœur grommela de rage tout en réajustant sa prise sur son sac. Ses genoux tremblaient probablement plus que les miens. Nous avions travaillé du lever du soleil jusqu'à son coucher, sans interruption, sans nourriture et sans eau, ce qui nous affaiblissait alors que nos quotas n'avaient fait qu'augmenter.

C'est comme ça qu'ils vous rendent dociles.

C'est comme ça qu'ils vous gardent sous leur emprise.

Vous ne pouvez pas regarder autour de vous et voir les failles du système si vous ne pouvez même pas respirer.

Les mots de maman résonnèrent dans ma tête, la vérité qu'ils recélaient était aussi amère que sa disparition.

Le *Perder Lucem* était en guerre contre le Crédour depuis bien avant ma naissance, les porteurs de magie nous emprisonnant sous cette montagne à cause d'un conflit qui semblait s'éterniser de manière absurde. Outre le fait que « notre » camp était opposé à la magie et que le Crédour en était le foyer, l'origine de la guerre restait en grande partie un mystère.

Enfin, à part le rôle qu'y avaient joué les Luxas, mais j'essayais de ne pas penser à elles.

Les redoutables sorcières de feu hantaient mes cauchemars depuis le jour où mon pouvoir s'était manifesté, les sinistres avertissements de ma mère ayant presque fait office de prémonitions concernant mon destin. Et le livre qu'elle possédait sur le sujet ne contribuait guère à apaiser mes craintes.

Une Luxa réveillera la Bête...

Une Luxa la libérera...

Une Luxa nous détruira tous...

Mais il m'était difficile de me soucier du type d'être magique que je pouvais bien être, surtout si j'essayais de le déterminer à l'aide d'un livre si vieux qu'il aurait tout aussi bien pu n'être qu'un conte de fées. Le Crédour était le seul endroit qui pourrait m'accepter, le seul endroit où je pourrais réussir à nous faire survivre.

Au diable les dragons !

Si nous restions là, deux choses pouvaient se produire. La première serait que je perde le peu d'emprise que j'avais sur ma magie et me retrouve devant la guilde, qui m'exécuterait sans attendre. La deuxième ? Que nous mourions de faim comme River et Jonas, dont les corps flétris les avaient abandonnés, malgré leur jeune âge.

Et pour quoi faire ?

Pour pouvoir extraire plus de roches toxiques ?

Pour produire plus d'armes destinées à la guerre que menait le *Perder Lucem* ?

Pour continuer à vivre et mourir selon des principes auxquels aucun d'entre nous ne croyait ?

Cela faisait deux ans qu'on n'avait pas entendu parler des Luxas. La tribu s'était probablement éteinte comme nous autres. Je ne devais pas non plus oublier que la magie qui résidait en moi pouvait être celle du feu, mais aussi celle de la lumière, de l'énergie, ou...

Mon ventre était envahi par l'acide, ma faim tenace se mêlant à ma colère fulminante tandis que je fixais le dos de l'homme qui se tenait devant moi. Je rêvais d'un jour où je n'aurais pas à me cacher, où le simple fait de respirer ne me ferait pas mal. Où je n'aurais pas à craindre d'inspirer éventuellement pour la dernière fois. Où je ne maudirais pas le dieu de la mort pour nous avoir ôté tant de gens.

Mais agir sous le coup de la colère ne me servirait à rien et ne me remplirait pas le ventre. Cela ne nous offrirait pas un vrai foyer.

Je réussirais uniquement à me faire tuer – à *nous* faire tuer.

Je glissai une main dans ma poche et serrai le

poison rocailleux suffisamment fort pour me couper la peau.

Encore deux jours. Peut-être une semaine. Arrête de faire le bébé et ressaisis-toi.

La température de mon sang réchauffa la pierre dans ma paume alors que des particules minérales crépitaient contre la plaie ouverte.

Ignorant les bougonnements de Nyrah et mes propres désirs, je gardai un visage prudemment impassible en feignant d'attendre mon tour. La semaine précédente, ce même butin nous aurait permis de recevoir cinq rations. Soit les réserves de nourriture diminuaient, soit quelqu'un avait trouvé la force de dépasser les quotas fixés.

Car quand ce n'étaient pas des quantités impossibles à atteindre, c'étaient des doses réduites de nourriture alors que nous étions tous pratiquement affamés. La guilde était prête à tout pour nous empêcher de poser des questions et nous empêcher de nous révolter, comme de nous arracher à notre lit douillet pour nous jeter ensuite dans le ravin avec les mineurs qu'ils laissaient mourir. Nous en arrivions à un point où la plupart d'entre nous préféraient affronter les dragons plutôt que de vivre dans l'obscurité un jour de plus.

Je tournai mon regard vers ma sœur, priant dans ma tête pour qu'elle ne dise rien. Ses yeux d'un bleu lumineux croisèrent les miens, ce qui m'incita à me demander d'où venaient mes traits. Comme nous tous, Nyrah était maigre, mais elle possédait une beauté angélique, digne d'un elfe ou d'une Faë. Elle avait des membres élancés malgré son petit gabarit, et un nez en trompette. Ils avaient beau nous faire travailler jusqu'à l'épuisement, sa beauté était évidente.

Si elle était blonde aux yeux bleus comme nos parents, je ne ressemblais pour ma part à aucun membre de ma famille. Mes cheveux étaient aussi noirs que le charbon et mes yeux du même vert que les feuilles au faîte d'un arbre. Ma petite sœur m'arrivait à peine à l'épaule et elle ne grandirait probablement pas beaucoup, mais aucune de nous deux n'était très grande. C'était notre seul point commun.

Au moment où nous atteignîmes Darren, Thane sembla sortir de l'ombre, et son regard se posa sur Nyrah, qui remettait son sac au contremaître.

Contrairement à nous autres, Thane ne creusait pas dans la roche. Non, il restait avec son père pour apprendre à diriger cette guilde un jour. Même si, à mon humble avis, il n'aurait plus rien à diriger quand son tour viendrait. Nous étions au bord du désespoir.

Les seules fois où il daignait sortir la tête de ses somptueuses salles de guerre, c'était lorsque Nyrah était proche du quartier général de la guilde. Dans ce cas-là, il parvenait à trouver ma sœur comme par miracle, à savoir qu'elle était à proximité, à la débusquer comme si elle portait un flambeau.

Si ses valeurs avaient été différentes, j'aurais trouvé cela romantique. J'aurais même encouragé ma sœur à gagner ses faveurs. Mais sa nature était ce qu'elle était.

— Toujours aussi belle, Mademoiselle Ténébris, dit-il en frottant sa barbe blonde tandis que son regard froid transpirait la cupidité. Est-ce que vous voulez partager un repas avec moi ?

Nyrah tenta de l'ignorer en se concentrant sur Darren et en attendant qu'il juge son butin.

— Combien de rations aujourd'hui ?

Darren leva les yeux, tourna son regard noir et glacial vers Thane, puis prêta à nouveau attention à Nyrah.

— Un quart. C'est le troisième jour consécutif que tu n'atteins pas ton quota. Débrouille-toi pour qu'il n'y ait pas de quatrième fois.

En lui glissant la ration dans la main, avec ses doigts sales touchant le peu de nourriture que nous avions, il la renvoya aux griffes de Thane.

Et je ne pus rien y faire.

Je remarquai à peine le moment où Darren saisit ma collecte, trop occupée à regarder Thane poser sa main menaçante sur le bras de Nyrah pour la tirer vers lui. Ravalant ma peur, je serrai plus fort la pierre dans ma paume.

Arrête. Elle peut le gérer. Elle n'est pas stupide. Encore deux jours, et on partira d'ici.

La culpabilité me transperça la poitrine. Si j'avais été plus courageuse, nous serions déjà loin. Si j'avais été plus intelligente, j'aurais trouvé un moyen de nous sortir de là et de rejoindre le Crédour dès que mon pouvoir s'était réveillé. Si j'avais été une meilleure sœur, j'aurais enfoncé mon poing dans sa face d'imbécile prétentieux.

Mais je n'étais rien de tout cela, et ma sœur en pâtissait.

— Un quart de ration, grommela Darren, dont les yeux de fouine s'illuminèrent d'une sorte de joie malsaine lorsqu'ils croisèrent les miens.

Je me demandai s'il avait mangé le surplus, ce salaud. Nous étions tous affamés, mais Darren n'était pas aussi maigre que nous, et cela m'énervait.

— J'ai quatre fois ce que ma sœur portait, lui rappelai-je en me retenant de ne pas donner un coup de pied dans sa chaise pour le regarder tomber dans le ravin en contrebas. Ça devrait au moins me permettre d'acheter une ration entière.

Chercher à le raisonner ne me servirait à rien, mais je devais essayer. Nous ne pouvions pas continuer sans rien dans le ventre. Je ne pouvais pas réussir l'exploit de partir sans davantage de nourriture, sinon...

Encore deux jours. Juste deux jours de plus.

— C'est aussi le troisième jour que tu n'atteins pas ton quota. Si tu veux manger, tu dois travailler.

Comme s'il savait ce que travailler voulait dire.

Il me flanqua ma ration dans la paume, un minuscule morceau de nourriture représentant à peine deux bouchées. Une journée entière de travail ne nous valait que des miettes. Ravalant ma rage, je luttai contre l'envie de lui hurler au visage. Parce que crier menait à d'autres choses. Comme libérer mon pouvoir juste pour voir si je pouvais lui faire sauter la tête.

Alors que je serrais plus fort la pierre dans ma poche, le poison tempéra ma magie juste assez pour que j'avance et sauve ma sœur de l'affection malsaine d'un homme qu'il aurait été dommage d'énerver. Glissant mon bras sous celui de Nyrah, je l'entraînai vers nos couchettes.

Encore deux jours.

Thane contempla mon bras avec des yeux qui disaient qu'il adorerait l'arracher de mon corps. Le rictus qui apparut sur son visage était une menace en soi. Il resserra sa poigne sur le bras de ma sœur, suffisamment pour la faire gémir, avant de la relâcher.

— Rappelle-toi ce que j'ai dit, Nyrah, dit Thane,

dont le rictus se transforma en un sourire sinistre, comme s'il avait déjà remporté la partie. Je m'attends à avoir une réponse dans la semaine.

Un gouffre aussi large que le ravin s'ouvrit dans mon ventre, et je me retrouvai en chute libre.

Encore un jour.

Parce que nous n'en tiendrions pas deux.

CHAPITRE 2
VALE

Ne t'endors pas.

On aurait pu croire que les nuits passaient à toute vitesse, mais elles étaient loin d'être courtes. Même si nous travaillions d'arrache-pied le jour, dans l'obscurité de ce laby-rinthe de grottes, les nuits semblaient s'étirer à l'infini jusqu'au nouveau lever du soleil.

Les monstres accompagnaient la nuit, aussi bien à la surface qu'en dessous.

Dans les ténèbres éclairées par la lueur fugace des torches, chaque nuit, je me demandais si c'était la dernière, s'ils avaient découvert la magie que j'abri-tais, s'ils viendraient me chercher au moment où je sombrerais dans des rêves agités.

S'ils m'arracheraient à Nyrah et l'abandonneraient aux griffes de Thane.

N'importe quelle autre nuit, je me serais forcée à fermer les yeux, à me reposer quelques heures sur la paillasse délabrée que nous avions bricolée pour nous protéger du sol rocailleux. Au lieu de cela, je les maintenais à peine ouverts, espérant ne pas foirer encore une fois.

À la seconde où la main de Thane s'était refermée sur le bras de Nyrah, mon plan s'était effondré. Elle avait juré ne pas avoir d'hématome, mais je n'étais pas dupe. Je l'avais vue meurtrie plus d'une fois, mais elle se bornait à hausser les épaules à chaque fois que j'abordais le sujet.

Il me fallut toute ma volonté pour ne pas me détourner ne serait-ce qu'un chouia de mon plan et ne pas aller chercher cet enfoiré. Dans mes rêves les plus fous, je le traquais comme une prédatrice dans l'obscurité, m'équipant de la lame que ma mère m'avait léguée de force le jour fatidique où mon père et elle étaient morts, et je lui tranchais la gorge avec. Si le risque de se faire prendre n'existait pas, je le ferais.

Je ferais n'importe quoi pour m'assurer que Nyrah reste libre, pour tenir la promesse que j'avais faite à mon père avant qu'il ne parte ce matin-là. Comme s'il avait su qu'ils ne reviendraient pas.

Veille sur ta sœur, Vale. Protège-la. Promets-le-moi.

Son ordre avait résonné dans mon esprit, presque

comme si mon père pouvait manier la magie pour m'obliger à m'exécuter.

Je lui aurais obéi sans qu'il l'exige, mais j'étais encore contrariée d'une certaine manière par son attitude, même s'il m'avait poussée à donner le meilleur de moi-même. Ses dernières paroles à mon égard n'avaient rien eu de gentil ou de réconfortant, ce qui, tout bien considéré, ne détonnait pas avec la façon dont les choses se déroulaient ici-bas. C'était une obligation, que j'aurais acceptée de toute façon. Que j'avais remplie des dizaines de fois.

Et que je continuerais de remplir.

Nous ne serions pas en sécurité tant que nous n'aurions pas réglé le problème de Thane ou que nous n'aurions pas réussi à partir. Le rejet de Nyrah l'avait ridiculisé, et à présent, nous devions regarder partout pour nous assurer qu'il n'était pas tapi dans l'ombre.

M'éloignant de la chaleur corporelle de ma sœur, je me levai en prenant soin de ne pas la réveiller. De nous deux, Nyrah n'avait jamais été la plus douée pour éviter de laisser paraître sur son visage ou de dire avec sa bouche ce qu'elle pensait, tout comme elle n'était pas aussi habile que moi pour voler. La dernière fois qu'elle avait essayé, cela s'était soldé par un désastre à plus d'un titre. Inconsciemment, j'effleurai les cicatrices de mon épaule, là où j'avais payé le prix de ses délits.

Si nous voulions nous tirer de là, je devais m'assurer qu'elle ignore mes plans, qu'elle ne sache rien, que la majorité de mes vols ne soit connue que de moi. Parce que si nos provisions étaient découvertes, nous ne serions pas punies par la lame ou le fouet cette fois.

Nous finirions dans le ravin.

Le stress me dévorait de l'intérieur alors que j'hésitais devant l'ouverture de notre chambre, un trou grossièrement taillé dans le réseau de grottes, à peine assez grand pour nous deux. Je jetai un coup d'œil en arrière à la petite boule qu'était ma sœur, dont les cheveux dorés, si différents des miens, dépassaient des couvertures. J'essayai de me souvenir de la dernière fois où nous avions eu un lit ou un semblant de meuble, de me rappeler une époque où ce qui nous définissait ne se réduisait pas à des bouts de tissu et à une pathétique petite cavité dans la montagne.

Ce devait être avant la mort de maman et de papa. Quand notre chambre était plus grande, que nous avions des lits et une petite kitchenette et... *des parents*. Le jour où la rumeur de leur chute avait commencé à circuler était encore gravé dans mon esprit, tout comme la façon dont tout le monde avait évité nos regards.

Je n'avais pas pris toute la mesure de leur disparition avant que le père de Thane, le chef de la guilde *Perder Lucem*, vienne dans notre chambre. Il m'avait raconté comment ils avaient fui les dragons, préférant le ravin au feu. En un clin d'œil, j'étais passée du statut d'adolescente insouciante à celui de mère.

En une seconde, j'étais devenue responsable de la sécurité de Nyrah.

En un seul instant, nous avions tout perdu.

Et je n'arrivais pas... à la nourrir, à la mettre en sécurité, à la garder en vie. Chaque jour, nous échappions de justesse à la mort, et désormais, ma petite sœur chérie était dans le collimateur de Thane...

D'une manière ou d'une autre, je devais réussir à dérober assez de provisions pour six jours au lieu d'un. Cette seule pensée me donnait suffisamment de brûlures à l'estomac pour faire remonter la maigre ration que j'avais avalée quelques heures plus tôt. Jusque-là, mes visites nocturnes dans les cuisines n'avaient pas été remarquées parce que je n'avais pris que de petites quantités. Juste une ration ici et là, une outre pour transporter de l'eau, une lame ou deux.

Rien qui provienne du premier rang des réserves, rien de trop voyant.

Ce qui ne manquerait à personne.

J'avais été vraiment prudente.

Ce soir-là, il me faudrait être vigilante *et* immodérée. Les deux ne faisaient pas bon ménage.

Je n'avais jamais été courageuse, mais chaque fois que je partais m'aventurer dans les tunnels, je pensais que je n'en ressortirais pas. J'imaginais ma sœur se réveiller seule et effrayée, contrainte de se défendre sous cette montagne sans personne pour la soutenir.

Une partie de moi souhaitait se comporter en héroïne et être le genre de personne qui s'élancerait vers un inconnu pour l'empêcher de tomber de la passerelle. J'aurais aimé être suffisamment intrépide pour attaquer Thane avec la magie chaotique qui coulait dans mes veines, afin de m'assurer qu'il ne toucherait plus jamais ma sœur.

Mais je ne l'étais pas.

Je n'étais que moi. Et la seule chose dont j'étais capable, c'était de garder ma sœur en vie.

Pour y parvenir, le meilleur moyen était de déambuler discrètement dans l'obscurité et de voler de la nourriture comme un rat – dans le but ultime de quitter le navire. Je priais pour ne pas me faire attraper par l'un ou l'autre camp de cette guerre interminable.

Cette partie du tunnel était éclairée par les lueurs vacillantes de torches, dont le combustible se consumerait probablement dans l'heure qui suivrait. Au moins, cette fois, j'avais une limite de temps sur laquelle me caler. Rasant les murs, je refusai de laisser ma lâcheté me voler les quelques secondes qui me restaient. La roche creusée s'élargit et s'ouvrit sur une autre passerelle, à peine plus large que les périlleuses marches en pierre qui nous menaient au contremaître. Au moins, là, si je trébuchais, je pourrais m'accrocher à la paroi.

Mais je ne perdis pas l'équilibre. Descendant à toute allure les marches, je suivis le sentier qui s'enfonçait dans les entrailles de la montagne. La chaleur produite par la terre si proche soulageait un peu mes articulations douloureuses. J'aurais pu prétendre que c'était elle qui me permettait de respirer à nouveau, mais elle n'y était absolument pour rien. Plus je me rapprochais du centre, plus je m'éloignais du minerai empoisonné qui jugulait ma magie.

Là, j'avais presque des facilités à respirer.

Et à cet endroit, la facilité rimait avec danger.

Si je n'avais pas serré fort la pierre dans ma paume, la magie fulgurante emprisonnée en moi se serait libérée et aurait rayonné comme un phare dans la nuit.

M'accrochant encore plus fort au minerai, je traversai le tunnel désert qui menait aux cuisines en marchant silencieusement sur le sol rocailleux, parce que j'étais déjà venue de nombreuses fois auparavant.

Je pénétrai furtivement dans le troisième tunnel sur la droite, où les pierres qui jonchaient le sol pouvaient facilement me faire trébucher si je ne faisais pas attention. En grimpant sur une partie légèrement surélevée du mur, je pus passer d'un côté à l'autre, bondissant au-dessus des pierres pointues et atterrissant sans bruit de l'autre côté, après quoi je fis une pirouette pour me glisser dans une petite cavité de la roche qui pouvait accueillir une personne.

Il n'y avait jamais eu de garde à la porte de ces cuisines, mais je ne pris aucun risque. Retenant mon souffle, j'attendis, à l'affût d'un bruit de pas traînant ou d'une lame dégainée, anticipant un piège, même si je n'avais jamais été confrontée à ce genre de choses auparavant. La pièce où nos rations étaient préparées et stockées se trouvait un peu plus loin, dans un coin reculé, comme si elle avait toujours été destinée à être cachée. Comme si le besoin vital de se nourrir avait toujours constitué une monnaie d'échange, même si rien n'avait de valeur en ces lieux.

La cuisine des dirigeants se trouvait trois niveaux plus hauts, et elle était si bien gardée qu'on aurait pu croire qu'elle renfermait richesses et secrets, pas seulement fruits frais et viande. Je ne m'étais jamais risquée à entrer par effraction dans cet espace, préférant ne pas revivre la punition qu'on m'avait infligée pour les fautes de Nyrah. Nos cuisines, elles, ne contenaient aucune denrée fraîche. Seulement les briques déshydratées qui servaient de rations et quelques ustensiles.

Rien qui vaille la peine d'être surveillé, rien qui ait de la valeur.

Sauf pour moi.

Après quelques instants à retenir mon souffle, je me risquai à jeter un coup d'œil. Comme toujours, personne sur mon chemin. Aussi vite que possible, sans faire le moindre bruit, je me faufilai dans la pièce, contournant les fourneaux et les étagères pour me diriger vers la réserve.

Et tout en piquant les briques pleines, je maudis silencieusement Darren. Comme d'habitude, il y avait suffisamment de nourriture pour tout le monde. Les étagères étaient remplies. Toutefois, des taches de moisissure marquaient certaines des briques les plus anciennes, qui pourrissaient parce qu'ils refusaient de nous nourrir convenablement. Cette injustice me fit fulminer.

Des gens mouraient, et ils gaspillaient la nourriture.

Ravalant ma haine, je fermai les yeux. Qui détestais-je le plus ? Les dragons qui m'avaient enlevé mes parents ou les dirigeants qui essayaient de nous tuer chaque jour ?

Le pouvoir qui bouillonnait en moi se déchaîna, essayant de se libérer. Ma chair s'enflamma, frémissant presque, tandis que la boule de magie cherchait à s'échapper. Je fouillai mes poches à la recherche du

Lumentium et me cramponnai à la pierre toxique alors que les premiers rayons d'énergie s'échappaient de l'entaille ouverte sur mon avant-bras. Au contact de la pierre, ma peau fourmilla, mais cela avait fonctionné. La lumière clignota et disparut aussi soudainement qu'elle était apparue, retournant à sa source.

Ma fureur ne me permettrait pas de mettre la main sur ces provisions dont nous avions besoin pour partir.

Ma fureur ne me permettrait pas de sortir ma sœur de là.

Ma fureur ne m'aiderait pas.

Mais la concentration, si.

Serrant les dents, je fourrai les briques dans les poches de mon pantalon. Sa coupe ample me permettait de dissimuler mon butin, même s'il faisait descendre quelque peu ma ceinture. Je la resserrai à la hâte, espérant qu'elle tiendrait le coup pendant que je passerais en revue notre plan d'évasion.

Nous ne pouvions pas attendre le lever du soleil. Même s'il pourrait faciliter notre traversée sur les passerelles en ruine menant à la forêt. Si les dirigeants étaient prêts à gaspiller la nourriture pour nous contrôler, rien ne les empêcherait de nous tuer purement et simplement. Le moment de fuir était passé depuis longtemps.

Si je réveillais Nyrah à mon retour, je pourrais

nous faire sortir au moment du changement de gardes à l'entrée. Nous pourrions atteindre la forêt avant que le soleil apparaisse à l'horizon. J'avais entendu des rumeurs sur les dangers qu'abritaient les bois, mais la végétation nous protégerait sur le chemin vers le Crédour. Je n'avais jamais entendu dire que les dragons incendiaient des arbres pour rechercher leurs proies.

Le trajet retour jusqu'à notre chambre fut rapide. Je n'avais peut-être pas avancé aussi prudemment que je l'aurais dû, mais l'excitation battait son plein dans mes veines. Nous allions sortir de là aussi vite que possible. Nous avions assez de nourriture et de provisions, et pour le reste, nous nous débrouillerions au fil de notre progression.

Nyrah serait libérée de cet endroit, comme l'avaient souhaité nos parents.

Mais plus je m'approchais du trou creusé dans la roche qui nous servait d'abri, plus je sentais les poils de mes bras se hérisser. Un frisson me parcourut l'échine, comme pour m'avertir, tandis que la lueur vacillante des torches s'éteignait lentement. Sous mes pieds, je ne pouvais quasiment plus voir la passerclle alors que je faisais les derniers pas vers la terre ferme.

Mais le tunnel ne *semblait* pas sûr.

Rien ne l'était.

Il me fallut quelques précieuses secondes pour

accoutumer mes yeux à l'obscurité, mais le son parvint bien avant à mes oreilles. Un gémissement. À peine audible, mais je connaissais cette voix presque aussi bien que la mienne.

Nyrah.

Avant que ma vision ne se soit complètement ajustée, je me mis à courir, filant dans le couloir parce que je savais ce que j'allais trouver. La lumière jaillit de l'entaille de mon bras, le fragment de *Lumentium* ne suffisant pas à endiguer la vague d'énergie qui irradiait de ma peau. Elle était si éclatante qu'elle me brûlait les yeux, mais ce gémissement était la seule chose qui m'importait.

Je m'arrêtai brusquement devant nos quartiers, et l'éclat qui trahissait ma nature magique, en illuminant la pièce, me révéla la scène que je m'étais imaginée aussitôt que j'avais entendu la détresse de ma sœur.

Thane lui avait dit qu'il lui accordait une semaine, mais il avait menti.

Avec son grand corps, il l'avait immobilisée, clouant ses poignets au sol d'une main robuste tandis qu'il introduisait l'autre dans son pantalon.

Sans hésiter, je laissai tomber le *Lumentium* de ma main, et la vague de haine, de bile et de peur fit jaillir ma magie à peine contenue plus vite que je ne l'aurais cru possible.

L'homme, pour se protéger les yeux de la lumière projetée par ma peau, lâcha la main de ma sœur. Elle s'élança vers le couteau qui se trouvait jusqu'alors hors de sa portée.

— *Luxa* ! cracha Thane, murmurant une vérité qui aurait tout aussi bien pu être criée.

Oui, j'étais exactement ce qu'il m'accusait d'être. Bien qu'il n'ait aucune chance de le dire à qui que ce soit.

— Éloigne-toi de ma sœur, *sale chien !*

— Qu'est-ce que tu vas faire ? rétorqua-t-il en se levant avec un sourire cruel de plus en plus large.

Même moi, je ne savais pas réellement quelles étaient mes capacités, mais je n'avais pas à m'inquiéter. Il ne bougea pas avant que Nyrah plonge la dague dans sa cuisse. Après avoir arraché la lame, elle la planta dans son ventre. Il mugit et propulsa ma sœur contre le mur de pierre.

Je relâchai les rênes de la rage que j'avais retenue pendant des années et la laissai se déverser dans mes membres pour la libérer. La lumière, jaillissant de mon corps, traversa la pénombre comme des milliers de poignards, consuma Thane, que la foudre transperça plus durement que ne l'avait fait ma sœur.

Sa chair s'embrasa, ses cris résonnèrent contre les murs avant de s'atténuer et de cesser, et de la lumière sortit par ses yeux quand il s'effondra sur le sol.

Et même si je savais qu'il ne toucherait *plus jamais* ma sœur, je savais aussi que le pire m'attendait. J'entendis des bruits de pas précipités et compris ce qui allait se passer.

Nous ne nous en sortirions pas. Pas toutes les deux.

Mais elle, si.

Tandis que Thane était agité de convulsions et que sa chair grillée emplissait la pièce d'un miasme putride, je relevai brusquement ma sœur.

J'arrachai la lame de sa main et m'infligeai une coupure superficielle au niveau du ventre et une autre sur le bras. Elles devaient donner l'impression d'être authentiques.

— Crie, Nyrah. Traite-moi de sorcière. Pointe la lame vers moi. Fais en sorte que ça ait l'air réel.

Nyrah me fixa en clignant des yeux.

— On n'a pas beaucoup de temps. J'ai des rations cachées dans le trou du mur, là-bas, l'informai-je en indiquant le coin. Dès que tu pourras sortir d'ici, pars en direction de la forêt. Va au Crédour comme on l'avait prévu. Promets-le-moi.

— Je ne peux pas, dit-elle, les yeux emplis de larmes. S'il te plaît, ne m'oblige pas à faire ça.

— Tu dois le faire, insistai-je en saisissant ses mains pour la forcer à prendre la lame. Maintenant, crie. Il faut qu'ils te croient.

Elle ne bougea pas, alors je me penchai en arrière et la giflai.

— Fais-le. Je t'aime, Louloute. Alors, survis. Pour moi. *S'il te plaît.*

Même si c'était moi qui le lui avais demandé, j'eus un peu le sentiment d'être trahie lorsqu'elle s'exécuta.

— *Luxa* ! cria-t-elle à pleins poumons. *Sorcière* !

Le tumulte de pas accéléra et les cris des hommes en colère s'amplifièrent.

Mais je ne les vis pas, parce qu'un éclair envahit mon champ de vision. Le visage de Nyrah fut la dernière chose que j'aperçus avant que la lumière qui brillait sous ma peau s'estompe.

Et s'efface.

Les ténèbres m'avalèrent alors.

CHAPITRE 3
VALE

Mes épaules protestèrent quand je repris enfin connaissance. Le métal empoisonné du *Lumentium* grignotait mes poignets. J'étais suspendue, je le savais, à un crochet grossièrement taillé et vissé au plafond gravé de la Salle du Jugement.

Mes orteils, qui touchaient tout juste le sol, étaient nus, du fait que mes pauvres pantoufles avaient disparu. Le peu de sang qui restait dans mon corps et ne s'écoulait pas de mon crâne se concentrait dans mes jambes douloureuses et engourdissait mes mains. Je sentais ma tête palpiter tandis que j'essayais de déglutir avec ma gorge sèche, et que la saveur cuivrée que je sentais sur ma langue me donnait des haut-le-cœur.

J'aurais préféré être morte plutôt que me trouver dans cette situation.

La mort aurait été un soulagement.

Parce que je savais ce qui m'attendait. L'endroit où je me trouvais ne laissait augurer rien de bon.

Je le savais. J'étais déjà venue dans cette pièce.

La Salle du Jugement n'était rien de plus qu'un espace de réunion creusé dans la montagne, à peine assez grand pour nous accueillir tous. Mais chaque expérience que j'avais vécue dans cette salle était restée gravée dans ma mémoire comme au tison. À l'âge adulte, je m'étais retrouvée accrochée à ce même crochet, payant le prix de ce qu'avait fait Nyrah. Le claquement du fouet contre ma peau résonnait encore dans mes oreilles.

Au moins, je savais qu'il ne servait à rien de les implorer de se montrer cléments cette fois-là. Parce qu'ici-bas, personne ne l'était. Ce crochet était la sentence dont écopaient toujours les meurtriers et les voleurs de nourriture.

Et à présent, j'étais les deux.

Mais je ne regrettais pas d'avoir ôté la vie à Thane, même si cela signifiait que je mourrais pendue à ce crochet comme tant d'autres avant moi. Je ne regrettais pas d'avoir sauvé ma sœur... Je ne regrettais rien, sauf de l'avoir laissée à la merci des griffes de ce monstre.

Si j'avais eu une once de jugeote, je l'aurais tué aussitôt que j'avais senti le danger qu'il représentait. Je nous aurais sorties de cet endroit et j'aurais bravé la forêt, les dragons et tout le reste. J'aurais dû la protéger comme notre père me l'avait demandé, et...

Mais je ne pouvais pas revenir sur mes actions. Tout ce que je pouvais faire, c'était endurer mon sort le plus longtemps possible pour donner à ma sœur le temps de s'échapper. Elle devait fuir. C'était le seul moyen pour que tout cela ne soit pas arrivé en vain.

Parce que je ne réussirais jamais à sortir de cette pièce.

Les yeux fermés, j'essayai d'évaluer l'état dans lequel j'étais. Au vu de l'odeur putride et des murmures de la foule qui m'entourait, j'étais prête à parier que j'étais *un peu plus* que dans la merde. Mais par-dessus tout, ce sont les sanglots de Nyrah qui m'affectèrent le plus durement.

Elle n'aurait pas dû être là.

J'ouvris vivement les paupières et mon regard trouva infailliblement le sien dans la pénombre. La lueur vacillante des torches éclairait à peine les taches de sang noirci sur le sol et les visages de mes bourreaux. Néanmoins, je voyais parfaitement ma sœur.

Sa tempe était ensanglantée, sa lèvre fendue, ses yeux écarquillés par la peur dont l'odeur nauséabonde envahissait la salle, recouvrant celle des corps sales de l'assistance essentiellement masculine. Je lui avais dit de rester en vie, par tous les moyens, et j'avais espéré que, pour cette fois, elle m'obéirait.

Cependant, l'homme qui se dressait à côté d'elle risquait de lui compliquer la tâche.

Arden Ashbourne, le chef de la guilde, se cachait dans l'ombre, son visage austère et tatoué se fondant dans l'obscurité tandis que son regard perçant cherchait à croiser le mien. Contrairement à son bâtard de fils, ses yeux étaient d'un doré étrange, brillant comme l'une des roches iridescentes que nous nous attelions à extraire de cette même montagne.

Si j'avais débarqué la veille, j'aurais cru que la magie coulait dans ses veines, tout comme dans les miennes. Mais elle ne m'était d'aucune utilité à présent. D'ailleurs, j'étais presque sûre que ma magie allait causer ma perte.

Aussitôt que mes yeux rencontrèrent les siens, Arden attrapa ma sœur par la nuque avec son énorme main pour la mettre de force devant lui et il traversa la foule pour rejoindre l'endroit où j'étais suspendue. Ma sœur grimaçait sous la poigne de l'homme, probablement aussi éprouvante que l'avait été celle de son fils avant que je ne le tue.

Je fermai la bouche et refusai de lui montrer ma peur. La dernière fois que j'avais été accrochée là, j'avais failli me souiller tellement je m'étais laissée envahir par ce sentiment. Et cet enfoiré avait pris son pied. Comme si l'air en avait pris le goût ou qu'il avait pu la sentir sur ma peau. Mais je connaissais déjà mon sort cette fois. L'agonie, puis la mort. Les cris et la douleur. Le feu et le sang, ce qui, bizarrement, effaçait toute peur en moi.

Et je n'avais absolument aucune envie de lui offrir quoi que ce soit de plus. Que cela vienne de moi ou d'elle.

— Oh, bien, roucoula-t-il. Tu es réveillée. Je pensais qu'on allait devoir commencer à interroger ta sœur si tu mettais plus de temps.

La voix d'Arden, à la fois calme et tonitruante, vibra dans ma poitrine comme un tambour, et mon audace vacilla. J'avais tué son fils.

Il aurait dû être furieux.

Inconsolable.

Mais non.

Et c'était bien pire.

Il serra plus fort le cou de Nyrah, qui grimaça tandis que ses genoux se dérobaient sous elle. Mais il soutint le poids de ma sœur et il se retourna, presque comme si nous allions toutes les deux être jugées.

— Mon fils est mort, non pas victime d'une lame ou d'une hache, mais de l'utilisation de la magie. L'une de ces femmes ou les deux sont des *Luxas*. Ce procès a pour but de découvrir la vérité.

Non, ce procès servait de chasse aux sorcières, seulement j'allais m'assurer que ma sœur ne tombe pas avec moi.

Nyrah me lança un regard plein de regrets quand nos yeux se croisèrent dans le faible espace qui nous séparait. Elle allait faire ce que je lui avais dit de faire : me traiter de sorcière devant tous ces gens. Et comme tout à l'heure, quand je lui avais dit de se sauver, sa trahison me blessa.

— C'est elle, la sorcière. C'est elle, la *Luxa*, cracha Nyrah, tandis que ses traits prenaient un masque de haine feinte, dont j'étais la seule à voir l'artifice. C'est *elle* qui l'a tué.

Et elle ne mentait pas. J'étais une sorcière, une manipulatrice de magie qui ne contrôlait pas son pouvoir, et j'avais tué Thane. Si j'avais l'occasion de recommencer, la seule chose que je changerais serait d'arriver plus tôt pour l'empêcher de toucher ma sœur.

Je ne la contredis pas, mon silence retentissait encore plus que les murmures choqués de l'assistance. Cela faisait longtemps qu'on n'avait pas découvert de sorcière dans ces cavernes. En tous cas, pas publiquement. Avant que mon pouvoir se manifeste, avant qu'il fasse de moi une sorcière, j'aurais été tout aussi choquée qu'ils l'étaient en ce moment.

Arden relâcha ma sœur, dont les genoux cédèrent, et elle s'écroula sur le sol en pierre rugueux. Quand il décala son poids sur une jambe, je vis son imposante carrure se dresser au-dessus de moi et l'or de ses yeux briller dans la pénombre.

— Tu nies ses allégations ? chuchota-t-il.

Son haleine chaude soufflait sur mon visage, sa menace était évidente.

— Ce n'est pas la question que vous devriez poser ! aboyai-je bien plus fort.

Je devais me faire entendre par la foule. C'était la seule façon pour Nyrah de s'en tirer.

— Vous devriez demander pourquoi votre fils de vingt-cinq ans était seul avec ma sœur de quinze ans dans nos quartiers.

Les murmures outrés des adultes plus âgés m'aidèrent un peu, mais le chef de la guilde plissa les yeux.

— Vous devriez demander comment je l'ai trouvé. Vous devriez demander pourquoi sa main était dans le pantalon de ma sœur alors qu'elle essayait, en vain, de lui échapper. Vous ne devriez pas demander si je l'ai tué. Vous devriez demander s'il le méritait.

Mais Arden se fichait bien de savoir pourquoi j'avais tué son fils, comme en témoignait la haine qui assombrissait les runes tracées sur son visage, des tatouages qui le désignaient comme notre chef. Ils illustraient également son vœu d'éliminer toutes les *Luxas*. La seule chose qui l'intéressait, c'était le fait que le meurtre avait été commis grâce à la magie, le faible d'esprit qu'il était ne s'en prenant à moi que pour perpétuer sa propre haine.

Autant lui donner une raison supplémentaire de me détester.

— Votre fils a attaqué ma petite sœur, une *enfant* sous ma protection, dont la sécurité m'a été confiée par mes parents avant leur mort. Bien sûr que je l'ai tué. Votre fils était un prédateur, et je l'ai abattu comme le chien enragé qu'il était.

L'ombre d'un sourire vint relever le bord de mes lèvres.

— Et je n'ai aucun remords.

Voyons comment il va répondre à ça.

L'or de ses iris devint plus vif avant de se ternir et la haine qui déformait auparavant son visage se dissipa. Puis sa main frappa aussi vite que la foudre, s'abattant sur mon visage avec toute la force de sa rage refoulée.

Un goût cuivré inonda ma bouche tandis qu'un voile blanc envahissait ma vision et que mes oreilles se mettaient à siffler. La brûlure de l'impact s'atténuait à peine que la douleur commença à se faire sentir.

— Dépeindre mon fils en méchant de ton histoire ne changera pas les faits. C'est possible qu'il ait attaqué ta sœur. Ou *peut-être* qu'il vous a surpris à voler.

Arden fouilla dans mes poches pour les vider des rations que j'avais volées pour nous. Les six jours d'aliments nécessaires pour notre départ – *notre liberté* – furent jetés sur le sol comme des ordures.

Je crachai à ses pieds le sang qui s'était accumulé dans ma bouche.

— Voler ? J'ai travaillé pour chacune de ces rations, rétorquai-je tandis que ma lèvre se retroussait et que je songeais qu'il valait mieux lui donner une raison de me tuer sur-le-champ.

Parce qu'une fois que j'aurais parlé, je ne serais pas la seule à tomber.

Les gens affamés réfléchissent rarement de manière rationnelle.

— Il y a tellement de nourriture dans les cuisines que les rations pourrissent ! hurlai-je d'une voix s'élevant au-dessus du murmure de la foule. Ils nous empêchent de manger et font exprès de nous laisser mourir de faim. Il y a de la nourriture en abondance. Ils...

Je ne fus pas surprise du coup suivant, mais il me fit me balancer au bout de mes liens, car mes genoux se dérobèrent sous moi, et le métal empoisonné fendit mes poignets. Mes poumons me supplièrent de leur donner de l'air alors que je me débattais pour inspirer.

Arden saisit mon visage au niveau de ma mâchoire d'une poigne assez forte pour en broyer les os.

— Comme si quelqu'un allait croire les paroles d'une voleuse. T'as toujours la marque du tisonnier, n'est-ce pas ? Celle qui t'identifie comme la criminelle que tu es ?

Mollement, je donnai des coups de pied, mais il ne desserra pas son étreinte, même lorsque j'atteignis ma cible. Je n'étais pas en mesure de parler, même si je l'avais voulu, j'en aurais été incapable.

— J'ai été clément la dernière fois parce que tu avais une autre bouche à nourrir. Maintenant, je me rends compte de mon erreur. J'aurais dû te transpercer de ma lame et te jeter aux dragons. Peut-être qu'alors mon fils serait encore en vie.

Mais il n'y avait aucun chagrin dans la voix du chef de guilde, seulement de la haine face à ce que je représentais. Ce n'était un secret pour personne qu'Arden avait honte de son fils, qui n'était son héritier qu'en théorie seulement. Arden n'aurait jamais abandonné le siège de chef de guilde, et désormais il n'avait plus à le faire. Je lui avais rendu service.

Et cela me valait le bûcher.

— Ta propre sœur t'a accusée d'être une *Luxa*. Tu le nies ?

Bien sûr que non. Mais cela n'avait aucune importance. Arden agrippait toujours mon visage, serrant si fort ma mâchoire qu'il m'était impossible de prononcer le moindre mot.

Pire encore, la foule le savait aussi. Ils le voyaient maintenir ma bouche fermée, mais j'avais déjà semé les graines de la dissension. Les affamés détestent l'embonpoint et le bonheur. Les affamés détestent l'excès, et c'était ce qu'incarnaient les dirigeants de la guilde. Des vêtements raffinés, des ventres bien remplis et des coussins agréables pour dormir.

Et du pouvoir. En quantité.

La satisfaction m'envahit. Je savais que j'allais mourir là, mais peut-être qu'après ma mort, la foule des hommes affamés allait lentement démembrer Arden. Puis l'homme pourrirait sous cette montagne avec moi.

Arden dut remarquer la joie qui s'exprimait sur mon visage parce qu'il me repoussa. Mes pieds cherchèrent un point d'appui alors que je me balançais d'avant en arrière, suspendue au crochet. Ses muscles se tendirent juste avant qu'il me frappe et que son poing charnu s'enfonce dans mon ventre. J'eus un haut-le-cœur, l'air quitta précipitamment mes poumons tandis que je luttais pour reprendre mon souffle.

— Elle a tué mon fils avec son pouvoir ! tonna-t-il pour tenter d'étouffer les bruits de la discorde. Comme toutes les sorcières, elle sera brûlée par les dragons.

La sentence se répercuta sur les murs escarpés, mais fut ignorée. Elle ne fut pas accueillie par le silence ou le respect, mais par un tumulte d'hommes affamés plus préoccupés par leurs ventres que par la question de savoir si j'étais ou non une sorcière.

Je crachai du sang aux pieds du chef de guilde, l'insultant ainsi tacitement.

— Vous auriez dû les nourrir quand vous en aviez l'occasion, lâchai-je d'une voix rauque avec un sourire ensanglanté. Maintenant, vous êtes aussi condamné que moi. Seulement, vous ne le savez pas encore, c'est tout.

Arden montra sa hargne en s'élançant sur moi pour saisir ma chaîne et l'arracher du crochet. Sans cérémonie, il me jeta sur son épaule et força le passage entre les hommes squelettiques qui lui barraient la route.

Je croisai dans la foule les yeux de Nyrah, qui étaient remplis de larmes. C'était la dernière fois que je la voyais, alors je tentai de mémoriser ce que je pouvais tout en retenant les larmes brûlantes qui voulaient s'échapper de mes yeux. Intérieurement, j'exprimai le désir qu'elle parte, espérant qu'elle réussirait à s'enfuir et à se sauver au milieu de tout ce tapage.

Arden tourna à un coin et je la perdis de vue.

Mais alors qu'il s'enfonçait dans les tunnels, remontant vers la surface et m'emmenant dans le seul endroit où je n'avais jamais voulu me retrouver, je savais, dans mon cœur, que j'avais perdu ma sœur à la seconde où j'avais tué Thane.

La sauver impliquait ma mort.

Et j'avais fait la paix avec cette idée.

Nous émergeâmes de la gueule du réseau de grottes. Le vent glacial agressait ma peau tandis que les planches de bois gémissaient sous notre poids. Arden me jeta sur la passerelle comme un sac de grain et mon corps meurtri s'accrocha aux cordes extra fines qui servaient difficilement de garde-corps. Je ne pouvais que contempler la falaise escarpée en contrebas tout en me cramponnant de toutes mes forces.

Ma vision se troublait, je m'essoufflais, mais je

n'arrivais pas à faire bouger mes membres. Pas même pour me mettre hors de danger. Le vent hurlait, mais je l'entendais à peine à cause des grondements de mon cœur dans mes oreilles. Je fus presque reconnaissante quand Arden m'écarta du bord, mais mon sentiment de soulagement fut de courte durée parce que mon dos heurta le flanc de la montagne.

Il enroula ses doigts autour de ma gorge pour me soulever de la passerelle. À moitié en me traînant, à moitié en me portant, il se mit à gravir l'étroit sentier qui menait au sommet de la montagne. Alors, je sentis un instinct de conservation s'activer dans mon cerveau, et je commençai à résister, en le mordant, le griffant, lui donnant des coups de pied, mais cela ne fit que l'énerver.

Nous parvînmes au sommet de la passerelle. Pour toute décoration, il n'y avait, au centre de la plate-forme artificielle, qu'un pilier calciné, dont le bois abîmé était aussi noir que la montagne. L'aube naissante éclairait à peine notre chemin, mais suffisamment pour que je puisse distinguer la lanterne et la corde.

Il allait m'attacher à ce poteau et me faire brûler.

Ma combativité devint hystérique, mais ce ne fut que lorsque j'aperçus la dague cachée dans sa botte que l'espoir me fit perdre la tête.

— *Attrape la dague et libère-toi.*

Ces pensées n'émanaient pas de ma voix intérieure, mais je ne pus m'empêcher de m'accrocher à ces mots et de suivre les instructions données. J'arrachai précipitamment la lame de sa botte et lui tailladai le poignet. Aussitôt, Arden me lâcha, ce qui me permit d'inspirer de l'air frais.

Je me remis debout en boitant et fis face au chef de ma guilde, dont les traits se déformèrent alors qu'il maugréait.

— Je vais te le faire payer.

Avec mes mains entravées et la quarantaine de kilos qu'il devait faire de plus que moi, je n'en doutais pas. Mais je le ferais d'abord saigner.

— Ajoute-le sur ma note, rétorquai-je d'une voix rauque en dévoilant ma denture dans un sourire sanglant.

— *C'est ça, ma petite téméraire. Bats-toi.*

Je n'avais jamais été courageuse de ma vie, mais plus j'approchais de la mort, plus je me sentais audacieuse. Ou peut-être était-ce la voix, celle qui prouvait que j'avais fini par craquer et perdre la tête. Peut-être que si j'étais devenue folle plus tôt, je ne me serais pas retrouvée dans ce pétrin. Enhardie par ma lucidité envolée et par cette maudite voix, j'eus l'impression que tous les obstacles qui se dressaient sur mon chemin avaient été renversés. Désormais, seuls existaient la lame dans ma main et l'homme qui m'entraînait petit à petit vers l'autre monde.

L'un de nous devait disparaître, et je voulais qu'il soit l'heureux élu.

Je gardai une posture souple sur mes appuis et redressai les épaules en retournant la dague, dont je pinçai la lame comme mon père me l'avait appris à l'époque où la guilde nous permettait encore de posséder des armes. Le point positif de celle-ci, c'est qu'elle était constituée simplement d'acier, et non de *Lumentium*. C'était un avantage pour moi. Je savais que je ne gagnerais pas au corps à corps contre Arden, mais si je parvenais à lui planter cette lame dans le ventre, j'aurais peut-être une chance.

Mais je ne pouvais pas me permettre de perdre ma lame trop tôt. Si je n'agissais pas au bon moment, je me retrouverais sans arme, avec l'air et le bord de la falaise comme seules aides à ma disposition. L'un comme l'autre ne suffirait pas.

Arden chargea pour m'attaquer et je pensais être prête à le contrer. Mais à la dernière seconde, il se décala trop rapidement pour que je puisse le suivre des yeux, feintant vers la gauche alors que je m'attendais à ce qu'il aille vers la droite. Je me rendis compte trop tard de mon erreur et perdis mon unique lame qui, quand je la lançai, le manqua de beaucoup. Le chef de la guilde fit mine de l'attraper au vol, et je sus à ce moment précis que j'étais vraiment foutue.

La lame volait, tournant sur elle-même et se dirigeant vers lui, et l'instant d'après, il pénétra mon espace personnel pour me plonger cette même lame dans le ventre. L'entaille superficielle que je m'étais faite dans notre chambre était une broutille en comparaison. Tous mes organes s'embrasèrent, et je fus submergée par une douleur aveuglante.

Le choc me stimula un instant, après quoi je m'écroulai en voyant le sol arriver à toute vitesse vers moi, mais comme auparavant, Arden me rattrapa. Il n'eut aucun mal à me traîner jusqu'au pilori et à me malmener pour m'attacher en enroulant la corde rugueuse autour de mes épaules.

Bon sang, cette corde était la seule chose qui me tenait debout. Je n'arrivais même pas à extraire la lame.

— Je t'avais dit que tu paierais. Maintenant, tu vas pourrir ici. Peut-être que les dragons se montreront cléments et te brûleront.

L'haleine chaude d'Arden me retourna les entrailles, ou peut-être était-ce simplement le couteau enfoui dans mes tripes.

— *Tu n'es pas encore morte. Respire un grand coup. Tu peux le faire.*

— Tu crois qu'ils ne vont pas t'enterrer, toi aussi ?

Je pris une inspiration laborieuse, luttant pour rester consciente.

— Je te l'ai dit : tu es déjà mort. Tu crois qu'ils ne vont pas aller voir les rations ? Tu seras aussi condamné que moi quand ils découvriront que vous nous avez affamés.

Le chef de la guilde m'adressa un sourire jubilatoire, c'était la première fois que je voyais cette expression sur son visage stoïque. Puis il saisit la lame et la tira. Un cri déchira l'air, je fus presque sûre qu'il venait de moi.

Il tapota ma joue avec la lame ensanglantée, dont le métal était encore imprégné de la chaleur de mon ventre où il s'était logé.

— On verra bien, sorcière.

— *Je le tuerai pour ce geste*, annonça la voix, et mon cœur se serra à cause du sang qui se déversait de mon ventre.

Ce devait forcément être mon psychisme brisé. Comme ma vie se terminait, il m'offrait toutes les choses dont j'avais manqué toute ma vie : protection, douceur, encouragement.

Pas étonnant que mon cerveau comble mes besoins en m'apportant le réconfort que je n'avais jamais eu, mais toujours désiré.

Ensuite, Arden, en jetant la lanterne, répandit le

combustible sur la terre autour de moi avant d'incliner le verre dans la bonne direction.

— Quand le soleil se lèvera, les rayons toucheront le verre. Si les dragons ne se chargent pas de toi, le soleil le fera. Amuse-toi bien en attendant ta mort.

— *Tu ne mourras pas, ma petite téméraire. Pas toi.*

Mais la petite voix arrivait trop tard. J'allais mourir, et sans tarder, à mon humble avis.

Arden fit alors quelque chose d'étrange. Il sortit une clé de sa poche et déverrouilla mes poignets enchaînés.

— Je ne voudrais pas qu'elles fondent.

Je n'eus pas le temps de songer à la chaleur que doivent dégager les flammes pour que le minerai de pierre fonde. Enroulant la chaîne autour de son poing, il me frappa au ventre. Je rendis tout le contenu de mon estomac alors qu'un voile noir obscurcissait ma vision. Mes genoux cédèrent, mais je fus retenue par la corde.

Les yeux dorés d'Arden brillèrent de colère tandis qu'il reculait d'un pas pour regarder son œuvre.

— Tu pensais que je ne me vengerais pas de ton petit coup dans la Salle du Jugement ? Mais on n'est pas tout à fait quittes, n'est-ce pas ? Peut-être que *j'interrogerai* ta petite sœur. Ou peut-être que je la tuerai. Ça m'évitera de découvrir que c'est une Luxa comme toi. Une vie pour une vie, tu connais la chanson.

Je voulus répondre quelque chose, n'importe quoi, pour qu'il la laisse tranquille, mais la douleur m'avait volé ma voix, mon esprit, ma force. J'espérais seulement que Nyrah s'était déjà enfuie.

— *Respire. Contente-toi de respirer. La cavalerie arrive.*

Un goût cuivré emplit ma bouche tandis que les ténèbres menaçaient de me submerger. Aucune cavalerie n'arrivait. Aucune aide n'était apportée aux démunis. Le vent glacial était la seule chose qui me permettait de rester consciente, mais je ne pouvais pas dire si cette sensation de froid qui s'infiltrait dans mes os était due au vent ou au sang que je perdais. Je n'entendais rien à cause de mes oreilles qui bourdonnaient, et bientôt, je fus seule, Arden retournant à ses propres préoccupations tandis que j'attendais l'aube.

Une partie malade de moi espérait qu'elle apporterait le brasier qui ferait taire la douleur. L'autre partie se demandait si je tiendrais aussi longtemps. Du sang glacé imbibait ma tunique et ma culotte, et je savais qu'il me restait peu de temps.

Au moins, les dragons ne m'auraient pas.

Quand cette pensée traversa mon cerveau, je m'esclaffai, mais la douleur atroce qui s'ensuivit étouffa ma joie aussi vite qu'elle était venue. Les dragons existaient-ils vraiment ? Arden en parlait comme s'ils représentaient un fléau pour nous, mais... Après les rations, je m'interrogeais sur tout ce qu'on m'avait dit.

Étaient-ce les dragons qui avaient tué mes parents ? Ou était-ce Arden ?

Je secouai lentement la tête. Si Arden avait tué mes parents, il s'en serait vanté avant de m'abandonner là. Il était du genre à utiliser toutes les armes à sa disposition pour faire souffrir, aussi bien émotionnellement que physiquement.

Dommage que j'aie été attachée. Sauter pour me donner la mort serait bien plus rapide que d'attendre que le soleil se lève ou que je me vide de mon sang. J'étais sûre que la hauteur ne représenterait même plus un problème pour moi à présent.

Alors que les premiers rayons de l'aube peignaient le ciel d'un lavande pâle, je luttais contre les ténèbres à chaque instant.

— *Ne t'endors pas, ma petite téméraire. Tu ne te réveilleras plus*, me prévint la voix grave et suave qui, en résonnant dans ma tête, me força à ouvrir les yeux.

Mais n'était-ce pas là l'idée ? S'assoupir et ne plus se réveiller ? Pourtant, quelque chose dans ce ton autoritaire empêcha mes paupières de retomber, et je m'autorisai à me concentrer sur la caresse du vent sur mon visage et sur la douleur qui faisait rage dans mes tripes.

À l'horizon, le soleil se levait, brillant comme un phare à l'est, mais une silhouette sombre, apparaissant au loin, m'inspira une frayeur plus forte que celle qu'Arden aurait pu me causer.

Pire encore quand je réalisai que cette silhouette n'était pas la seule.

Comme Arden l'avait annoncé, les dragons arrivaient.

Et je n'avais aucun moyen de fuir.

CHAPITRE 4
KIAN

Je détestais mon travail.

Tout ce qui le définissait mettait ma patience à l'épreuve. Je n'appréciais aucune facette de mon fardeau. Au cours des deux cents dernières années, j'avais été le bras droit du roi, et tenir ce rôle auprès d'un souverain emprisonné impliquait pour moi de faire le sale boulot.

Je l'avais bien cherché, supposai-je. Si j'étais intervenu deux siècles plus tôt, nous ne serions pas dans ce pétrin. Mais je m'étais abstenu, et à présent, regardez où j'en étais : je volais vers l'inconnu pour une petite créature qui mourrait probablement avant d'avoir pu être d'une quelconque utilité.

Comme toujours.

Il fallait qu'on trouve une sorcière capable de briser sa malédiction – *notre malédiction* –, mais il n'y avait qu'un nombre limité de Luxas. Chacune avait difficilement passé la première épreuve, et aucune n'avait survécu à la suite. Et pourtant, dès que mon roi percevait la présence d'une nouvelle, je m'envolais vers l'autre bout du continent pour cueillir une autre sorcière comme une marguerite.

Et comme ces pauvres fleurs fanées, elles mouraient bien plus vite que si je les avais laissées tranquilles.

Cela ne voulait pas dire que je n'aimais pas mon roi, bien au contraire. Je voulais remédier aux problèmes de notre royaume et briser la malédiction que lui avait jetée cette sorcière moralisatrice trop puissante pour le bien des autres.

Je ne voulais pas en regarder une autre mourir, impuissant. Je refusais de voir mon roi souffrir plus longtemps.

Mais surtout ?

Je voulais juste que tout cela prenne fin.

La guerre entre le *Perder Lucem* et le Crédour faisait rage depuis bien avant l'époque où mon roi avait été ensorcelé. La sorcière qui l'avait maudit pensait que le sort qu'elle avait jeté mettrait fin à la guerre et sauverait le continent.

Mais bien au contraire, il l'avait prolongée et les esprits s'étaient plus échauffés que si les deux camps s'étaient simplement entretués. Sans cela, peut-être que notre magie serait toujours intacte ou que les relations avec notre peuple seraient apaisées.

Peut-être que les provinces périphériques ne menaceraient pas de passer dans l'autre camp à chaque missive qu'elles envoyaient pour demander une aide que nous ne pouvions pas leur apporter.

Cette mission était l'une des pires. Une Luxa potentielle était piégée dans le ventre de la bête, au cœur de Direveil, entre les griffes de la guilde. Les montagnes regorgeaient de *Lumentium*. Alors, même si je parvenais à la trouver, ses veines déborderaient probablement du poison que représentait le minerai inhibiteur de magie, celui qui était extrait au cœur de cette chaîne de montagnes qui n'existait pas un siècle plus tôt.

— *Arrête de bouder.*

La raillerie de Xavier résonna dans ma tête tandis que je volais vers les coordonnées que le roi Idris nous avait données. Heureusement – ou plutôt, malheureusement, vu son indiscrétion –, Xavier ne pouvait lire mes pensées que lorsque j'étais sous cette forme. Je n'avais absolument pas besoin qu'il vienne fouiller dans ma tête quand j'avais deux jambes.

— *Je ne boude pas. Je réfléchis à mes choix de vie. Et occupe-toi de tes propres pensées, enfoiré.*

Envoyant ma queue dans sa direction, je m'inclinai à gauche et pris de l'altitude. Idris l'avait vue au centre de la montagne, pendue à un grossier crochet comme si quelqu'un l'avait trouvée avant nous. Si nous arrivions trop tard, elle ne sortirait pas vivante de là. Si nous dévoilions notre jeu, nous péririons avec elle.

Notre seul espoir était qu'Arden continue d'être le connard fini qu'il avait toujours été, trouvant drôle de brûler les sorcières sur le bûcher.

En dessous de moi, Xavier fendait l'air en scrutant la chaîne de basses montagnes au cas où les coordonnées auraient été erronées. Ses écailles d'un blanc pâle captaient les premiers rayons de l'aube naissante. Mais quelque chose me poussait vers le nord, ce qui me donnait le sentiment que nous étions peut-être sur la bonne voie cette fois-là.

— *C'est par là. Elle est par là. Tu la sens ?*

Je battis plus fort des ailes, avançant plus vite vers la source de l'attraction qui me tiraillait la poitrine. Si les dragons avaient toujours été l'espèce la plus *impactée* par la malédiction, nous étions aussi l'espèce qui était la plus attirée par nos potentielles sauveuses. Mon roi était peut-être le seul à pouvoir voir les Luxas dans ses visions, mais s'il nous envoyait, Xavier et moi, en mission, c'était parce que nous étions les seuls à ressentir l'attraction de ces sorcières.

Pour la première fois depuis très longtemps, un

semblant de lueur d'espoir se réveilla dans mon cœur. Nous étions à des kilomètres de Direveil, mais je sentais sa présence. C'était la première à être aussi forte. Personne avant elle ne nous avait invoqués à une telle distance.

— *J'y arrive, mais ne t'emballe pas trop. Elle est blessée. Gravement.*

Grinçant des dents, je continuai ma route, filant dans le ciel et suivant le fil invisible qui me menait à la sorcière blessée. Puis les nuages s'écartèrent, révélant Direveil. La petite femme avait été attachée à un pilier noirci encastré dans le sommet, grossièrement aplani, de la plus haute montagne. Même à un kilomètre de distance, je sentais l'odeur de son sang dans le vent, un parfum entêtant qui m'inquiétait et m'incitait à avancer.

— *Du sang. Il y en a trop.*

Je ne révélai aucune nouvelle information à Xavier, et j'eus un pincement au cœur à l'idée de ce qui arriverait si nous ne pouvions pas l'atteindre à temps. Elle était notre seule chance, je le sentais.

— *C'est ce que je t'ai dit. Ne t'emballe pas trop.*

Il était rare que je sois confiant et lui pessimiste. Cela n'augurait rien de bon pour la situation actuelle.

— *Protège mes arrières et fais attention à la foudre du dragon. J'aimerais éviter de me prendre une flèche de Lumentium dans la couenne.*

Xavier se détacha de moi pour contourner la montagne et ses écailles disparurent presque dans la lumière croissante du soleil tandis que je fonçais vers le sommet. La puanteur qui émanait de la peur de la sorcière était presque étouffée par le parfum de son sang, mais rien de tout cela n'était comparable à l'appel de son pouvoir.

Ses cheveux de jais étaient emportés par le vent rugissant et ses yeux d'un vert éclatant me transpercèrent l'âme. Le visage déformé par l'effroi, elle se débattait faiblement dans ses liens et cette agitation accentuait le flot de sang qui s'écoulait de la plaie de son ventre.

Un grognement s'échappa de ma poitrine, ce qui avait pour but de lui demander d'arrêter, mais qui ne fit que l'inciter à se débattre davantage.

Je finis par comprendre. Toutes les Luxas que nous avions rencontrées avaient été soulagées de voir un dragon. Chacune d'entre elles nous avait considérés comme leurs sauveurs, même si c'étaient elles qui étaient censées nous sauver. Cependant, cette femme avait été élevée entre les griffes de la guilde, qui avait probablement empoisonné son esprit avec sa propagande contre nous.

En ces lieux, un dragon n'avait rien d'un sauveur.

Un dragon signifiait la mort.

Avec prudence, j'atterris à la bordure du sommet

de la montagne, immobilisai mes ailes et m'avançai lentement. La rage déforma son beau visage, et elle poussa un cri guttural et diabolique, comme si elle était elle-même un dragon, prête à cracher du feu et à détruire tout ce qui se trouverait sur son passage.

Voilà ce qui faisait la différence entre la sorcière qui se trouvait devant moi et toutes celles qui l'avaient précédée. Face à la mort, elle hurlait, non pas de peur, mais de rage, refusant de se soumettre.

Honnêtement, je fus un peu impressionné. Elle me considérait comme son ennemi – me voyant comme la mort qui marchait vers elle –, et pourtant, elle tirait sur ses liens comme si elle était prête à m'affronter, même sous la forme que j'avais prise.

Avec précaution, je tendis une de mes pattes et découpai les cordes avec mes serres aiguisées comme des rasoirs, la libérant ainsi du pilori. C'était sa communauté qui l'avait attachée là, mais c'était de moi qu'elle avait peur. Elle s'effondra sur le sol et l'odeur du sang se propagea comme un parfum de mort autour d'elle, un peu comme un linceul.

Ce qui ne l'empêcha pas d'attraper la pierre la plus proche et de la lancer vers ma tête. Elle rebondit sur ma peau sans autre résultat que d'y laisser quelques impuretés noires qui se mêlèrent à mes écailles. Avec ses yeux verts flamboyants rivés sur moi, elle rugit à nouveau. Essayait-elle de me faire fuir cette montagne ? Elle était ma mission, elle allait venir avec moi quoi qu'il arrive.

Un nouveau grognement fit vibrer ma poitrine, et elle enfonça ses doigts dans la terre, comme si elle s'attendait à ce que je crache du feu ou que je l'engloutisse. Que lui avaient dit ces sales menteurs au sujet des dragons ? Dans quel monde attaquerait-on une femme déjà blessée ? Pour autant que je sache, cela faisait des siècles que personne n'avait mangé qui que ce soit.

— *Ça suffit. Je ne vais pas te faire de mal*, lui dis-je, irrité que nous ne puissions pas communiquer lorsque nous étions métamorphosés.

Elle releva brusquement la tête et ses yeux d'un vert vif me transpercèrent le poitrail, comme si elle avait compris chaque mot que j'avais prononcé. Je tendis la patte vers elle et pris délicatement son corps meurtri entre mes griffes avant de la serrer contre moi. Enfin, les picotements que je sentais sous mes écailles semblèrent se calmer, et je laissai échapper un autre petit grondement. Il ressemblait presque à un ronronnement, un son que je n'avais jamais produit de ma vie. Une légère odeur de carburant lui collait à la peau, et je réalisai qu'elle aurait brûlé si j'étais arrivé plus tard. Un instant plus tard, les premiers rayons de l'aube atteignirent la lanterne de verre posée sur le sol à côté du bois noirci.

Instantanément, le sol s'enflamma. Mais par-dessus le rugissement du feu et le hurlement du vent, j'entendis le cliquetis métallique d'un mécanisme prêt à s'enclencher. Je serrai plus fort la petite sorcière, veillant à ne pas l'écraser, et sautai de la montagne.

La sorcière hurla et ses cris recouvrirent les bruits du brasier et du vent tandis que je repliais mes ailes pour suivre la paroi de la falaise et minimiser les forces de résistance, avant de m'incliner sur le flanc gauche. Lorsque je fus stabilisé, ses cris cessèrent et son petit corps se détendit.

Ce n'était pas plus mal.

— *Je la tiens, mais ils préparent la foudre du dragon. On doit se tirer d'ici et la soigner, sinon, elle ne survivra pas au trajet retour.*

Ce que je ne confiai pas à Xavier dans mes pensées, c'est que je ne pouvais pas utiliser mes pouvoirs en la portant. Pas avec cette Luxa. Elle était imprégnée de tant de poison que je pouvais le sentir me dépouiller de mon pouvoir.

Ce n'était *pas* bon signe.

Xavier fendit le ciel pour me rejoindre tandis que le sifflement d'une flèche traversait l'air à ma droite.

— *Ils ne préparent rien. Ils tirent. Sur ta gauche.*

M'inclinant sur la droite, je plongeai en direction des arbres. Je ne pouvais pas me camoufler, et avec le jour qui s'était levé, je serais une cible géante. Toutefois, les arbres pourraient nous fournir un semblant de couverture si nous parvenions...

Une douleur fulgurante me déchira l'aile gauche et je serrai la sorcière contre moi. Cette douleur allait bientôt se transformer en un véritable enfer d'atroces souffrances.

— *Je suis touché.*

Putain !

— *Mets-toi à l'abri, bon sang.*

Mais je ne savais pas si je *parviendrais* à me mettre à l'abri. Sentant un déplacement d'air à côté de moi, je fondis plus vite vers les arbres pour éviter de me faire embrocher, mon flanc gauche en feu à cause du poison de la flèche. Apparut alors une petite clairière à peine assez grande pour que j'atterrisse, mais je savais que je ne pourrais pas y arriver sans occasionner des dommages, que ce soit à moi ou à la sorcière que je tenais entre mes griffes.

Sauf si...

Xavier rugit, incendiant la cime des arbres avec son souffle enflammé. La chaleur de son feu, couplée à la magie qu'il détenait sous cette forme, désintégra cette partie de la forêt. Un point noir dans le paysage juste assez grand pour que je puisse me poser en toute sécurité.

Déployer mes ailes me donna l'impression qu'on m'arrachait les tripes, mais je parvins à atteindre le sol sans m'écraser. Cependant, au moment où je touchai la terre ferme, mon corps se métamorphosa et reprit la forme de celui d'un homme normal. Heureusement, je pus déposer la sorcière sur le sol avant que mon esprit s'égare dans la transformation, que mes os craquent et se brisent et qu'une douleur nouvelle s'empare de mon corps.

Xavier nous emporta au passage, la sorcière et moi, pour nous mettre à l'abri des arbres. Le *Lumentium* pesa sur ma métamorphose, qui fut l'une des expériences les plus angoissantes que j'aie vécues durant le dernier siècle. La blessure béante serait un problème pour plus tard.

S'il y *avait* un « plus tard ».

Haletant, la tête baissée vers le sol, mon corps reprit forme, et mes oreilles perçurent les craquements révélateurs, bien qu'un peu discontinus, de la métamorphose de Xavier.

— Bon sang, dis-moi que t'as ton paquetage, gémis-je lorsque les bruits cessèrent, espérant qu'il avait emporté des vêtements supplémentaires.

Être allongé nu sur le sol de la forêt avec des fougères sous les fesses n'était pas vraiment l'idée que je me faisais du samedi matin idéal.

La réponse me vint sous la forme de chausses, que je reçus en pleine face.

— T'as de la chance que je me sois préparé, sinon

tes noisettes se seraient balancées dans le vent jusqu'à Tarrasca. Maintenant, viens par ici et aide-moi à arrêter cette hémorragie.

J'enfonçai mes jambes dans les chausses et m'approchai d'elle. La sorcière ne se réveilla pas lorsque Xavier souleva sa tunique crasseuse pour révéler sa blessure. L'hémorragie s'était un peu tarie, ce que je ne pouvais m'empêcher de voir comme un mauvais signe.

— Son sang déborde de *Lumentium*. Je ne sais pas dans quelle mesure je pourrai l'aider, maugréa-t-il, les sourcils froncés. Tiens.

Il me montra les mains de la femme.

— Tiens-la. La cicatrisation va être douloureuse.

Mon œil trembla lorsque je mis ses petites mains dans les miennes. Je savais que les mains d'une Luxa étaient la partie la plus dangereuse de son corps. La sorcière était si menue et si fragile que l'élancement qui me tiraillait le ventre s'intensifia un peu plus. Et sous ma chair, ce désir que je ressentais pour elle s'embrasa. Elle n'avait que la peau sur les os, ses joues étaient si saillantes qu'elles auraient pu couper du verre. Comment avait-elle survécu aussi longtemps ? Comment avait-elle pu passer au travers du danger ?

Avec un pouvoir comme le sien, cela faisait des années qu'elle aurait dû être exécutée.

Xavier posa sa main sur la peau pâle et marbrée

de son abdomen, et un sursaut de rage me tira un petit grognement qui secoua ma poitrine.

Mon meilleur ami écarquilla les yeux.

— Elle n'est pas à nous, chuchota-t-il.

De son regard perçant, il contempla mes doigts enroulés autour de ceux de la sorcière, tandis que son propre dragon illuminait ses yeux l'espace d'un instant.

— Elle lui appartiendra à lui, pas à nous. *Jamais* elle ne sera à nous. Mets-toi bien ça dans la tête avant qu'il le sente.

Mais l'animal qui se déchaînait en moi avait une tout autre opinion sur la question. Même calmé par la blessure ouverte faite par le *Lumentium*, mon dragon voulait la lui arracher des mains et la serrer contre sa poitrine, là où était sa place.

Mais Xavier avait raison.

Cette sorcière ne serait jamais mienne, quoi que puisse désirer mon dragon. Et pour la survie de notre royaume, je devais l'accepter.

Je n'avais pas le choix.

Une lumière blanche et aveuglante jaillit à l'endroit où leurs deux corps se touchaient. Tout comme ses écailles, la magie de Xavier différait de la mienne. Plus doué que moi pour l'art de la guérison, et malgré la malédiction qui avait affaibli nos pouvoirs, il déversa son énergie dans la sorcière.

Les yeux de la jeune femme s'écarquillèrent et révélèrent leurs sclères et leurs iris, plus lumineux que le soleil. Leur vert éclatant avait disparu. Son cri déchira l'air tandis que son dos s'arquait sur le sol de la forêt. Je connaissais très bien les horribles souffrances qu'on éprouve lors de la guérison. Pendant que je la maintenais au sol, Xavier termina de la soigner, ses mains plongeant dans sa chair pour lui insuffler davantage de pouvoir. Les cheveux blancs et les yeux pâles de mon ami brillaient de sa magie, mais il lui fallait tout donner.

Puis les cris de la sorcière se turent, ses yeux se fermèrent, et elle retomba sur le sol. Une partie de moi frémit à l'idée que nous étions peut-être arrivés trop tard. Xavier retira doucement sa main de la plaie, qui cicatrisa lentement. Mais aucune de ses autres blessures ne firent comme celle-là, elle avait toujours d'épaisses cicatrices roses à l'endroit où sa chair aurait dû être lisse.

Le front perlé de sueur, Xavier se laissa tomber, le cul dans la terre.

— J'ai fait tout ce que j'ai pu. Elle vivra, mais le reste devra être soigné à l'ancienne. Et on est cloués au sol. Le retour à pied jusqu'à Tarrasca risque d'être long si on ne trouve pas de chevaux.

Ma mission consistait à retrouver la Luxa, et elle était accomplie.

À présent, je devais la conduire auprès du roi Idris.

Serrant les dents, je retirai ma main de sa peau. Je ne pensais même plus à ma poitrine douloureuse tant je m'inquiétais pour elle. Son corps bougeait à peine.

Elle n'était pas à moi. Elle n'était pas à nous. Elle était *à lui*.

Si elle réussissait à survivre à ces épreuves.

Je détestais *vraiment* mon travail.

CHAPITRE 5
VALE

Un léger balancement me tira de l'obscurité, ainsi qu'un parfum fumé et épicé. Bien au chaud pour la première fois depuis une éternité, je me blottis plus près de la tiédeur apaisante qui soulageait mon corps en souffrance et que je ne voulais pas perdre.

Quand j'étais petite, dans nos quartiers, ma mère me préparait un hamac moelleux, chargé de couvertures en duvet d'oie et recouvert d'un épais molleton pour lutter contre les nuits froides. Je ressentais la même chose à ce moment précis. J'étais en sécurité et au chaud, l'esprit tranquille, comme si rien ni personne ne pouvait m'atteindre ni me faire du mal.

Un soupir s'échappa de mes lèvres et je luttai pour me rapprocher de la source de chaleur. Si j'étais plongée dans un rêve, je préférais rester assoupie. Et si c'était à cela que ressemblait la mort, j'étais ravie de l'accepter.

La dernière chose dont je me souvenais, c'était d'avoir crié face à un dragon noir géant. La bête, avec ses yeux d'un jaune ardent, ne m'avait clairement *pas* incendiée ; à la place, elle avait coupé les cordes me retenant au poteau et avait sauté de la falaise en me tenant entre ses griffes massives.

Mais mon imagination me jouait peut-être des tours.

Plus vraisemblablement, j'étais morte bien avant d'avoir eu cette hallucination de dragon, et j'étais en sécurité et au chaud dans l'au-delà, Orrus m'ayant pardonnée pour toutes les fois où je l'avais maudit et faisant preuve de bonté à mon égard.

Je sentis des bras puissants se resserrer autour de moi tandis qu'un ricanement faisait vibrer mon épaule et ma poitrine. Ouvrant grand les yeux, je réalisai trop vite que je ne me balançais *pas* dans le hamac de mon enfance, recouverte d'une couverture, et que je ne me délectais *pas* de la tranquillité sereine de l'au-delà. Non, je me trouvais sur un cheval avec un parfait inconnu. Collée à son ventre, je me blottissais contre lui comme un chat.

Une décharge d'adrénaline me traversa tandis

que, tout en essayant de ne pas tomber de l'animal, je luttais pour m'éloigner du géant aux cheveux blancs qui me maintenait contre son torse.

— Doucement, me gronda-t-il avec un soupçon d'hilarité, tandis que ses yeux d'un bleu pâle s'illuminaient et qu'il me serrait plus fort contre lui. T'es en sécurité maintenant.

En sécurité ?

Je ne l'avais jamais été de ma vie. De plus, comment aurais-je pu me considérer « en sécurité » alors que je me retrouvais collée à un étranger d'une beauté stupéfiante après avoir failli être brûlée au bûcher ? Ses yeux étaient aussi lumineux qu'un ciel d'été, d'un bleu si clair qu'il aurait pu être gris. Son regard captivant était contrebalancé par des sourcils sombres et expressifs qui, eux-mêmes, contrastaient avec ses longs cheveux blancs, dont la moitié supérieure, qui était relevée, dégageait son visage parfait.

L'angle prononcé de sa mâchoire menait à une bouche parfaitement dessinée, dont les larges lèvres charnues s'arquaient en un sourire tendre.

Sur quelqu'un d'autre, ce sourire aurait pu sembler condescendant, mais sur lui, il paraissait presque... *authentique*. Cela faisait une éternité que je n'avais pas vu de réelles émotions, en-dehors de l'avarice ou de la peur. Ce fut donc l'expression de son visage qui me perdit vraiment. J'avais vu un tas de belles personnes dans le ventre de la montagne. Théoriquement, Thane lui-même était séduisant, mais il restait la personne la plus laide que je connaisse, après son père.

Cet homme-là était d'une beauté désarmante, et une chaleur insupportable me monta aux joues lorsque je réalisai à quoi je devais ressembler à ses yeux. Curieusement, il m'avait sauvée. Peut-être que je n'avais pas imaginé le dragon. Peut-être qu'il m'avait emportée du sommet de la montagne et m'avait lâchée alors que j'étais inconsciente. Peut-être qu'il ne voulait pas manger un cadavre, ou que je n'avais pas assez de chair sur les os.

L'*absence* de douleur atroce interrompit mon débat intérieur. La mort avait été si proche, du sang s'était écoulé d'une blessure qui aurait certainement provoqué ma mort si le dragon n'était pas arrivé. Constatant la disparition de l'insupportable douleur que le coup de couteau avait entraînée, je posai instinctivement une main sur mon ventre. Je relevai alors ma tunique crasseuse, dont le tissu s'était raidi à cause du sang séché. Ma peau s'était ressoudée, il ne restait qu'une cicatrice rose.

Passant un doigt sur l'ancienne plaie, je me demandai combien de temps j'étais restée inconsciente.

Des semaines ?

Des jours ?

— Je... je ne comprends pas, murmurai-je, fixant toujours la peau intacte et essayant de comprendre le déroulement des événements. Comment je suis arrivée ici ?

J'avais des milliers d'autres questions à poser et j'espérais que cet homme me prendrait en pitié et commencerait à parler.

— Tu ne te souviens pas ? lança une voix grave et sarcastique, détournant mon attention du géant aux cheveux blancs pour me faire tourner la tête vers un autre homme à cheval à côté de nous, qui me regardait de ses yeux ambre familiers.

Sous son regard perçant, je sentis mon souffle et mon cœur s'emballer. Aussi grand que l'homme qui me tenait dans ses bras, il avait des cheveux noirs ébouriffés et une barbe divisée par une longue cicatrice irrégulière qui partait de son oreille et descendait sur sa mâchoire carrée pour atteindre sa lèvre inférieure.

Alors que l'homme qui me tenait portait un équipement complet en cuir noir, qui le couvrait du cou aux poignets, celui-là n'avait qu'un pantalon et une tunique, des vêtements qui semblaient peu adaptés aux températures froides. Ses yeux dorés, d'une couleur éclatante par rapport à sa peau fauve, se plissèrent, mais je n'arrivais pas à me rappeler où je les avais vus.

Toutefois, il n'avait pas l'air d'avoir froid. Il semblait seulement énervé.

Contre moi ? Qu'avais-je fait ?

— Me souvenir de *quoi* ?

J'avais beau passer en revue mes souvenirs les plus récents, je n'en trouvai aucun où il figurait, lui ou son ami. Je m'en serais souvenu si je les avais vus, ces deux-là, sous la montagne. Il aurait fallu que je sois morte pour les oublier.

Le grincheux, dont les yeux envoûtants m'attiraient presque à lui, frotta la cicatrice de son visage comme si elle le faisait encore souffrir.

— Oh, je ne sais pas, marmonna-t-il en haussant les épaules. D'avoir été attachée à un pilori, d'avoir failli mourir en te vidant de ton sang à cause d'un coup de couteau dans le ventre, ou...

— Kian, arrête, grommela l'homme aux cheveux blancs en le coupant dans son élan. Elle en a bavé. Calme-toi.

La voix de Kian m'était presque aussi familière que ses yeux, mais je n'arrivais pas à la resituer. J'avais l'impression...

Ça suffit. Je ne vais pas te faire de mal.

Je me figeai, cessai de respirer, et faillis tomber du

cheval. Les yeux écarquillés, je me mis à griffer et à donner des coups de pied, ce qui déplut à la monture. Puis je me libérai, glissai sur le sol avant de partir à toute vitesse, en ignorant la morsure du froid sur mes pieds nus.

Kian était un dragon.

Le dragon était Kian.

Kian était un *dragon*.

Les dragons étaient des *gens*.

Soudain, je sentis le poids d'une veste en cuir sur mes épaules, sa longueur se prit dans mes jambes et me fit trébucher. Je m'étalai de tout mon long sur le sol de la forêt, et sous le coup du choc, j'oubliai toutes mes pensées et tout plan de fuite. Transpercée par une vague de douleur, je me recroquevillai en position fœtale, luttant pour endurer le pic de la crise.

J'avais été poignardée. J'avais été guérie. J'avais quitté cette montagne, emportée par un dragon, qui n'était autre que Kian.

Plus rien n'avait de sens. Comment les dragons pouvaient-ils être humains ? Comment avais-je pu être guérie ?

Et si les dragons étaient des êtres humains, comment pouvaient-ils tuer avec une telle cruauté ? Comment pouvaient-ils prendre des vies innocentes ? Et qu'est-ce que cela signifiait pour moi ?

Nyrah. Son nom résonna dans ma tête alors que le souvenir de ma sœur traversait ma souffrance et mon agitation interne pour me ramener à la raison.

Debout. Respire pour supporter la douleur et lève-toi. Trouve-la.

Soit ma sœur était au milieu de cette forêt, soit... soit...

Je ne pouvais même pas songer à l'autre possibilité. Avec une gémissement, j'essayai de me débarrasser de la veste, de me dépouiller de ce vêtement qui m'avait fait trébucher, mais deux mains solides m'arrachèrent du sol comme si je ne pesais rien.

Sans avoir à tourner les yeux vers lui, je sus qu'il s'agissait de Kian.

— Attention, me chuchota-t-il à l'oreille en me confirmant ainsi que j'avais raison. On a utilisé beaucoup d'énergie pour te garder en vie, sorcière. Il serait dommage d'anéantir tout notre travail maintenant.

Je clignai plusieurs fois des yeux et utilisai une bouffée d'énergie pour m'arracher à son emprise en me décalant pour lui faire face. Certes, j'étais pliée en deux et m'agrippais le ventre, mais je préférais mourir que le laisser me soutenir. Je marcherais sur mes deux jambes, au risque de trépasser.

— Mon nom n'est pas *Sorcière*, hoquetai-je en essayant de réguler ma respiration et en ravalant la douleur comme je l'avais fait toute ma putain de vie.

Dents serrées, je me redressai.

— Je m'appelle Vale.

Mais il n'en avait sûrement rien à foutre, de mon nom ou de la raison pour laquelle je devais continuer mon chemin. Lentement, je reculai d'un pas, en me débarrassant du long manteau de cuir qui devait lui appartenir et en le laissant tomber par terre. S'il me fallait courir à nouveau, cette chose ne ferait que me ralentir.

Pourtant, je fus incapable d'arrêter le frisson qui secoua mon corps quand le froid s'infiltra jusqu'à mes os.

Encore une fois, il plissa les yeux. Était-ce son expression habituelle ? Il croisa les bras. Les muscles de son torse et de ses bras se contractaient alors qu'il me fixait de toute sa hauteur.

— Je me fiche de ton nom, déclara-t-il. Tu n'es qu'une Luxa de plus à livrer à mon roi. Maintenant, arrête de faire la casse-pieds et remonte à cheval.

Luxa. Il savait ce que j'étais – ou plutôt le potentiel que j'avais –, et comme un colis, il comptait me livrer à son roi.

Une Luxa réveillera la Bête...

Une Luxa la délivrera...

Une Luxa nous détruira tous...

Comme animés d'une vie propre, mes pieds s'éloignèrent. Je réalisai en un clin d'œil que je préférais brûler sur le bûcher plutôt que de le laisser me livrer à qui que ce soit. Surtout à un roi bestial emprisonné par le pouvoir d'une Luxa.

La haine et la peur me dévastaient les tripes.

— Va te faire foutre, dragon. Je préfère mourir ici et maintenant dans cette forêt plutôt que d'aider un roi qui a contribué à la mort de mes parents.

Il hocha la tête, comme s'il s'était attendu à ma réponse, avec une moue qui ressemblait presque à un sourire. Puis il me saisit à la gorge. En une fraction de seconde, il me souleva pour me plaquer contre son flanc et ramassa sa veste au passage avec une souplesse que je n'aurais jamais pu reproduire, même en essayant. Ça me faisait mal de l'admettre, mais même s'il ne me traitait pas avec gentillesse, il me donnait le sentiment de veiller attentivement à ne pas me faire de mal.

Pour une raison que je ne parvins pas à m'expliquer, cela m'énerva encore plus.

— Personne ne t'a demandé ce que tu voulais, ronchonna Kian, dont la force écrasante donna à ma fuite un air pitoyable lorsqu'il m'emporta comme un sac de grain vers les chevaux. On a une mission, et j'ai l'intention de la mener à bien. Tu peux nous accompagner de ton plein gré ou être attachée sur le dos d'un cheval. Dans les deux cas, on accomplira notre devoir. C'est à toi de choisir.

Ce n'était pas la première fois qu'on me privait de mon pouvoir de décision, que mon avenir était déterminé par un fumier autoritaire qui détenait trop de pouvoir et pas assez de sagesse. Et comme pour la guilde, je n'avais aucune intention de suivre le chef : je prévoyais de me taire et d'ouvrir grand les yeux pour saisir la première occasion qui se présenterait de m'échapper.

J'étais peut-être libérée du *Perder Lucem*, mais Nyrah était toujours dans la nature. Elle pouvait être gelée au milieu de cette forêt ou toujours coincée sous la montagne. Dans tous les cas, je la retrouverais ou mourrais en essayant.

Je n'avais besoin que d'une brèche.

— De rien, au fait, marmonna-t-il à mon oreille tandis que son souffle chaud sur ma peau me donnait des frissons le long de ma colonne vertébrale. Si je t'avais laissée là, tu serais morte. Mais c'était peut-être ton plan ? Si c'est le cas, tu faisais un travail remarquable.

Cela faisait un sacré bout de temps que j'avais appris que le silence est une qualité face à l'arrogance. Les gens sont dans l'incapacité de vous démolir s'ils n'ont rien à se mettre sous la dent. Pourtant, quelque chose en lui me donnait envie de résister, de m'énerver, alors me taire n'était pas vraiment une option.

— Compte tenu du fait que votre roi a plus besoin de moi que je n'ai besoin de lui, il m'est difficile d'éprouver de la gratitude. Et si tu comptes la ramener parce que tu m'as arrachée à cette montagne après que j'ai sauvé la vie de ma sœur, tu ferais mieux de te taire. Je préférerais mille fois brûler plutôt que de laisser ma sœur souffrir.

Kian me déposa et l'impact se répercuta sur la plaie pas tout à fait cicatrisée qui barrait mon ventre. Sifflant de douleur, je me forçai à rester bien droite et à lever les yeux, *plus haut, encore plus haut*, vers ce regard ambré plein de mépris. Peu importait sa taille, sa beauté ou la force avec laquelle il m'avait récupérée sur cette montagne, comme si je n'étais pas plus lourde qu'un caillou.

Il ne gagnerait pas avec moi. Ni maintenant, ni jamais.

— Garde ça à l'esprit, dragon. J'ai déjà tué, et je n'hésiterai pas à le refaire s'il le faut. Maintenant, écarte-toi de mon chemin. J'ai une sœur à retrouver.

Il prit un air sceptique avant d'échanger un regard avec le géant aux cheveux blancs dont je ne connaissais toujours pas le nom.

— Comment tu comptes la retrouver ? demanda Kian sur un ton à la fois réprobateur et bienveillant. En errant dans la forêt et en criant son nom ? Tu comptes prendre d'assaut la montagne toute seule ? Tu tiens à peine debout.

En vérité, je n'avais pas de plan du tout. Aussi dures que soient ses paroles, la meilleure option qui se présentait à moi était de passer au peigne fin l'immensité de cette stupide forêt. Et le pire, c'était que j'ignorais où nous nous trouvions et la distance que nous avions parcourue. Je pouvais tout aussi bien être à quelques kilomètres d'elle que dans une province complètement différente à l'heure qu'il était.

Un sentiment d'échec me dévora. Mon travail consistait à assurer la sécurité de Nyrah. Comment pouvais-je le faire si je partais dans la direction opposée ? Comment pouvais-je la protéger si je n'étais pas à ses côtés ?

Sans raison, je me mis à pleurer. Oui, je l'avais sauvée de Thane, mais comment la sauver d'Arden alors que je ne savais même pas si elle était encore en vie ? Je chassai rudement mes larmes et serrai les dents.

— Peut-être qu'on part du mauvais pied, grommela l'homme aux cheveux blancs.

Il descendit de cheval, son imposante carrure était suffisamment intimidante pour que je recule d'un pas. C'était une chose que Kian soit aussi odieusement grand, mais qu'ils le soient tous les deux ? Je n'arriverais jamais à sortir de cette forêt si je les avais sur les talons.

Une douleur enflait dans ma poitrine, menaçant de la faire éclater. J'avais manqué au devoir que m'avaient confié mes parents. J'avais laissé tomber Nyrah. Elle était seule au monde, sans personne pour la protéger, et surtout sans moi. Et il y avait ces deux-là qui voulaient que je les suive aveuglément jusqu'au roi à cause duquel nous en étions arrivés là.

— Je m'appelle Xavier, et ce connard, c'est Kian, dit le géant en me présentant sa main pour que je la serre. Enchanté, Vale.

Je fronçai les sourcils en fixant son énorme paluche. Si je la prenais, il pourrait facilement me maîtriser et me faire remonter sur le cheval. Si je refusais cette main tendue, je passerais pour une connasse. Toutefois, la politesse n'était pas mon principal souci.

Mon regard se porta sur Kian, dont l'expression impénétrable ne trahissait rien de leurs intentions. Je n'aurais su dire si c'était une ruse, mais quelque chose chez Xavier détendit le nœud de chagrin qui m'enserrait la poitrine. Je plaçai ma main dans la sienne et il referma doucement ses doigts autour.

Il aurait pu l'écraser s'il l'avait voulu, mais il s'en était abstenu.

— Je suis désolée que notre rencontre se soit faite

dans la précipitation, mais sauver ta vie était plus important pour nous que la politesse. Je n'ai pas pu te guérir complètement et je crains que les cicatrices restent, mais j'ai fait ce que j'ai pu.

C'était lui qui m'avait guérie ? De toute évidence, il n'avait pas examiné d'autres parties de mon corps pendant qu'il s'attelait à sa tâche, sinon il aurait découvert que j'en avais tout un lot.

— Je me fiche des cicatrices. Et...

Je déglutis difficilement, entourant ma poitrine de mes bras pour préserver la chaleur fugitive de mon corps. J'étais en vie grâce à eux. Ils avaient beau vouloir me donner à leur roi, je leur devais – *au moins* – un peu de gratitude.

— Merci à vous deux. Mais je ne peux pas venir avec vous.

Xavier et Kian échangèrent un regard juste avant que le premier m'attire doucement vers lui et me serre sous son bras pour partager la chaleur dont j'avais désespérément besoin après m'être débarrassée du manteau de Kian. Je sentis ma poitrine se détendre à nouveau un peu, et je ne pus retenir le sourire qui se dessina sur mes lèvres.

— Je comprends, murmura-t-il. Tu veux aider ta sœur. Mais ce n'est pas possible pour l'instant. T'es blessée, tu n'as pas de provisions pour faire demi-tour et tu n'as aucun plan. On pourrait peut-être parler au roi. Si tu l'aides, il t'accordera probablement une faveur. Tu pourrais lui demander de t'aider à sauver ta sœur.

Je n'étais pas idiote. Je savais qu'il me disait ce que je voulais entendre pour me remettre en selle. Ils avaient une mission qui consistait à me livrer à leur roi. Mais aucune autre solution ne me vint, à part mourir dans la forêt ou être ligotée et forcée à les accompagner.

Après m'être dégagée des bras de Xavier, je réfléchis à mes options pendant un long moment. Je déglutis et finis par acquiescer à contrecœur.

Alors je sentis à nouveau sur mes épaules le poids d'un manteau qui calma les frissons qui avaient secoué tout mon corps sans que je m'en rende compte. Je jetai un coup d'œil derrière moi, mais Kian, qui m'avait tourné le dos, remontait déjà à cheval.

Manifestement, il était aussi peu disposé à entendre mes remerciements que je l'avais moi-même été à les adresser.

Xavier me gratifia d'un sourire éclatant, bien que fatigué. Puis nous grimpâmes à nouveau sur sa monture. Tout en m'enveloppant de son grand corps, il fit avancer l'animal vers le seul endroit où je n'avais jamais voulu aller. Et qui était pourtant le seul où je pouvais être acceptée.

Son bras chaud enveloppait mon ventre en me maintenant d'une manière qui m'indiquait que je n'irais nulle part ailleurs que là où ils voulaient que j'aille.

Mes joues s'échauffèrent. Étais-je mieux à cet endroit ou au sommet de la montagne avec un couteau planté dans le ventre ?

J'allais le découvrir, supposai-je.

CHAPITRE 6
VALE

La forêt possédait des yeux.

Malgré les ballotements réguliers du cheval et la chaleur irradiant de Xavier dans mon dos, je me crispai aussitôt que le soleil commença à décliner. Les bruits n'étaient pas les seuls responsables, mais ils n'aidaient pas. La montagne que j'avais pendant longtemps considérée comme ma maison abritait peu de vie, alors chaque bruit s'élevant au-delà des arbres me faisait sursauter.

De temps en temps, nous apercevions un petit mammifère à fourrure qui sortait de sa tanière, mais ce n'était pas à cause de ce genre de créature que j'étais à fleur de peau. Une *autre* présence rôdait dans les arbres. Je le sentais.

Et je n'étais pas la seule.

Kian et Xavier semblaient tout aussi inquiets que

moi. Les épaules raides, ils guidaient les chevaux à travers la forêt clairsemée. De la neige commença à tomber alors que nous gravissions une nouvelle colline. Xavier avait expliqué que nous contournions la chaîne de montagnes qui séparait la province de Girovian de celle de Festia, où se trouvait la capitale du Crédour.

— *Théoriquement*, on n'est pas en territoire ennemi puisqu'on n'est pas en guerre, avait dit Kian, dont l'expression glaciale semblait étayer ses paroles tandis qu'il incitait son cheval à accélérer. Mais je ne voudrais pas qu'on nous attrape dans ces bois.

À partir de ce moment-là, je me transformai en boule de nerfs, effrayée par chaque brindille qui craquait et chaque branche qui bougeait. J'avais survécu avec difficulté à la guilde dans laquelle j'avais grandi. J'ignorais ce que je ferais s'il nous fallait affronter une armée.

J'essayai de me rappeler la longue liste de territoires mentionnée par Xavier. Le royaume du Crédour était bien plus vaste que je ne l'avais cru. Il m'avait expliqué que le *Perder Lucem* était situé dans la chaîne de montagnes la plus septentrionale de la province de Direveil, domaine dont je n'avais jamais entendu parler dans la guilde.

Au sud de la chaîne se trouvait Girovia et sa forêt, une province qui n'aimait pas son statut de barrière entre la capitale et la guilde, et qui détestait les deux adversaires de manière égale. Festia était proche, mais le col de la montagne était entravé par de violents blizzards hivernaux. L'altitude y était si insupportable que seuls les dragons pouvaient en arpenter les cieux. Il existait d'autres territoires périphériques, mais j'avais déjà oublié leurs noms.

Dans mes plans les plus poussés, je ne m'étais jamais permis de penser à autre chose qu'à nous faire traverser, Nyrah et moi, la longue crête escarpée de la montagne pour rejoindre la forêt. Le Crédour était au sud, mais c'était la seule chose que je savais, je n'avais aucune idée de sa position exacte.

La réalité me frappa. Je sentis mes épaules s'affaisser et la honte me submerger tandis que je balayais du regard les alentours. Je n'aurais pas été en mesure de mettre Nyrah à l'abri avec mon plan hâtif et mal conçu. Nous n'avions pas de chevaux, aucun vêtement adéquat et aucun moyen de nous abriter. Il nous aurait fallu des jours pour parcourir la distance sur laquelle nous avions voyagé tous les trois au cours de ces longues heures.

Je n'avais même pas volé assez de rations.

Mais pour elle toute seule, il y en avait suffisamment, et elle était intelligente. Si elle réussissait à s'en sortir, elle survivrait. Mais si elle n'y arrivait pas...

Xavier serra plus fort ma taille, et la profonde

inspiration qu'il prit m'incita à regarder par-dessus mon épaule.

— Qu'est-ce qu'il y a ? murmurai-je en observant la forêt avant de me reconcentrer sur lui.

Ses pupilles cristallines brillaient dans l'obscurité grandissante, ses lèvres étaient pincées.

— T'es contrariée, marmonna-t-il, sans desserrer son étreinte d'un millimètre. Je sens l'odeur du regret sur toi. Qu'est-ce qui te rend si triste ?

— Ce n'est rien, répondis-je en regardant à nouveau devant moi et en haussant les épaules pour ne pas trahir mes pensées.

Je mentais. Nyrah était loin de ne *rien* représenter pour moi, mais je ne pouvais pas changer sa situation, et parler d'évasion les mettrait tous les deux sur les nerfs. Je savais que je ne pouvais pas la rejoindre, que mon plan était horrible, et que nos chances de survivre et d'arriver dans un endroit où nous serions acceptées étaient quasiment nulles. Me laisser hanter par cela ne changerait absolument rien.

Xavier soupira sur ma nuque et je réprimai un frisson. Son souffle me brûla presque la peau, comme s'il pouvait cracher du feu, et je réalisai alors que l'homme était *aussi* un dragon et qu'il possédait donc probablement cette capacité. Mais la douceur de sa respiration me noua le ventre, tout comme son étreinte. C'était tendre et rassurant, le premier signe de réconfort qu'on me donnait.

Maman et Papa n'avaient pas été du genre à me consoler, notre foyer et la guilde ne permettant pas de tels comportements. Après leur décès, je n'avais plus fait de câlins qu'à Nyrah, mais je devais admettre que j'étais moi aussi maladroite et coincée. Je ne savais pas comment réconforter un enfant éploré, et personne ne m'avait enseigné le rôle de mère.

Je luttai contre l'envie de me coller à nouveau à Xavier pour qu'il me berce. Ce serait si facile et tellement, *tellement* dangereux !

Qu'est-ce qu'un dragon pouvait apporter de bon ? Ces hommes n'étaient ni mes amis ni ma famille. S'ils se souciaient de moi, c'était seulement dans le cadre de leur travail. Xavier jouait la carte de la gentillesse, mais c'était juste parce qu'il voulait que je lui fasse confiance. Peu importait que je sente mon cœur palpiter dans ma poitrine ou mon estomac se nouer chaque fois que je le touchais. Peu importait que son souffle sur mon cou réveille mon désir.

Je n'étais pas dupe.

N'est-ce pas ?

Je me raidis, m'écartai de lui et repoussai son bras. Je ne m'abandonnerais pas à un faux sentiment de sécurité pour me faire à nouveau couper l'herbe sous le pied. Je ne ferais confiance à aucun d'entre eux, car je savais que je n'étais pas en sécurité. Ni sur le dos de ce cheval, ni à Direveil, et dans le Crédour non plus.

Et encore moins dans le domaine du roi.

Un petit bruissement hérissa tous les poils de mes bras, juste avant qu'une grosse flèche métallique s'enfonce dans le tronc d'un arbre, à quelques centimètres de mon visage. En un éclair, Xavier arracha la flèche de l'écorce et la relança dans la direction de laquelle elle était venue.

Dans l'obscurité, un cri aigu retentit, m'indiquant qu'il avait visé juste.

Plusieurs choses semblèrent alors se produire en même temps. Un rideau de flèches s'envola de la lisière des arbres en envahissant l'espace assombri alors que nous descendions de cheval. Xavier me mit en sécurité derrière le corps imposant de celui-ci, qui bloqua la plupart des flèches. Le son horrible qu'elles produisirent en s'enfonçant dans l'animal, qui encaissa à notre place, me fit monter les larmes aux yeux.

J'avais maudit Orrus à de nombreuses reprises au fil des années, mais là...

Dégainant une épée accrochée à son dos, Xavier lâcha un grognement. Il me cachait le pire de la scène avec sa grande silhouette. Je détectai la chaleur de Kian sur ma droite alors que j'étais brutalement repoussée derrière un arbre épais, dont le tronc noueux n'offrait qu'une piètre protection contre l'attaque. C'étaient eux qui me servaient de boucliers, obstruant mon champ de vision et masquant nos assaillants.

Cependant, je pouvais entendre les vagues de flèches frappant l'écorce à de multiples reprises.

— Vous vous souvenez quand j'ai dit qu'il valait mieux qu'on ne se fasse pas surprendre dans ces bois ? marmonna Kian en sortant une double épée du fourreau qu'il portait dans le dos.

Supposant que la question était rhétorique – ou trop choquée pour parler –, je me contentai de le regarder en clignant des yeux. Je n'avais jamais participé à un combat auparavant, mais à en juger par la lueur qui brillait dans ses yeux, il en avait pour sa part déjà vu plus d'un.

— Combien ? grommela Xavier en retirant une grosse flèche plantée dans son flanc.

— Une douzaine, marmonna Kian, avant de s'interrompre pour renifler l'air. Ils utilisent des renforcements magiques. Des amulettes et des sorts, très probablement.

Xavier retourna la flèche, la renvoya et reçut en réponse un nouveau cri de l'adversaire.

— Moins d'une douzaine maintenant. Est-ce que t'es en mesure de nous aider ?

Aider ? Parlait-il de manier ces épées géantes ou... ?

Les yeux de Kian s'illuminèrent, ses iris ambrés brillaient dans la pénombre tandis qu'il demeurait complètement immobile. Puis un sourire impitoyable vint courber ses lèvres un instant avant de s'estomper.

— Je *pourrais* aider. Mais il y a quelqu'un avec nous qui nous coupe le robinet, lâcha-t-il en me regardant de ses yeux plissés.

Je n'arrivais pas à comprendre de quoi il parlait, jusqu'à ce que je me souvienne du *Lumentium* que je gardais toujours dans ma poche. Je fouillai le tissu à la recherche de la pierre qui plombait habituellement mon pouvoir, mais je ne trouvai rien.

— Je n'ai pas de *Lumentium* ! protestai-je stupidement, de plus en plus confuse.

Je n'avais pas plus envie que lui de me retrouver dans cette forêt où on nous tirait des flèches dessus. Et s'il pouvait utiliser la magie, je ne demandais que ça. J'avais beau maudire Orrus, je n'avais aucune envie de le rencontrer personnellement.

— T'en es couverte, rétorqua Kian en levant les yeux au ciel et en resserrant sa prise sur ses épées. Il coule dans ton sang et imprègne ta peau. Après des décennies à le respirer, il s'est probablement infiltré jusqu'à tes os.

J'étais sûre qu'il avait raison, mais...

— J'ai quand même utilisé mes pouvoirs sous la montagne, confiai-je d'une voix à peine plus forte qu'un murmure.

Mais *bien sûr*, ils le savaient. L'utilisation de ma magie leur avait signalé mon existence d'une manière ou d'une autre, les attirant vers moi comme une balise. Un instant plus tard, il confirma mes pensées.

— T'étais *sous* la montagne quand tu... commença Xavier, mais il s'interrompit en croisant le regard de Kian au-dessus de ma tête.

Ils semblaient communiquer télépathiquement, mais leur conversation fut brusquement coupée par une nouvelle vague de flèches.

— On a besoin d'une ouverture pour mettre fin à cette situation, expliqua Kian en tournant de nouveau son regard ambré vers moi. Si tu veux bien utiliser tes incroyables *pouvoirs de Luxa* pour nous aider à tuer ces enfoirés, on est partants.

Mais Thane avait été la seule personne que j'avais tuée, et j'avais agi aveuglément sous le coup de la panique et de la rage. C'était... c'était... une situation similaire.

Déterminée, je saisis la dague qu'il portait à sa ceinture. Je n'avais aucune envie de l'aider, ni lui ni son roi, mais je n'avais pas plus l'intention que lui de mourir dans cette stupide forêt glaciale.

— Je vais voir ce que je peux faire, râlai-je avant

d'entailler la peau délicate de mon poignet en prenant soin de ne pas aller trop loin.

Sa dague était plus aiguisée que toutes celles que j'avais utilisées, l'acier qui la constituait était de la plus haute qualité. Un mince filet de sang coula de l'entaille avant que la lumière éclose. Je ne m'étais jamais servi de ce pouvoir volontairement, il m'était donc impossible de le contrôler, mais je pouvais le forcer à sortir. L'éclat s'intensifia, et l'arbre ne parvint plus à cacher la cible brillante que j'étais devenue.

— Oh, super ! Maintenant, t'es un phare dans l'obscurité au lieu d'être une arme.

Grinçant des dents, je lui lançai un regard noir.

— T'es pas censé être un dragon ? Pourquoi tu ne te transformes pas pour cracher du feu ou un truc du genre ? Je croyais que tu n'étais bon qu'à ça.

Le regard ambré de Kian s'embrasa, autre phare dans la nuit, et un sourire arrogant se dessina sur son visage.

— Je ne suis pas bon qu'à ça, dit-il.

Puis il quitta l'abri que représentait l'arbre en tournoyant sur lui-même pour profiter de la diversion que lui offrait ma lumière, puis il s'élança dans la nuit vers la bataille.

Fermant les yeux, j'essayai de faire appel aux volutes de pouvoir que je sentais dans mes veines. Oui, j'étais fatiguée et j'avais mal, mes blessures me faisaient encore souffrir, mais ce n'était pas nouveau pour moi. Affamée et épuisée, j'avais tout de même sauvé Nyrah d'un sort pire que la mort. Je pouvais réussir à nous faire sortir de cette forêt.

— C'est ça, Vale. Invoque-le, ronronna Xavier, dont la voix était si proche de mon oreille que j'en frissonnai. Accroche-toi à lui et libère-le.

Il donnait presque l'impression de voir ce filet de magie en moi et m'efforçait à m'y cramponner pour nous sauver tous. J'essayai de m'en saisir, mais ne parvins pas à agir assez vite.

J'avais du mal à accéder à ma magie, à m'en servir comme d'une arme, mais nos assaillants n'avaient pas ce problème. L'arbre qui nous avait protégés de leurs assauts trembla, ébranlé, puis il fut arraché de la terre, ses racines se tordirent dans l'air en se brisant au moment où il fut délogé.

Xavier me prit par la taille et me hissa dans ses bras pour me jeter sur le sol gelé couvert de neige. Un grognement féroce s'échappa de sa gorge tandis que des écailles blanches recouvraient ses bras et remontaient le long de son cou. Ses yeux d'un bleu pâle devinrent encore plus lumineux que ma magie quand il enfonça son épée dans les racines de l'arbre.

Celles-ci étaient à présent munies de très longues épines, et je faillis hurler lorsque l'une d'elles frappa le ventre de Xavier en accrochant le tissu de sa tunique juste avant qu'il parvienne à se dégager en tournoyant.

Des flèches fendirent l'air, chacune d'entre elles le frôla. Les pointes mortelles se logèrent dans le sol à ses pieds. Incapable de faire remonter ma magie à la surface, je fis le peu que je pouvais pour l'aider : m'écarter de l'arbre du Diable, en espérant que, loin de moi, Xavier pourrait libérer pleinement son pouvoir.

Brutalement, je fus arrachée du sol par des mains qui me firent pivoter vers un homme ratatiné et encapuchonné, aux yeux d'un violet brillant. Son sourire noirci empestait la putréfaction et la mort, et je n'avais jamais rien vu d'aussi effrayant que l'expression déjantée qu'il arborait.

— Ordure de Crédour, cracha-t-il en empoignant ma tunique pour me soulever. Tu mourras dans cette forêt.

Mais j'avais déjà été suffisamment menacée au cours des dernières vingt-quatre heures pour laisser ce mage nauséabond me tuer. Je resserrai ma prise autour de la dague de Kian, lame que j'avais curieusement toujours en main, et je le tailladai. Le métal extrêmement tranchant traversa ses os et lui coupa la tête d'un seul coup.

De la bile remonta dans ma gorge tandis qu'il me relâchait et que sa chair se ratatinait à vue d'œil. Ses doigts craquèrent au moment où j'entrai en contact avec le sol et où mon dos encaissa le choc de ma chute. D'un seul coup, l'arbre cessa son attaque, comme si le fait d'avoir coupé la tête du mage avait rompu le lien qui les unissait. Quand les cendres de l'homme s'envolèrent, l'arbre s'effondra dans un grand fracas de craquements.

Xavier, boitant lentement vers moi, arracha une épine de sa cuisse et la jeta sur le sol. Il contempla ce qui restait du mage vaincu, et l'amusement était manifeste dans son regard quand il me tendit la main.

— Tu n'as pas utilisé ta magie, mais une victoire est une victoire. Peut-être que...

Il releva la tête et ouvrit grand ses yeux cristallins, peu avant de me tirer derrière lui pour me protéger de son corps massif alors que des flèches fendaient l'air une fois de plus. Seulement, cette fois, il n'y avait aucun cheval ou arbre pour bloquer l'attaque.

Non, je ne dus mon salut qu'à Xavier.

Il me pressa contre l'arbre abattu et reçut chacune des flèches, son corps se courbant à chaque coup. Ses yeux, qui avaient paru si humains auparavant, se changèrent en fentes tandis que des écailles germaient sur la peau de son cou. Elles ne le recouvrirent pas entièrement, et il grimaça à chaque impact, à chaque plaie, à chaque lésion.

Toutefois, il ne laissa échapper aucun bruit

jusqu'à ce qu'un hoquet douloureux franchisse ses lèvres, ce qui embrasa mes entrailles d'une intense fureur.

Xavier n'avait fait que m'aider depuis que je l'avais rencontré.

Oui, c'était un dragon.

Oui, il allait me livrer à un roi que je détestais.

Oui, c'était théoriquement mon ennemi, mais à cet instant, rien de tout cela n'avait d'importance.

Quelqu'un le faisait souffrir, et il fallait que cela cesse. Une rage semblable à celle qui m'avait submergée lorsque Thane avait fait du mal à Nyrah se répandit dans mes veines et éveilla la magie que j'avais jadis essayé de contenir avec tant d'acharnement. Je l'avais refoulée pendant si longtemps qu'un accès de colère suffirait peut-être à l'invoquer.

C'était une Luxa qu'ils souhaitaient, n'est-ce pas ?

Rassemblant toutes mes forces, je parvins tant bien que mal à m'écarter de Xavier. Heureusement, j'étais petite. M'étant dégagée de son corps, je laissai le volcan d'énergie s'élever, me consumer et jaillir, telles des flèches aveuglantes. Dans un hurlement d'agonie, je libérai de ma peau ce pouvoir et lançai une succession de flèches magiques flamboyantes. Je savais avec une certitude inexplicable qu'elles atteindraient leurs cibles.

Puis le pouvoir que j'avais senti monter rapidement en moi vacilla et disparut, et je m'effondrai au sol. Le froid glacial de la neige cingla ma peau enfiévrée tandis que j'aspirais une bouffée d'air.

La sensation d'une main chaude sur ma cheville me fit presque hurler. Mais quand je me retournai et vis à qui elle appartenait, je me calmai. Mon regard se posa alors sur l'effroyable dos mutilé de Xavier. À genoux dans la neige, il s'appuyait de tout son poids contre l'arbre tombé, sa peau transpercée d'innombrables flèches. Il n'aurait pas dû être en vie ou respirer, mais curieusement, il y parvenait.

— Tu m'as sauvée, murmurai-je.

L'admiration et la peur s'affrontaient dans ma poitrine et les larmes menaçaient d'obstruer ma gorge.

Je n'avais jamais été sauvée par qui que ce soit. Personne ne s'était jamais mis en danger pour moi. Personne...

L'hésitation me tordit les tripes tandis que je réfléchissais à la façon dont je pouvais l'aider avec mes pauvres moyens. Nous étions au milieu de nulle part, sans rien. Pas d'eau, pas de fil, pas d'aiguille. Autant espérer qu'il ne se viderait pas de son sang lorsque je retirerais les flèches profondément enfoncées dans sa chair.

S'il avait été l'une de ces personnes ordinaires qui avaient vécu sous la montagne avec moi, j'aurais maudit Orrus, dieu de la mort qui se préparait proba-blement à recevoir une autre âme. Mais Xavier était un dragon et devait sans doute être plus fort que les pauvres humains piégés entre les griffes de la guilde.

— Je ne fais que mon travail, chuchota-t-il en riant légèrement, ce qui le fit gémir de douleur.

Il avait prononcé ces mots avec désinvolture, mais ce qu'il avait fait n'était pas rien. Je serais morte s'il ne m'avait pas protégée.

Le craquement d'une brindille m'incita à me rele-ver, j'invoquai mon pouvoir, mais la fragile volute ne répondit pas. J'avais passé tellement de temps à le contenir, à le repousser, qu'il était introuvable à présent que j'en avais besoin. Réalisant que je devrais me battre pour nous sortir de là, je serrai plus fort la lame que je tenais.

Une silhouette encapuchonnée apparut, des yeux violets brillaient sous sa cape tandis que sa magie crépitait dans l'air.

Des branches et des brindilles s'élevèrent, suivies par des flèches, des rochers et des débris. Je savais que ces objets nous bombarderaient aussitôt qu'il en donnerait l'ordre, et que tout serait fini. Le couteau que j'agrippais ne me protégerait guère, mais je ne laisserais pas un autre objet atteindre Xavier, pas si je pouvais l'en empêcher.

Je rassemblai mes forces pour protéger le dragon

comme il l'avait fait pour moi, tout en me préparant au pire.

Soudain, Kian surgit de nulle part. Sa silhouette disparut un instant et réapparut l'instant d'après. Son regard ambré se posa sur les flèches qui dépassaient du dos de son ami. Puis il me contempla de ses yeux incandescents, comme pour constater la façon dont je protégeais l'autre dragon, avant de reporter son attention sur le mage qui se trouvait entre nous.

Un mince filet d'espoir réchauffa ma poitrine.

Ses épées jumelles brandies devant lui, Kian retroussa la lèvre en se déplaçant. Avec grâce et souplesse, il fit tournoyer ses lames et décapita le mage. Tout comme ce qui était arrivé avec celui qui m'avait agrippée un peu plus tôt, sa magie s'envola lorsque son corps s'écroula sur le sol et les objets, autour de lui, imitèrent son cadavre qui dépérissait.

Mais Kian ne jeta même pas un regard à l'homme qu'il avait tué, il se précipita aux côtés de Xavier.

— Il faut toujours que tu joues les héros, hein ? grommela-t-il en attrapant une première flèche pour l'arracher.

Il se concentra alors sur moi et son regard noir me transperça de part en part.

— Tu parles d'un pouvoir de Luxa ! Le moins que tu puisses faire, c'est d'aider, sorcière. Plus vite on retirera les flèches, plus vite il pourra guérir.

J'avais beau avoir envie de le rembarrer, Kian avait raison. Le pouvoir qui m'habitait n'avait pas servi à grand-chose, à part à dessiner une cible dans mon dos, obligeant ainsi Xavier à me sauver en s'interposant entre les flèches et moi.

L'homme aux cheveux blancs grogna de douleur tandis que son ami arrachait brutalement une nouvelle flèche, et je sentais mon cœur se serrer chaque fois qu'un de ces projectiles était extrait. Doucement, je posai une main apaisante sur la joue de Xavier, et son visage se brouilla tandis que les larmes envahissaient mes yeux.

Puis mes doigts se refermèrent autour du métal d'une épaisse flèche et je l'extirpai.

CHAPITRE 7
XAVIER

Ces deux-là allaient me tuer.

J'avais cru que cette mission pour collecter une autre femme destinée à mourir serait simple. Au lieu de cela, nous avions été confrontés à la foudre du dragon, à une Luxa proche de la mort et à des mages giroviens assoiffés de sang.

Et nous n'avions même pas encore atteint la frontière.

Kian arracha une autre flèche de mon épaule, et je ravalai un juron, luttant pour ne pas planter mes griffes dans le corps de mon meilleur ami.

Certes, chacun de ces carreaux devait être retiré pour que je puisse guérir correctement, mais sa peur, un parfum que j'avais rarement senti auparavant, affectait les soins qu'il m'administrait, les rendant bien plus douloureux que nécessaire. Toutefois, je préférais les siens à ceux de Vale. Les gestes lents et méthodiques de la Luxa prolongeaient mes atroces souffrances, qu'aggravait sa culpabilité.

Elle s'était retrouvée dans cette situation contre son gré, et pourtant elle m'avait sauvé la vie. Elle avait utilisé son éclatante magie pour me défendre, et si le parfum de sa peau ne m'avait pas déjà enivré, je serais tombé amoureux d'elle à ce moment-là. Elle avait passé toute la journée dans mes bras, j'avais donc pu lui transmettre ma chaleur, la voir se reposer et dormir contre moi. Les picotements que j'avais ressentis au contact de sa peau empoisonnée en valaient largement la peine.

Elle ne nous appartiendrait jamais, pourtant. Mais j'avais du mal à me faire à cette idée. Je l'avais moi-même rappelé à Kian, mais la vérité était presque trop amère.

— Bon sang, sorcière, ronchonna mon meilleur ami, avec le genre de redoutable grognement qu'il réservait habituellement aux mestres responsables des bibliothèques et des réserves de potions. C'est déjà assez grave qu'il ait frôlé la mort à cause de toi. Le moins que tu puisses faire, c'est d'abréger ses souffrances.

Kian conclut sa sévère réprimande en saisissant fermement une flèche qu'il extirpa avec une force à couper le souffle. Peut-être que la technique de

Vale *était* meilleure. Au moins, la douleur qu'elle causait n'était pas volontaire.

Vale se releva, nous surplombant de sa petite taille tandis qu'elle grinçait des dents. Une vision effrayante seulement entachée par les larmes qui baignaient ses yeux. Kian avait raison d'être attiré par elle. À la seconde où j'avais posé mes mains sur sa peau douce, mon sort avait été scellé, mon sens du devoir et de l'allégeance était entré en conflit avec mes désirs dans une guerre qui m'avait ravagé de l'intérieur sans que je ne parvienne à l'endiguer.

Elle était si petite, si fragile, si... *condamnée* que j'en étais venu à envisager de me révolter juste pour cette fois-là.

Aucune Luxa n'avait survécu jusqu'à présent, et je ne voulais pas que Vale allonge la liste des mortes. En deux cents ans, personne n'avait brisé la malédiction qui pesait sur notre roi. Aucune d'entre elles n'avait été assez forte pour le libérer – et par extension, nous délivrer – des chaînes avec lesquelles l'une de ses ancêtres avait probablement muselé le Continent. Nous allions l'envoyer à l'abattoir. Si elle parvenait à survivre à la première épreuve – et les trois quarts n'y parvenaient pas –, il lui faudrait endurer la suite.

Elle devait être assez forte pour notre roi, assez puissante pour lever la malédiction.

Un exploit que personne n'avait accompli en deux siècles.

— Je ne lui ai pas demandé de me sauver, maugréa-t-elle d'une voix ferme et redoutable, reflétant ce qu'elle avait été au combat. Je n'ai pas demandé à être ici. Et je jure sur Orrus que je te montrerai pourquoi j'ai fini attachée à ce poteau si tu n'arrêtes pas de critiquer tout ce que je fais comme si je pouvais agir différemment.

Une faible lueur jaillit de la petite plaie à son poignet. Sa rage semblait être la clé pour activer son pouvoir. C'était mon hypothèse, en tout cas. Elle avait été furieuse que j'encaisse les flèches à sa place, et c'était ça qui lui avait permis de se débarrasser de mon poids pour affronter elle-même une assemblée de mages.

— Ça suffit, vous deux, gémis-je, tandis que Kian retirait brusquement une autre flèche, ce qui me coupa le souffle un instant. Je préférerais ne pas découvrir à mes dépens que ces mages n'étaient pas seuls.

En m'entendant siffler, elle s'agenouilla à nouveau à mes côtés, posa sur ma nuque une main apaisante, et de ses petits doigts en effleura les poils fins. Même si je saignais et souffrais, son contact éveilla chaque centimètre de ma peau. Elle était restée entre mes jambes toute la journée, son corps gracieux se frottant contre le mien alors qu'elle partageait ma selle. À chaque mouvement chaloupé du cheval, ma bite avait menacé de s'extirper de mes chausses, tant son parfum me rendait fou.

Je voulais sentir sa peau sur tout mon corps.

— Il n'en reste plus que quelques-unes, murmura la Luxa dont le toucher était aussi enivrant que son odeur. T'as du tissu propre et des fournitures dans ton sac ? Je peux t'aider à panser les plaies qui saignent encore.

Sur mon désir, la culpabilité eut le même effet que l'eau sur une flamme. Je tournai mon regard vers le cadavre du cheval dont le grand corps était immobile dans la mort. Le cheval de Kian, lui, était introuvable. Je ne voulais pas qu'elle aille fureter près de la carcasse de l'animal pour trouver mon paquetage.

— Elles vont guérir. Je vais bien.

Kian lâcha un grondement sourd, son dragon à fleur de peau.

— Ce n'est pas vrai. Si panser tes blessures est le seul truc utile qu'elle sache faire, alors...

— Arrête ! lui ordonnai-je en le coupant avant qu'il ne dise quelque chose de stupide. Traite-la avec respect, mon vieux, sinon je ne serai pas le seul à saigner.

Je savais à quoi il jouait. Il la repoussait parce qu'il ne pouvait pas l'avoir. Parce que, comme moi, il la regarderait mourir comme toutes les autres. La lumière de cette belle femme s'éteindrait comme toujours. Je me demandais si nous n'étions pas les monstres dans ce scénario. Nous avions sacrifié maintes vies pour libérer notre roi et sauver toutes les autres créatures magiques du Continent. Elles avaient toutes agi volontairement, bien sûr. Beaucoup avaient été attirées par l'honneur de servir le roi et par la possibilité de devenir une Luxa toute-puissante, mais...

Peut-être que la guilde avait raison.

Peut-être que nous ne devrions pas posséder de magie.

Peut-être que la sorcière avait eu raison de juguler notre pouvoir.

Peut-être que nous ne le méritions pas.

Le regard ambré de Kian croisa le mien, et je sentis un soupçon de honte. À moins que Vale ne remporte les épreuves par esprit de vengeance, je ne voyais pas comment je pourrais donner le mauvais rôle à la sorcière juste pour que mon ami culpabilise moins une fois qu'elle aurait péri.

Ayant tourné les talons, Vale traîna des pieds dans la neige jusqu'au cheval, ce qui me fit plus grimacer que la flèche que Kian m'extirpa du dos pendant que j'étais distrait. J'aurais dû penser à lui apporter des chaussures et des vêtements.

Elle méritait mieux.

— Tu dois arrêter de la provoquer. Elle n'a rien fait de mal, marmonnai-je en respirant le temps que la douleur passe.

— Je ne la provoque pas. Je l'encourage d'une manière peu orthodoxe.

Non, il se mentait à lui-même pour protéger son cœur.

— Tu sais que cette pression équivaut tout juste à celle de la première épreuve, et elle peine à être à la hauteur. Une assemblée de mages n'est guère pire que ce qu'elle va affronter. Elle craint les dragons, Xavier. Si elle veut survivre, elle ne doit avoir peur de rien.

Même si ses paroles détenaient une part de vérité, elles faisaient mal.

— Pourquoi tu crois que j'ai fait traîner les choses en prenant le plus long chemin pour contourner la montagne ? Elle a besoin de temps pour reprendre des forces, sinon elle n'y arrivera pas. Je sais que je nous ai mis en danger en restant trop longtemps à Girovia, mais c'était pour son bien. Si elle survit à la première épreuve par esprit de vengeance, alors je considérerai que c'est une victoire.

— Ce n'est pas parce que la malveillance est ta motivation que ce sera la sienne, rétorquai-je en jetant un regard cinglant à mon meilleur ami.

— Elle a survécu à Arden et à cette montagne

juste grâce à sa volonté, répondit Kian avec un sourire entendu. Elle m'a rugi dessus comme si elle était elle-même un dragon. Elle peut le faire. Je sais qu'elle en est capable. Je dois juste la pousser un peu plus, et elle... elle...

— Craquera, murmurai-je en grimaçant alors que je la regardais arracher le paquetage de la selle abîmée. Elle se brisera. Tu n'as pas vu son visage quand t'as posé ce manteau sur elle ? Personne ne prenait soin d'elle. Je dirais même qu'elle n'a jamais été cajolée. Il y a des limites à ce que quelqu'un peut endurer avant de ne plus rien avoir à donner. Et...

Je marquai une pause, comprenant que ce que je ne voulais pas m'avouer pesait comme du plomb sur mon estomac.

— Je ne pense pas qu'elle comprenne ce qu'est une Luxa. Je... je ne pense pas qu'elle connaisse les risques.

En croisant à nouveau le regard de Kian, je compris qu'il était déjà arrivé à la même conclusion.

— On doit le lui dire. Ce serait injuste, sinon. Mais si on le fait, elle essaiera de s'enfuir à la première occasion.

Kian leva les yeux au ciel, feignant l'indifférence alors que je savais qu'il était loin d'être insensible au sujet.

— Alors, pourquoi ne pas jouer un peu plus sur

ses sentiments pour sa sœur ? Je suis sûr que ça la motivera. Fais-lui miroiter une carotte si ça te chante. Je ne peux plus continuer à faire ce genre de choses. Je ne peux pas en regarder une autre mourir.

Mais je savais ce qu'il y avait vraiment derrière ces mots. Il ne pouvait pas *la* regarder mourir. Comment avait-elle pu devenir si importante à nos yeux en si peu de temps ? Cela n'avait aucun sens. Nous avions conduit tant de Luxas devant notre roi au cours des deux derniers siècles !

Pourquoi celle-là était-elle différente ?

Avant que je trouve la réponse, Vale revint avec mon paquetage, fouillant dedans pour trouver du matériel de premiers secours.

— Il n'y a pas grand-chose là-dedans, mais je peux me contenter de ça, dit-elle en récupérant une bande de tissu propre. Si je trouve des baies Nightwinter, je pourrai préparer une pommade cicatrisante.

Kian attrapa la dernière flèche et tira. Mes épaules se détendirent un peu à présent qu'elles étaient libérées de ces maudits trucs.

— Ne t'inquiète pas, murmurai-je. Je devrais guérir assez vite.

L'expression de Vale laissa place à un froncement de sourcils inquiet, tandis qu'elle se mordait la lèvre. Elle hocha la tête, mais je pus voir qu'elle n'était pas convaincue. Je sentais qu'elle me harcèlerait jusqu'à pouvoir s'occuper de mes blessures.

— Tu verras. Panse-les, et on pourra repartir. Dans quelques heures, je serai en pleine forme.

Même moi, je savais que c'était un mensonge, dit par gentillesse, mais un mensonge quand même. Je ne guérissais pas comme d'habitude et j'avais le sentiment que la femme qui se trouvait à côté de moi y était pour quelque chose, tout comme le nombre de flèches qui m'avait touché. J'aurais pu accélérer les choses et me métamorphoser pour guérir complètement, mais les mots de Kian m'avaient touché.

Elle avait besoin de temps pour retrouver ses forces. Oui, elle avait admirablement utilisé son pouvoir, mais elle n'était pas encore assez forte.

Vale se mit au travail, nettoyant et pansant mes blessures, tandis que Kian nous laissait pour retrouver son cheval. Loin de la Luxa, il pourrait utiliser ses pouvoirs sans être perturbé. Le temps qu'elle ait terminé, Kian était de retour avec un seul cheval, et son expression dépitée me fit comprendre que j'allais devoir marcher pendant un certain temps.

— Allez, Vale. Monte, dit Kian, les mains tendues vers notre petite Luxa.

Quand avais-je commencé à croire qu'elle était à moi ? Pour mon bien et le sien, je devais arrêter avant qu'il ne soit trop tard.

Naturellement, elle fronça les sourcils, reculant comme si elle avait été touchée par le diable en personne.

— Ce n'est pas moi qui suis blessée. Xavier, monte sur le cheval. Je peux marcher.

— Pieds nus ? grommela-t-il en tournant son regard ambré vers ses pieds sans chaussures.

Il faisait peut-être semblant d'être un connard, mais j'avais l'impression qu'il n'irait pas plus loin cette fois-là.

Je me levai, tentant de mettre mon poids sur mes jambes. Cela me poserait problème pendant un certain temps, mais je pourrais facilement marcher sur une centaine de kilomètres si cela signifiait qu'elle n'avait pas à le faire.

— Tu crois que c'est la première fois que je n'ai pas de chaussures, dragon ? répliqua-t-elle avec un sourire acerbe alors qu'elle secouait la tête.

Ce sourire montrait qu'elle avait été privée de nourriture, de confort et de sécurité depuis aussi loin que remontaient ses souvenirs. Pas étonnant qu'elle marche dans la neige sans rechigner. Jusqu'à présent, elle ne s'en était pas plainte. Elle s'était battue dedans et avait tué des hommes. Que représentaient quelques kilomètres de plus pour elle ?

Rien que d'y penser, je vis rouge et mes écailles ondulèrent d'un bout à l'autre de ma chair. Mais si je les laissais se disputer, nous en aurions pour toute la nuit. Nous n'avions absolument pas besoin que d'autres mages nous tombent dessus alors que j'étais dans cet état.

— Je ne monterai sur ce cheval que si tu montes avec moi, petite Luxa. Et je suis plus têtu que Kian, alors...

Je haussai légèrement les épaules, ce que je regrettai aussitôt.

Les yeux plissés et les dents serrées, elle laissa Kian l'installer sur le cheval. Je me mis rapidement en selle derrière elle en l'enveloppant comme je l'avais fait toute la journée. Quelque chose dans ma poitrine se calma à l'idée d'être à nouveau si proche d'elle. Poussant l'animal à se mettre au petit trot, Kian, le souffle régulier, sans une goutte de transpiration, garda facilement le rythme à côté de nous. Par expérience, je savais qu'il pouvait courir trois fois plus vite sans difficulté et foncer tête baissée dans une bataille sans sourciller.

— Il y a une auberge juste après la garde frontalière, indiqua-t-il, en choisissant d'emprunter le chemin le plus direct pour nous faire gagner plusieurs heures. On pourra y passer une nuit avant de poursuivre notre route.

Il avait été presque sympathique, mais naturellement, il gâcha tout. Parce que Kian ne serait pas lui-même s'il ne disait pas des bêtises.

— Peut-être que tu pourras alors te débarrasser du poison et de la puanteur qui te collent à la peau. Honnêtement, je ne sais pas comment tu peux supporter d'être aussi proche d'elle.

L'insulte fit hoqueter Vale, qui se voûta. J'avais vu des fragments de ses souvenirs lorsque je l'avais soignée. Pas assez pour la connaître vraiment, mais suffisamment pour me faire une idée de sa vie avant notre arrivée. D'après ce que j'avais vu, elle avait enduré plus de souffrances, de tourments et de morts que certains des soldats les plus aguerris.

Peu importe si Kian essayait de la pousser à survivre grâce à son esprit vengeur. La prochaine fois qu'il serait à portée de main, je le réduirais en poussière.

Ravalant la peine que je percevais en elle, elle releva le menton et se redressa. Si je tentais de la réconforter, je savais qu'elle me repousserait, alors je resserrai mes cuisses autour des siennes et passai mon bras autour de sa taille. Elle n'accepterait proba-blement aucune autre forme d'étreinte.

Puis j'incitai le cheval à avancer avec plus de vigueur, dépassant mon idiot d'ami pour nous conduire vers l'auberge, refuge où nous passerions la nuit.

CHAPITRE 8
XAVIER

Franchir la garde frontalière pour entrer à Festia ne m'avait jamais semblé une si bonne et une si mauvaise chose à la fois. Je ne voulais pas que Vale soit si proche du royaume, elle était trop mal préparée à ce qui l'attendait. Lorsque nous atteignîmes l'auberge, la nuit était tombée, l'obscurité du chemin presque totale.

Puis, comme un mirage dans Sandgrave, la petite ville apparut. Aucune de mes blessures n'avait guéri, et je savais que Vale et Kian ne me lâcheraient pas quand ils l'apprendraient. L'auberge n'était qu'à moitié remplie, alors le propriétaire fut heureux d'accueillir des hôtes inattendus. Nous aurions pu prendre deux chambres, mais le combat contre les mages était trop récent, nous n'étions pas rassurés.

— Une seule chambre, grommela Kian, qui avait dû avoir le même raisonnement.

Il était plus difficile de sécuriser deux chambres, alors si nous dormions tous au même endroit, nous aurions moins de surprises. Nous serions à l'étroit, et quelqu'un devrait dormir par terre, mais ce serait bien plus facile à gércr que d'avoir un couteau sous la gorge.

L'aubergiste faë blanchit et le bout de ses oreilles pointues devint aussi rouge que sa barbe touffue.

— Mais la Grande Suite est la seule chambre pouvant accueillir trois personnes. Sûrement...

Les lutins étaient des gens particuliers, et pour eux, il était primordial d'assurer un séjour confortable à tous leurs clients. Généralement, mettre deux métamorphes dragons dans une même chambre relevait de la mauvaise idée. Toutefois, je ne voulais pas risquer la vie de Vale alors qu'elle avait failli mourir pour me sauver.

— Voilà un dédommagement, dis-je en plissant les yeux alors que je déposais une pile de pièces sur le bureau. Le roi vous accorde sa gratitude.

S'il n'avait pas encore remarqué le sceau royal tissé sur le revers de mon manteau, il dut le voir à ce moment-là. L'aubergiste resta bouche bée un instant puis il récupéra les pièces d'or en un clin d'œil.

— Apportez aussi deux baignoires et le souper,

ajouta Kian en regardant Vale, dont le petit corps était à moitié caché derrière le mien.

L'aubergiste fut assez aimable pour ne pas rechigner à sa demande.

— Considérez que c'est fait, répondit-il en clignant des yeux et claquant des doigts.

Les épaules de Vale étaient rigides comme de l'acier, mais ses yeux s'écarquillèrent à l'évocation du « souper ». Quand avait-elle mangé pour la dernière fois ? Mon sac de voyage ne contenait aucune ration, un point que je devrais rectifier si jamais Vale...

Je devais cesser d'envisager un avenir avec elle. Elle ne voyagerait pas avec moi. Nous ne parcourrions pas le continent ensemble. Elle serait la Luxa du roi Idris, et ce, même si elle survivait.

Et elle *devait* survivre.

Vale observait chaque mouvement, chaque client, chaque porte et chaque fenêtre d'un regard méfiant aussi aiguisé qu'une lame, comme si elle avait l'habitude de surveiller ses arrières. Même si je détestais qu'elle ait dû survivre de cette façon, j'en étais presque soulagé. Elle se méfierait de chaque recoin, de chaque alcôve et de chaque interstice du château, et peut-être que cela lui permettrait de rester en vie.

Nous étions tous les trois couverts de sang, ce qui attirait les regards des autres hôtes, mais le propriétaire ne broncha pas et nous guida vers la Grande

Suite comme s'il avait le diable à ses trousses. Compte tenu de la petite montagne d'or festien que j'avais déversée sur son bureau, cette prestation de service était non seulement attendue, mais exigée.

Je résistai à l'envie de prendre la main de Vale et de la pousser derrière Kian tandis que je surveillais ses arrières. Elle portait toujours son manteau, dont le pan claquait à chaque pas qu'elle faisait dans les escaliers en agrippant la rampe comme si sa vie en dépendait. Bien droite, elle suivait, et son souffle ne se calma qu'une fois le palier atteint.

D'après Kian, elle avait rugi sur lui comme si elle était elle-même un dragon. Elle avait affronté, apparemment seule, une assemblée de mages. Et malgré toutes ses prouesses, notre petite Luxa avait le vertige ?

L'aubergiste nous fit entrer dans la Grande Suite et nous indiqua la disposition des pièces. Il claqua des doigts pour allumer un feu dans l'âtre, ainsi que les lampes magiques qui, suspendues aux murs, illuminèrent l'espace. Comparée au château, c'était plutôt modeste, mais cela ferait l'affaire pour la nuit.

La suite était divisée en plusieurs parties, comme s'il s'agissait d'une maison. À l'extrême droite se trouvait un petit salon près de la cheminée où un feu crépitait. Cette pièce disposait de fauteuils recouverts d'un tissu en brocart vert foncé, trop beau pour un endroit comme celui-là. Un grand lit à baldaquin, dont les rideaux étaient tirés, se situait au centre de l'espace. La salle de bain était tout à gauche, un élément peu banal dans ce genre d'hébergement, et enfin, un grand écran la séparait du reste, offrant une intimité qui pourrait se révéler nécessaire.

Côte à côte, deux baignoires géantes fumaient côte à côte. L'eau cristalline était la chose la plus agréable que j'aie pu voir depuis bien longtemps. À côté se trouvaient une pile de serviettes douillettes et trois peignoirs doublés de fourrure. Il nous fallut une seconde pour réaliser que l'aubergiste était sorti de la suite, nous laissant tous les trois dans un silence tendu.

Kian tournait pratiquement en rond, et Vale avait besoin de manger et de reposer ses pieds meurtris. Quant à moi...

J'avais probablement besoin de points de suture.

Mon petit doigt se mit à saigner sur le parquet brut, et l'odeur du sang attira le regard tranchant de Kian. Son grognement fut à peine audible, mais je l'entendis quand même. J'aurais déjà dû cicatriser, mais pour une raison étrange, mes plaies étaient toujours ouvertes. Tout en sifflant, j'enlevai mon manteau, me demandant où je devais mettre ce truc ensanglanté. D'après le hoquet de Vale, je devinai que ma tunique devait être trempée, ou du moins ce qu'il en restait.

Elle se reprit, se redressa et planta ses petits poings sur ses hanches.

— T'auras besoin de points de suture, mais tu dois d'abord te laver. Dieu seul sait ce qu'il y avait dans ces flèches. Kian, trouve-moi une aiguille et du fil. Et des baies Nightwinter.

— Comme si c'était toi qui allais le recoudre ? se moqua Kian. T'auras trop peur de lui faire mal, tu vas lui vomir sur les pieds et tu vas t'évanouir. En quoi ça l'avancera ?

Mais j'avais eu un aperçu de ses souvenirs. C'était une femme d'acier dans une minuscule enveloppe.

Le regard de Vale se tourna vivement vers lui, le transperçant presque sur place.

— Tu ne me connais pas, dit-elle d'une voix à peine plus forte qu'un murmure. Tu n'as aucune idée de ce dont je suis capable. Souviens-t'en quand tu fermeras les yeux ce soir, dragon.

Kian fit mine de répliquer, mais si je le laissais la provoquer, nous en aurions pour toute la nuit et je me viderais de mon sang.

— Va chercher ce foutu fil, le fustigeai-je alors que ma patience s'effritait. Et des vêtements pour nous tous. Quelque chose d'un peu moins somptueux pour demain. J'aimerais passer inaperçu si on arrive à pied.

— Très bien, chuchota-t-il, le regard affligé tandis qu'il pivotait sur ses talons puis se dirigeait à grandes enjambées vers la porte pour aller chercher ce dont nous avions besoin.

Il voulait seulement retarder l'inévitable, les querelles qu'il déclenchait n'étaient qu'une piètre manœuvre pour faire traîner les choses, et c'était là la seule raison pour laquelle je ne l'avais pas assommé.

Vale et moi nous retrouvâmes seuls, mais elle ne me laissa pas oublier ses ordres pour autant.

— Mets-toi dans la baignoire pour que je puisse nettoyer tes blessures, me commanda-t-elle en tapant du pied d'impatience. On dirait vraiment que t'*essaies* de te vider de ton sang.

Grommelant, j'enlevai la tunique avec difficulté. Le tissu qui collait à ma peau par endroits rouvrit des plaies.

— Baisse-toi, me dit-elle pour m'aider à retirer les morceaux coincés dans les bandages.

La délicatesse de son contact me fit frissonner, et lorsque je me retrouvai sans tunique, je réalisai alors à quel point nous étions proches. Nous l'avions été toute la journée, mais notre proximité était plus intime à présent que j'étais à moitié nu dans une chambre avec un lit.

Me redressant, je baissai les yeux vers ces iris verts dont la couleur brillait légèrement sous la lumière. Les lèvres de la jeune femme s'entrouvrirent, et je dus lutter contre l'envie de me pencher pour les mordiller. J'avais envie de la goûter et me souvenais vaguement des raisons qui m'empêchaient de le faire.

Comme animés d'une vie propre, mes doigts se posèrent sur l'extrémité de sa tresse et jouèrent avec ses cheveux soyeux parce que je devais la toucher d'une manière ou d'une autre.

Je ne pouvais pas faire autrement.

Elle était dans mes bras depuis l'aube, mais curieusement, cela ne m'avait pas suffi. Je ne me souciais pas particulièrement non plus du fait que je saignais. Mais elle, si.

Paraissant revenir à la réalité, Vale recula d'un pas, et la bulle de tension qui avait gonflé éclata quelque peu alors qu'elle s'éloignait de moi. Immédiatement, je ressentis un sentiment de perte, et la douleur qui s'installa dans ma poitrine m'incite fortement à la suivre.

Je ne pouvais pas. Toutefois, je pouvais entrer dans l'eau et la laisser panser mes blessures.

Je retirai mes bottes et mes chaussettes, puis sifflai lorsque mes pieds nus entrèrent en contact avec le sol froid. Je retirai ensuite ma ceinture et mon pantalon, puis glissai dans l'eau merveilleusement brûlante.

— Tu dois aussi entrer dans l'eau. Tu es probablement gelée, affirmai-je. Je remarquai alors qu'elle s'était empourprée et qu'elle évitait à présent de regarder dans ma direction.

La veine sur le côté de son cou palpitait des battements rapides de son cœur, et j'eus une forte envie de l'attirer dans la baignoire avec moi. Si elle avait été à portée de main, je l'aurais peut-être fait. Je sentis ma bite s'agiter en imaginant sa peau lisse se frottant à la mienne. Sa…

— Il fait plus chaud que sous la montagne, répondit-elle, le regard fixé sur le sol.

Que n'aurais-je pas donné pour voir cette rougeur s'étendre à tout son corps ! Je retins un gémissement lorsque la chaleur pénétra le plus profond de mon être et soulagea les douleurs qui étaient apparues depuis que mon autoguérison s'était enrayée. Mais je ne fermai pas les yeux. Non, la femme qui me faisait face était bien trop divertissante avec ses joues rougies et son regard fuyant.

— Je suppose que tu n'as jamais côtoyé de métamorphes auparavant, la taquinai-je gentiment en souhaitant voir un sourire sur son visage, ne serait-ce qu'une fois.

Son regard finit par se poser sur moi. Le vert lumineux de ses yeux était si beau que cela me faisait presque mal de la contempler. Mais il était hors de question de détourner le regard. Je voulais profiter de cette vue.

— Tu imagines vraiment un métamorphe débarquer au *Perder Lucem*? À part vous deux, je n'ai jamais vu de créature magique. Jamais.

— Ni un homme nu auparavant, ajoutai-je, incapable de m'empêcher de la taquiner un peu plus.

Elle se mordit les lèvres et se redressa avant de se débarrasser du manteau de Kian. Sa tunique déchirée était ensanglantée et sale, et pourtant, elle avait l'air d'une putain de déesse.

— Non, en effet. Mais ce n'est pas comme si c'était un choix délibéré ou quoi. C'est juste que je n'ai pas eu le temps.

— Heureux d'être le premier, affirmai-je, mon esprit dérivant vers toutes les autres premières fois que j'aimerais lui faire expérimenter.

— J'en déduis que les métamorphes aiment se trimballer nus, alors ? répliqua-t-elle en levant les yeux au ciel et en croisant les bras. Je suppose que c'est bon à savoir puisque vous allez m'emmener auprès de leur roi. Je ne voudrais pas rougir et perdre ma réputation de terrible Luxa dès le premier jour.

Elle n'aurait pas pu trouver mieux pour me faire dégriser. Je devais lui dire la vérité avant qu'il ne soit trop tard.

Son regard se posa sur l'eau, qui avait pris une teinte rosée à cause de mon sang. Les lèvres pincées, elle alla prendre un gant de toilette sur un tabouret voisin et revint s'asseoir près de moi. Avec sa petite main, elle le plongea dans l'eau pour le mouiller avant de frotter les fibres du tissu sur un gros pain de savon.

— Penche-toi en avant. Je dois enlever les résidus avant que Ducon revienne avec l'aiguille et le fil. Je n'ai pas besoin qu'il me reproche une connerie de plus.

Elle avait beau nettoyer mes blessures, son contact avec ma peau fit gonfler ma bite malgré la douleur. Quand elle écarta mes longs cheveux, dont la blancheur était sans doute aussi maculée de sang que ma peau, j'eus l'impression de sentir ses doigts sur tout mon corps. Elle se rapprocha pour frotter les plaies et s'assurer qu'elles étaient propres, mais je ne souffris pas. Je ne sentais que la proximité de sa chaleur et son souffle sur ma peau.

Je devais penser à autre chose. Sinon, elle se retrouverait dans l'eau avec moi.

Dis-lui la vérité. Ne la laisse pas débarquer là-bas sans être préparée à ce qui l'attend. Si tu tiens un tant soit peu à elle, tu dois la protéger.

Ravalant ma salive, je me forçai à me calmer.

— Tu sais quoi sur les Luxas ? demandai-je, espérant qu'elle connaissait quand même quelques trucs, même si ce n'était qu'une partie.

— Pas grand-chose, répondit-elle doucement en continuant à tamponner mes blessures. Avant la mort de mes parents, ma mère m'avait donné un livre sur les Luxas et la magie, mais je ne l'ai pas vraiment regardé. Tout ça me semblait absurde, jusqu'au jour où j'ai eu vingt ans et où ma magie s'est manifestée. Si j'avais su ce qui allait se passer, j'y aurais peut-être prêté attention. Mais quand ils sont morts et que j'ai découvert qu'elles existaient vraiment, je n'ai pas voulu m'instruire sur ces sorcières qui étaient censées provoquer la fin du monde. Peut-être parce que j'étais concernée.

Super. Elle ne savait presque rien.

— J'avais l'impression que, si j'en savais trop, mon cas empirerait et tout deviendrait réel. En plus, j'étais trop absorbée par mon travail et par Nyrah dont je devais m'occuper. Je n'avais pas le temps de me renseigner sur mon destin funeste. Je l'avais déjà sous les yeux.

Je la regardai par-dessus mon épaule, cherchant à la faire continuer. Il y avait tant de choses que je ne savais pas sur elle ! Tant de choses que j'avais besoin de savoir !

— Nyrah. C'est le prénom de ta sœur ?

Elle déglutit difficilement et fit un signe de tête brusque.

— Elle a quinze ans. Et elle est vive d'esprit et vraiment têtue. Dès qu'elle a quelque chose en tête, elle le fait. Même toute petite, elle était comme ça.

Elle secoua la tête en gloussant.

— Elle n'a jamais voulu se contenir et a toujours dit ce qu'elle pensait. Je faisais le maximum pour l'empêcher d'être insolente. Et une fois que l'adolescence est arrivée...

Elle se mit à pleurer, et je me retournai complètement pour essuyer une larme que je n'avais pu retenir.

— Elle s'en sortira, la rassurai-je. Et elle est assez jeune pour que, même si c'est une Luxa comme toi, ça ne se voie pas. Personne ne l'attaquera à Girovia. Quelqu'un l'aidera.

Les lèvres tremblantes, Vale sourit en appuyant sa joue contre ma main.

— Tu crois ? chuchota-t-elle avant de froncer les sourcils et de se redresser. Attends. Une Luxa comme moi ? Je pensais que...

— C'est génétique, répondis-je en m'écartant, conscient que j'en avais déjà trop dit. Une lignée très spécifique qui s'étend sur des siècles. Si vous avez les mêmes parents, elle deviendra probablement une Luxa une fois qu'elle aura atteint l'âge adulte.

Blêmissante, elle vacilla sur son tabouret. Ouep, j'en avais décidément trop dit.

— Il y en a eu d'autres avant moi, n'est-ce pas ? Des Luxas qui ont essayé de briser la malédiction ?

Je lui tournai le dos, incapable de croiser son regard au moment de lui dire la vérité. Parce qu'elle la connaissait déjà. Elle avait compris, comme je l'avais souhaité.

Alors pourquoi me sentais-je si coupable ?

— Oui, lâchai-je d'une voix rauque. Il y en a eu beaucoup.

Je perçus son cœur qui martelait sa poitrine comme un tambour, et dont les palpitations ne faisaient que souligner sa grande intelligence.

— À en croire le ton que t'as pris, elles n'en sont pas sorties vivantes, n'est-ce pas ?

Un fulgurant sentiment d'indécision me transperça de sa lame. Mais même si je voulais lui dire la vérité, j'avais un devoir envers mon royaume. Envers Idris. Il avait encaissé la malédiction pour nous tous, il avait enduré ce que tant de nos concitoyens n'auraient pas pu supporter. Et la magie disparaissait. Il était...

Je devais aider Idris, mais je refusais qu'elle devienne un dommage collatéral de cette guerre.

Pas elle.

— Quand mon roi sent qu'une Luxa apparaît, il

nous envoie à sa recherche. En général, elle se situe quelque part dans notre province ou dans une province voisine, et la fille en question est impatiente de servir le roi. Enthousiaste à l'idée d'apporter honneur et richesse à sa famille, avide de la notoriété et du pouvoir qu'elle pourrait gagner. Mais en deux cents ans, personne n'a réussi à rompre la malédiction.

— C'est donc une condamnation à mort, murmura-t-elle en continuant à soigner mes blessures comme si je n'étais pas celui qui lui annonçait sa perte.

— Je pense que oui, avouai-je tandis que la honte creusait un nouveau trou dans ma poitrine.

— Et si je ne peux pas aider, si je meurs en cours de route, ma sœur pourrait un jour se retrouver à ma place. À essayer d'accomplir cette chose que vous prévoyez de me faire accomplir et à échouer ?

Je ne répondis pas, c'était inutile.

— Et il n'y a aucune échappatoire, n'est-ce pas ?

Je savais que sa sœur représentait la corde sensible à utiliser, la carotte à agiter devant son nez pour l'inciter à nous accompagner, mais je n'avais jamais eu l'intention de me servir de cet argument. Néanmoins, j'avais beau vouloir la contredire, je ne le pouvais pas.

Mais je pouvais la réconforter, même si cela ne

changerait pas grand-chose. Je me tournai dans la baignoire et tendis la main vers elle alors que des larmes envahissaient ses yeux. Je lui pris les joues et rapprochai son front du mien. C'était une coutume de notre espèce, une façon de partager notre souffle, notre chaleur, et par ce biais, de nous apporter un réconfort mutuel. Pour les partenaires liés par le destin, c'était le signe que leurs esprits et leurs cœurs ne feraient qu'un pour l'éternité. Dans les familles, cela traduisait un lien héréditaire.

Les partenaires liés par le destin n'existaient plus, effacés par la malédiction, et Vale ne faisait pas partie de ma famille, mais il me semblait juste d'utiliser ce geste d'affection.

— La magie se meurt partout. Il ne peut pas endurer la malédiction plus longtemps. Si la magie disparaît, beaucoup de vies seront perdues. Je ne veux pas t'emmener, mais on doit rentrer, insistai-je, en essayant de trouver quelque chose qui démentirait mes propos, quelque chose qui me prouverait qu'elle ne mourrait pas dès que le roi l'aurait touchée.

Puis je me souvins de ce qu'Idris avait dit.

— Le roi a dit qu'il n'avait jamais perçu avec autant de force la présence d'une Luxa auparavant. Malgré la grande distance à laquelle tu te trouvais. Il...

— Il m'a parlé, chuchota-t-elle en déglutissant de

manière audible alors qu'elle tordait le gant dans ses mains. Dans ma tête. Il m'a encouragée. Quand Arden m'a poignardée, il m'a dit que vous étiez en chemin. Il m'a dit que je devais juste rester éveillée, rester en vie, et que l'aide arrivait.

Sous le choc, je m'écartai et la relâchai. Je la regardai comme si c'était la première fois de ma vie que je la voyais.

— C'était lui, n'est-ce pas ? À moins que je ne devienne folle et que tout ça ne soit qu'un rêve, ce qui pourrait carrément être possible.

Pendant un instant, un angoissant abîme de perplexité remplaça mon sentiment de honte, car aucune des femmes que nous avions livrées au roi n'avait mentionné auparavant qu'Idris leur avait parlé télépathiquement. Aucune ne s'était vantée de ce genre de lien avec le roi.

L'eau du bain était brûlante, mais je n'avais jamais eu aussi froid. J'avais eu raison de dire à Kian qu'elle ne nous appartiendrait jamais.

Elle était déjà à notre souverain.

— Je ne pense pas que tu sois folle, chuchotai-je en ravalant mon chagrin. Je pense que t'es forte, peut-être plus que toutes celles qui t'ont précédée. Tu vas devoir passer des épreuves. Pour lesquelles tu auras besoin de cette force. Si Kian est un tel connard, c'est en partie parce qu'il pense que tu y survivras grâce à ta soif de vengeance s'il te provoque suffisamment.

Elle éclata d'un rire mélodieux aussi charmant que moqueur qui retourna le couteau dans mon cœur. J'avais souhaité entendre ce rire, mais en fin de compte, il ne faisait que mettre en évidence le fait que ce désir que je ressentais au plus profond de moi ne ferait que s'aggraver.

— Donc, il se comporte comme un enfoiré parce qu'il est gentil ? On aura tout vu.

— C'est typique de lui, répondis-je en serrant les dents et en me forçant à sourire, même si elle ne pouvait pas voir mon visage. La rancune est sa principale source de motivation. C'est ce qui lui permet de respirer quand tout le reste échoue.

À ce moment, son rire s'évanouit.

— Est-ce que tu comptais me le dire ? Si nous n'avions pas été attaqués, est-ce que tu m'aurais laissé y aller sans être prête ?

Je laissai mon regard dériver sur mon torse, en me demandant si un couteau dépassait réellement de mon cœur ou si c'était le fantôme de sa main qui l'y enfonçait de toutes ses forces.

— J'avais prévu de le faire, pourtant, je n'ai jamais eu à informer les autres de leur sort. Elles connaissaient toutes les risques. C'est seulement quand on a réalisé que t'en savais si peu qu'on a compris qu'il te manquait une partie de l'équation. Je ne voulais pas te le cacher, je te le jure. J'ai juste...

J'ai juste fait le lâche qui ne savait pas comment te révéler la vérité.

— Je comprends.

Elle trempa le chiffon dans l'eau avant de le passer sur mon dos pour rincer les plaies du mieux qu'elle pouvait, puis elle me le tendit avec le savon.

— Finis de te laver. Avec un peu de chance, Kian reviendra bientôt avec une aiguille et du fil pour que je puisse recoudre tes plaies.

Incrédule, je pivotai dans la baignoire, ce qui fit déborder l'eau sur le côté.

— Pourquoi ? Je viens de te dire que je te conduisais à ta mort et tu vas quand même m'aider ? Tu veux toujours me recoudre ?

Elle se leva du tabouret, contourna la baignoire et se dirigea vers le paravent.

— Tu m'as sauvé la vie deux fois. Je te dois bien ça.

— Ça n'a aucun sens, Vale, grommelai-je d'une voix aussi dure que la pierre. Pourquoi tu me viendrais en aide ?

Ses yeux verts brillèrent quand elle me regarda enfin en face.

— Parce que je ne mourrai pas dans ce royaume,

Xavier. Pas si ma mort implique d'envoyer ma petite sœur sur le billot.

De l'acier. Elle était constituée d'acier.

— Si briser cette satanée malédiction est le seul moyen de garder ma sœur en vie, alors je réussirai. Qu'importe le prix.

Sur ces mots, elle passa derrière le paravent et disparut de mon champ de vision. J'étais écœuré, mais les paroles de Vale m'avaient apporté une lueur d'espoir, la première de la journée.

Elle ne mourrait pas.

J'y veillerais personnellement.

CHAPITRE 9

KIAN

Xavier avait raison. J'étais un abruti.

J'avais de plus en plus de mal à légitimer mes actes.

Serrant les dents, je traversai l'auberge, le poids de mon nouveau sac m'entaillant l'épaule alors que je gravissais les escaliers qui avaient forcé Vale à s'accrocher à la rambarde comme si sa vie en dépendait. La sacoche était pleine de vêtements pour nous trois, ainsi que d'armes qui nous seraient grandement utiles pour le voyage retour. Le lutin tavernier avait convaincu sa femme d'ouvrir la boutique voisine pour que je puisse y prendre des vêtements et des provisions, ce qui faisait grossir encore plus son tas d'or.

Il m'avait été facile de trouver de quoi nous habiller, Xavier et moi, puisque nous faisions la même taille, j'avais donc pris deux exemplaires de chaque vêtement, mais je ne m'étais pas attendu à devoir en choisir pour Vale. Les dieux me punissaient peut-être pour mon comportement de connard, mais je l'imaginais dans mes bras à chaque pièce que je choisissais. Je me voyais libérer sa peau de chaque épaisseur de tissu, j'entendais ses soupirs dans mon oreille, les gémissements que lui tiraient mes caresses.

Mais je ne vivrais rien de tout cela parce que je m'étais comporté comme une ordure avec elle depuis qu'elle s'était réveillée.

L'instinct de conservation est parfois imprévisible, putain !

Pour elle, j'avais sélectionné une robe indigo souple, avec de longues manches évasées et une cape assortie, doublée de fourrure pour la garder au chaud. Que nous soyons en mesure de nous métamorphoser ou non, sa peau délicate serait à l'abri du froid. J'avais ensuite pris des chaussures et des bas épais pour protéger ses jambes de nos écailles, ainsi que des sous-vêtements et des produits de toilette.

Le plus gros défi passé, j'étais resté plusieurs minutes à contempler les articles avant d'être sauvé par notre hôte. La magie du lutin lui permettait de savoir ce dont ses clients avaient besoin, mieux qu'eux-mêmes, et au lieu des chausses que j'avais prises pour Vale, il avait sorti la robe. J'avais été tenté de le contredire, mais si la journée suivante se déroulait comme à l'accoutumée, il était probable que Vale veuille quelque chose de présentable à porter à la Haute Cour.

Jusque-là, je ne lui avais fait aucun cadeau, mais je ne laisserais pas ces vautours l'embarrasser. L'endroit où elle était née ne dépendait pas d'elle, et elle détenait le pouvoir de briser la malédiction, alors quelle importance avait son rang ?

Xavier pensait que nous allions la perdre immédiatement, mais je n'étais pas dupe. Même si elle craignait les dragons, elle avait rugi comme si elle en était un. Elle était plus forte que toutes celles qui l'avaient précédée. Et plus je la provoquais, plus je sentais qu'elle se battrait avec acharnement pour survivre.

Mais était-elle prête ? Non, certainement pas.

C'était certainement la Luxa la moins bien préparée à venir sauver le royaume. Mais quelque chose au fond de moi me disait qu'elle survivrait. Je devais juste la pousser un peu plus. Ou peut-être que je devrais arrêter. La laisser se reposer, la laisser se détendre. Si elle survivait à la première épreuve, elle ne baisserait plus jamais sa garde.

Franchissant à grands pas la porte de notre chambre, j'aperçus une Vale encore sale qui faisait les cent pas derrière le paravent pendant que Xavier sortait du bain. La tunique de la jeune femme était tachée de sang séché et ses chausses ondulaient autour de ses jambes. Étant donné l'odeur de son sang qui flottait dans l'air, je fus impressionné qu'elle ait réussi à le convaincre d'entrer dans la baignoire en premier, prouvant une fois de plus à quel point elle était redoutable.

Pour ma part, je m'étais déjà débarrassé du poids de la journée dans les bains publics, une solution pratique pour éviter de me retrouver nu dans la même pièce que Vale. Honnêtement, je ne savais pas comment Xavier avait pu le supporter. Même sale et couverte de poison, elle m'appelait, telle une sirène envoûtant un marin pour qu'il se noie.

— T'as trouvé l'aiguille et le fil ? demanda-t-elle tandis que le posture de ses épaules révélait une détermination qui me fit grincer des dents.

— Et les armes ? m'interrogea Xavier en enroulant une serviette autour de sa taille.

C'était une question stupide, et il le savait. J'avais encore ma paire d'épées, mais Xavier n'avait plus rien. Bien sûr que je lui avais trouvé des armes.

— Ouais, ouais. Je vous ai acheté ce dont vous avez besoin. Des vêtements, des articles de toilette et des *armes*. Ne me remercie pas.

Je n'avais pas besoin d'être aussi désobligeant, mais le ton de ma voix s'était teinté d'une note déplorable de jalousie qui avait dû me faire passer pour un grincheux. Il s'était passé quelque chose pendant mon absence, et cela ne me plaisait pas du tout.

Elle ouvrit la bouche, sans doute pour m'envoyer une pique, mais finit par serrer les dents et plisser les yeux.

— Merci, murmura-t-elle.

Je fermai les yeux pour ne pas tout gâcher en l'embrassant sur-le-champ.

Je le jure devant tous les dieux et toutes les déesses, j'eus l'impression qu'elle avait fait remonter ses doigts le long de ma colonne vertébrale et avait soupiré dans mon oreille. Elle ne m'avait jamais une seule fois crié dessus, alors la douceur de sa voix me tendit les bourses. Ma bite se mit au garde-à-vous. Comment pouvait-elle me faire cet effet avec un simple mot ?

Nous y étions. C'était la raison pour laquelle je m'étais comporté en connard toute la journée. Si elle parvenait à se frayer un chemin jusqu'à mon cœur, je deviendrais sien et elle me consumerait tout entier, elle engloutirait gaiement mon âme.

Et je la laisserais faire.

Serrant les mâchoires, je déchargeai le sac sur le sol et m'agenouillai, sortant les objets pour garder mes mains occupées, alors que je brûlais d'envie de la toucher. Au diable le poison !

Au sommet du paquetage se trouvaient le kit de

suture, l'aiguille incurvée et le fil, tout ce dont nous avions besoin pour refermer les plaies de Xavier. Mais je ne lui donnai rien de tout cela. Elle devait d'abord laver sa peau de ce poison, et l'idée qu'elle se déshabille à quelques mètres de moi confirmait mon sentiment d'avoir mal agi dans une vie antérieure pour être puni de cette façon.

Avec précaution, je déposai l'équipement sur le lit avec sa robe, sa cape et les chausses de Xavier. À côté, je plaçai une dague épouvantable, incrustée de pierres, qui allait lui plaire me semblait-il, ainsi qu'une brosse à cheveux en argent et un peigne.

— Et les baies Nightwinter ? demanda-t-elle d'une voix douce, sans doute pour ne pas montrer son inquiétude à Xavier. T'as pu en trouver ?

Évidemment que tous ces objets ne l'intéresseraient pas tant que Xavier saignerait encore.

Je fouillai dans ma poche de poitrine et jetai les baies dans une petite bassine sur la table d'appoint.

— Je n'ai pas pu en trouver plus. Ça faisait un siècle que je n'en avais pas vu, mais d'un autre côté, je n'en ai pas cherché.

En quoi auraient-elles pu m'être utiles alors que je pouvais guérir en quelques minutes ? Mais quelque chose me disait qu'elle, pour sa part, en avait eu plus besoin que je l'aurais souhaité.

— Tu dois aller dans le bain, lui rappelai-je, plus

gentiment cette fois, même si cela allait probablement me tuer d'être aussi près d'elle alors qu'elle était nue. Je peux fermer ses blessures.

Elle s'immobilisa, mais ne cessa pas de se tordre les mains.

— Je lui ai dit que je m'en occuperais. Il les a eues à cause de moi. Il ne serait pas blessé si j'avais...

Parfait. Je l'avais tellement repoussée que maintenant, elle se sentait coupable de l'état de Xavier. Mon Dieu, quel connard je faisais !

— Je n'aurais pas dû te dire ça, admis-je en la regardant vraiment dans les yeux pour la première fois depuis la montagne. Ce n'était pas ta faute. Ni ta magie ni toi n'avez eu aucune incidence sur l'origine de cet affrontement. Si j'avais été plus malin, j'aurais arraché nos écussons royaux avant d'entrer sur le territoire ennemi. Ce n'est pas à cause de toi qu'ils ont attaqué. On est la raison de cette agression. Rien de tout cela n'était ta faute.

En réalité, c'était moi qui lui avais mis une cible dans le dos. J'avais mis mon manteau sur ses épaules et le grand écusson royal tissé dessus avait servi de repère pour les assaillants. Je pensais avoir fait un geste bienveillant, mais ma gentillesse avait failli la tuer. Même lorsque je ne le faisais pas exprès, j'étais toujours un connard.

— Mais c'est quand même lui qui s'est interposé

entre ces flèches et moi par ma faute, répondit-elle en secouant la tête avec un sourire triste. C'est à cause de moi qu'il était dans la forêt. Il était là et il est intervenu. J'ai dit que je l'aiderais, alors donne-moi ce foutu kit.

Non, c'était à cause de moi qu'*elle* était dans la forêt. Parce que je ne l'avais pas mise en sécurité, parce que je voulais gagner du temps, parce que j'avais été affaibli par cette stupide foudre du dragon qui avait failli nous tuer tous les deux.

La culpabilité me frappa de plein fouet.

Vale tendit la main vers la bobine de cuir, mais je l'attrapai avant qu'elle ne puisse l'atteindre et la gardai hors de sa portée.

— Ta peau est recouverte d'une dose de poison, dis-je doucement. À chaque seconde qui passe, il te fait du mal. Si tu n'es pas convaincue, sache que c'est à cause de ça que Xavier ne guérit pas normalement. Je ne dis pas ça pour te faire chier, c'est la vérité. Il a besoin de points de suture, mais c'est moi qui dois le recoudre.

Ces yeux d'un vert aveuglant semblaient me transpercer comme si elle attendait l'insulte suivante. Je supposais que je le méritais. Je l'avais harcelée toute la journée. Mais cette fois, je ravalai ma fierté et prononçai des mots qui n'avaient pas franchi mes lèvres depuis un siècle ou plus.

— *S'il te plaît*, Vale. Laisse-moi le faire.

Ces mots parurent la dérouter et détournèrent son attention du kit. Sa réaction fut si délicieuse que je me répétai.

— S'il te plaît ?

Devant ses grands yeux et ses lèvres charnues entrouvertes, je faillis perdre le contrôle de moi-même. Naturellement, ce fut ce moment-là que Xavier choisit pour apparaître, une serviette autour de la taille et un peignoir à la main. Vale sursauta avant de tourner son regard vers lui.

Oh, ouais. Il s'était passé quelque chose.

— Bien. Après l'avoir recousu, écrase les baies et enduis la pâte sur ses blessures. Ça devrait soulager la douleur et aider le sang à coaguler, dit-elle.

Puis elle me tourna le dos, gardant ses distances avec Xavier pour passer derrière le paravent.

Observant son ombre, je la vis dérouler sa tresse avant d'ôter sa tunique et ses chausses crasseuses. Mon cœur s'accéléra et mon sexe gonfla dans le cuir tandis qu'un déferlement de honte inondait mon ventre. Je me retournai, refusant de me soumettre à cette torture ou de violer le peu d'intimité qu'elle avait.

Serrant les dents, je sortis le reste de mes achats du sac et ouvris le kit de suture. Mais mon désir s'envola brusquement lorsqu'elle siffla de douleur en grimpant dans la baignoire. Ses pauvres pieds avaient dû être meurtris par cette maudite forêt, mais elle ne s'était pas plainte. Fermant vigoureusement les yeux, j'essayai de ne pas penser au mage qui l'avait prise à la gorge, d'éviter de songer à la façon dont elle avait été forcée à se battre avant même d'avoir repris des forces. À la façon dont elle s'était interposée entre Xavier et un mage après que mon ami avait été blessé.

La jalousie consumait mes entrailles, mais je la ravalai. Elle avait besoin de manger, de se soigner et de dormir. Il me fallait lui réserver une partie de ces baies.

Une fois immergée, elle poussa un faible gémissement de plaisir. Il me fallut toute ma volonté pour ne pas me retourner et écarter ce fichu paravent de mon chemin juste pour pouvoir l'écouter répéter ce son. Ma bite palpita, mes écailles frémirent et mon dragon rugit dans ma tête, mais j'engloutis toutes ces sensations au fond de moi.

J'ouvris machinalement le kit de suture, me concentrant sur la tâche à accomplir pour ne pas perdre ce qui me restait de ma maîtrise de moi-même. Ce faisant, je dus forcer mon dragon à reculer dans les profondeurs de ma conscience, car ses cris de revendication devenaient de plus en plus difficiles à ignorer.

— Assieds-toi avant de tomber, ordonnai-je à Xavier lorsqu'il commença à vaciller.

Serrant les mâchoires, il s'assit sur le bord du lit, les yeux rivés sur le paravent que je fixais quelques instants plus tôt. Je ne pouvais pas l'imiter, pas si je voulais stopper son hémorragie. Je me contentai donc d'écouter le clapotis de l'eau dans la baignoire pendant que je m'attelais à refermer les plaies qui auraient dû guérir dès leur ouverture.

— On ne peut pas la laisser endurer ça, murmura Xavier, le regard toujours rivé sur le paravent alors que je nouais le premier point de suture et m'attaquais au suivant.

J'avais beau vouloir lui donner raison, je ne pouvais pas. Plus j'y réfléchissais, plus Vale paraissait être la personne qu'il nous fallait pour briser la malédiction. C'était bien là le problème ! Elle ne connaissait peut-être pas aussi bien la magie que les sorcières qui l'avaient précédée, mais elle avait un cœur d'or.

Elle s'en sortirait, je le savais.

— Et on est censés faire quoi ? S'enfuir avec une sorcière sous le bras et partir vers des contrées inconnues ? Tu crois vraiment qu'on y arriverait ? Idris sait qu'elle existe. Il a pu la sentir depuis Direveil, sous toute une montagne de *Lumentium*. Fuir n'est pas une option, Xavier.

Il tressaillit lorsque je fermai un autre point de

suture, mais ne semblait pas prêt à stopper la discussion.

— On sait tous les deux qu'il ne peut pas quitter ce château. On pourrait partir si besoin. Je sais que t'y as pensé plus d'une fois. Ne me mens pas.

Il savait très bien que j'étais incapable de lui mentir. J'y *avais* pensé une fois ou deux quand j'avais été au plus bas, quand j'avais cru que nous ne verrions jamais la fin de cette situation. J'avais rêvé de traverser la mer en volant à toute vitesse, ne serait-ce que pour avoir un aperçu de ce qu'il y avait de l'autre côté.

— Eh bien, t'es vraiment prêt à tout brûler ? Admettons qu'elle soit vraiment l'élue. En l'emportant, tu condamnerais toutes les créatures magiques à une mort lente et atroce. Je ne veux pas qu'elle meure non plus, mais tout en moi me dit que c'est la bonne.

Il secoua la tête, comme s'il était prêt à me frapper gratuitement.

— Mais si ce n'est pas le cas ? Je ne pense pas que tu comprennes. Elle est...

— Importante ? grommelai-je, l'interrompant. Crois-moi, je le sais.

— Et malgré ça, on pourrait la conduire là-bas en gardant la conscience tranquille ? Comment on pourrait rester les bras croisés pendant qu'elle...

Me retenant de lui mettre mon poing dans la

figure, je fermai un autre point de suture. Lorsque je passai à la plaie suivante, il siffla parce que j'avais planté mon aiguille un peu trop brutalement.

— Elle. Ne. Mourra. Pas. Tu ne l'as pas vue au sommet de cette montagne ? Tu n'as pas vu sa férocité ? En sang et au bord de la mort, elle a réussi à me crier dessus. Pas parce qu'elle avait peur, mais comme si elle était elle-même un dragon. Elle survivra.

Il le fallait. Je ne crois pas que j'y survivrais si elle échouait.

— Si elle s'en sort, on sait tous les deux qu'elle ne sera jamais à nous, déclara Xavier, dont les épaules s'affaissèrent et dont je sentis le chagrin emplir la pièce.

Mais ce qu'il disait, je le savais déjà.

— Elle peut l'entendre, me confia-t-il, comme s'il arrachait les mots de son âme. Je n'avais pas réalisé à quel point j'avais été égoïste jusqu'à ce qu'elle me le dise. Au sommet de la montagne, il lui a dit qu'on arrivait. Il lui a dit de rester forte. Je pense qu'on sait tous les deux ce que ça signifie.

J'aurais moins souffert s'il m'avait poignardé dans le ventre. Cependant, Idris n'était pas le seul à pouvoir parler télépathiquement à la sorcière.

— Je ne pense pas qu'il soit le seul à pouvoir le faire, marmonnai-je en finissant un autre point de suture. Je suis presque certain qu'elle m'a compris quand je lui ai dit d'arrêter de me crier dessus.

La mâchoire de Xavier se crispa, sa jalousie était presque palpable.

— Si elle vous entend tous les deux... commença-t-il d'une voix mesurée comme s'il devait se maîtriser pour ne pas me donner un coup de poing en pleine face. Alors il est possible que sa puissance dépasse les limites de notre compréhension.

— Exactement. Ce qui veut dire qu'elle survivra à cette épreuve.

Les poings serrés, il pivota sur lui-même pour me lancer un regard noir, manquant de faire tomber l'aiguille de ma main. Ce qui était cadet de mes soucis face à la fente de ses yeux et aux écailles recouvrant son cou. Il se leva, se fichant éperdument des plaies qui saignaient encore dans son dos.

— Mais est-ce qu'elle survivra à la deuxième ? Ou à la troisième ? Kian, elle s'est dressée devant moi, sans savoir si elle allait vivre ou mourir. Je ne peux pas l'envoyer se faire massacrer. Je ne peux pas.

J'avais beau vouloir lui donner raison, j'en étais incapable.

— De nous deux, je n'aurais jamais cru que ce serait toi qui deviendrais fan de la haute trahison.

— Tu te souviens quand je t'ai dit qu'elle ne nous

appartiendrait jamais ? Si on la laisse y aller, ça se confirmera.

Conscient qu'il avait raison, je déglutis, mais...

— Mais si on la retient, elle est pour ainsi dire morte, de toute façon.

Ses écailles vinrent tapisser ses bras et son torse tandis que son corps vibrait de rage. Je suivis ses yeux, qui regardaient la petite sorcière à travers le haut du paravent. Elle nous tournait le dos, ses cheveux mouillés sur son épaule, tandis qu'elle frottait sa peau rosée pour la nettoyer.

Mais il ne regardait pas la mousse du savon.

Non, ses yeux étaient rivés sur la même chose que les miens. D'épaisses cicatrices s'entrecroisaient dans le dos de la jeune femme, leur couleur blanche témoignant de leur ancienneté. Certaines étaient irrégulières, comme si un fouet avait lacéré sa chair. D'autres étaient fines, d'une précision presque chirurgicale. Celles-là avaient été faites à l'aide d'une lame. Et au centre, entre ses omoplates, un ancien symbole festien avait été gravé dans sa peau, un symbole qui n'avait pas été utilisé dans le royaume depuis des siècles.

Peut-être même plus.

Autrefois, il servait à rejeter les pires d'entre nous, ceux qui étaient maudits par les dieux, ceux qui possédaient trop de magie ou de pouvoir, et détenaient trop de connaissances obscures. Plus tard, il avait été utilisé pour punir de petits criminels, devenant une honte héréditaire, destinée à ostraciser et à condamner. Une fois marqués, ceux qui portaient ce symbole survivaient rarement longtemps.

Lorsqu'Idris était devenu roi, il avait jugé le châtiment barbare et y avait mis fin.

Mais le chef des *Perder Lucem* était loin de lui ressembler. Quel que soit le crime qu'elle avait commis, il l'avait qualifiée d'hérétique.

Il m'était inutile de lui demander qui avait fouetté, mutilé et marqué sa peau. Je savais que le coupable était le même homme qui l'avait poignardée, l'avait attachée à un pilori et l'avait laissée comme appât destiné à brûler.

Arden.

— Je retire ce que j'ai dit, grondai-je, le processus de métamorphose menaçant de me submerger. C'est parti pour la trahison.

Parce qu'il était hors de question que je la laisse aller là-bas en sachant ce qui lui arriverait.

Pas elle.

Jamais.

Si ça n'avait tenu qu'à moi, j'aurais passé ma vie dans cette baignoire. L'eau atteignait délicieusement mes épaules, m'enveloppant d'une douce chaleur. Elle clapotait sur les parois de la baignoire dorée tandis que je frottais ma peau rose et que la température soulageait mes muscles et mes os endoloris. Les bulles de mousse du savon citronné éclataient et frémissant sur l'eau, et même ça, c'était un vrai bonheur.

Je ne me souvenais pas de m'être sentie aussi propre. J'essayai de ne pas regarder l'état de l'eau sous la couche de mousse et d'éviter de laisser monter en moi la culpabilité de vivre quelque chose d'aussi merveilleux alors que Nyrah n'était pas là. Mais comme il était fort possible que je périsse dans les vingt-quatre heures à venir, je me disais que je ferais mieux d'en profiter plutôt que de me morfondre.

M'apitoyer sur mon sort ne ferait que me donner l'impression de ne pas être digne de ce moment, alors que, bon sang, si je pouvais briser une malédiction et sauver un royaume, je méritais largement ce bain.

Je n'avais pas oublié les épreuves dont Xavier m'avait parlé, même s'il n'avait pas voulu me dire en quoi elles consistaient. Si toutes les Luxas étaient mortes en les passant, je devais savourer chaque instant et chaque chose avant qu'elles commencent. En plongeant ma tête dans l'eau, je me rinçai les cheveux sur lesquels j'avais appliqué la potion capillaire bleue qui était apparue sur le petit tabouret en bois à côté de la baignoire. Elle dégageait une légère odeur florale et un autre parfum que je n'arrivais pas à déterminer, encore un luxe agréable que j'emporterais avec moi.

Lorsque je fus incapable de laver mon corps plus longtemps et que mes doigts se ridèrent et pâlirent, je sortis de l'eau. J'attrapai le même tissu blanc duveteux que Xavier avait utilisé pour ceindre sa taille, et profitai de la délicatesse du tissu en me séchant la peau.

Sous la montagne, un tel luxe aurait été considéré comme trop beau pour les mineurs et le petit peuple.

Pour la plupart, nous nous baignions dans les bassins glaciaux qu'une déviation du ruisseau remplissait. Si l'eau permettait d'échapper à la chaleur pendant les mois d'été, elle était presque insupportable en hiver. Quelques femmes fabriquaient également des savons, mais leurs stocks étaient toujours limités.

Un tissu de couleur crème était suspendu sur le haut du paravent. Je fis glisser mes doigts sur le vêtement fin, qui était doux et soyeux.

— C'est une chemise de nuit, indiqua Kian d'une voix rauque, empreinte d'une émotion que je ne parvins pas à déterminer, quand il remarqua que je la laissais là. J'ai aussi des sous-vêtements. Et une robe pour demain. Et d'autres choses dont tu pourrais peut-être avoir besoin.

Je retins les larmes qui menaçaient de couler, en me couvrant la bouche pour ne pas faire de bruit. Pour moi, c'était une expérience nouvelle de recevoir des cadeaux, et je me sentais reconnaissante. Mais je me sentais aussi en colère et... déconcertée. Kian et Xavier étaient des dragons, mais je *ne pouvais pas concevoir* que ces hommes soient ce que le *Perder Lucem* prétendait qu'ils étaient. Je ne pouvais pas les imaginer tuer sans raison ou blesser des innocents.

Même Kian, qui avait été un vrai con avec moi toute la journée, ne m'avait fait aucun mal. Se comportaient-ils ainsi uniquement parce que j'étais une Luxa ? Était-ce parce qu'ils avaient besoin de moi ? Et pourquoi le fait de ne pas savoir me rendait-il aussi dingue ?

Mais pourquoi aurais-je dû croire Arden sur parole ? Cet homme m'avait battue, poignardée, fouettée, attachée à un pilori pour me faire brûler. Il m'avait punie pour les actes de Nyrah, qui n'était alors qu'une enfant affamée. Pourquoi aurait-il dit la vérité ? Le reste de la guilde et lui nous affamaient, nous tuaient...

Punir Kian et Xavier en me basant sur les propos d'Arden ne faisait aucun sens.

— M... merci, lâchai-je d'une voix étranglée, en essayant de ne pas me laisser submerger par mes émotions. C'est gentil de ta part.

Doucement, je récupérai les vêtements sur le paravent. L'un d'entre eux devait être la chemise de nuit, mais les deux autres me laissèrent perplexe. Le premier était une culotte assez bouffante, mais plus soyeuse et petite que celles utilisées pour les bébés, et dont le tissu semblait épouser la peau. Je n'avais jamais rien vu de tel, mais la façon de l'utiliser ne me paraissait pas trop compliquée. Je remontai le tissu soyeux le long de mes jambes et le fis tenir contre les bosses saillantes de mes hanches.

Le vêtement suivant ressemblait à un bustier, mais je n'en avais pas vu depuis la mort de mes parents. Il disposait de lacets et de fermoirs, et comme il donnait l'impression d'être terriblement inconfortable, je le laissai de côté. J'enfilai ensuite la chemise de nuit par la tête et frissonnai au contact de sa texture veloutée. Mais la chambre, malgré le feu, était légèrement fraîche, alors j'attrapai le peignoir moelleux suspendu près de la baignoire et y glissai mes bras. Le tissu duveteux était lourd et chaud, comme si la magie elle-même s'était assuré qu'il soit agréable à mettre. C'était peut-être le cas.

Après avoir noué la ceinture autour de ma taille, je parvins à me ressaisir suffisamment pour passer derrière le paravent. Kian s'attelait toujours à recoudre les plaies de Xavier, les dernières, superficielles. Pourtant, à la vue de son grand corps à moitié nu, j'eus envie de me recroqueviller sur moi-même. Peu importait que j'aie chevauché avec lui toute la journée, j'avais ressenti quelque chose de différent lorsqu'il s'était déshabillé pour prendre son bain.

Je n'avais jamais côtoyé un seul homme nu, et encore moins un gigantesque métamorphe dragon qui m'avait sauvé la vie. Et que dire de la façon dont il avait pris mon visage entre ses mains ? J'avais voulu l'embrasser, mais avais été trop lâche pour le faire.

— Est-ce que je suis assez propre pour écraser les baies ? demandai-je en tendant mes mains pour les faire inspecter.

C'était une boutade, mais la saleté avait disparu de sous mes ongles, et ma peau s'était drastiquement éclaircie.

Kian abandonna le fil et l'aiguille pour prendre ma main dans la sienne. Il examina mes doigts avec délicatesse, tournant ma main dans un sens puis dans l'autre, comme pour y chercher une trace du poison. Je ne pouvais rien faire contre la corne de mes paumes ou les cicatrices dentelées de mes articulations, dues à la roche que nous devions extraire. Je détestais ma peau sèche, mais au moins, elle était propre.

Comme pour me donner son approbation, Kian finit par pencher la tête pour presser ses lèvres douces sur la peau délicate de l'intérieur de mon poignet. Son baiser recouvrit l'entaille que je m'étais faite avec sa lame pour libérer mon pouvoir. Mon corps tout entier me donna l'impression qu'un feu d'artifice s'était déclenché le long de ma colonne vertébrale, et j'essayai en vain de me retenir de tressaillir.

— Tu passes l'inspection, annonça-t-il d'une voix grave, tandis que ses yeux d'ambre ardents rencontraient les miens et que son souffle réchauffait ma chair.

Quelque chose dans sa voix me donna des frissons, fit durcir mes mamelons et se contracter mon sexe. S'il m'avait toujours repoussée auparavant, il avait incontestablement changé de stratégie.

— Bien, réussis-je à dire d'une voix rauque en retirant ma main et en me tournant vers les baies.

Les baies Nightwinter étaient un petit fruit rose que l'on cueillait sur un buisson qui fleurissait la nuit et ne poussait que dans les endroits les plus froids et les plus sombres. Naturellement, on en trouvait partout sous la montagne, dans les coins où le sang avait été versé. J'aimais à penser que la terre nous rendait une partie des vies perdues grâce à ce fruit, dont la seule véritable fonction était d'aider à guérir les blessures.

J'écrasai doucement les baies avec mes phalanges en veillant à ne pas me montrer trop brutale. Le délicieux parfum qui s'en dégagea envahit mon nez et me rappela tant Nyrah que j'eus un pincement au cœur. Elle s'était occupée de moi pendant des jours quand mon dos cicatrisait, badigeonnant mes larges plaies avec la pâte comme si cela pouvait effacer ses actions. Mais même si c'était moi qui avais subi la punition à sa place, je ne lui en avais jamais voulu.

Elle serait morte si je n'avais pas fait ce choix.

Ravalant mon chagrin, j'étalai la pâte sur les plaies fermées du dos de Xavier, faisant mine d'ignorer les deux hommes pendant que je travaillais. Même les coupures encore ouvertes semblaient cicatriser plus vite qu'avant, et je détestais l'idée que le bain ait donné raison à Kian. Xavier avait souffert à cause de moi, et la culpabilité me tordit les tripes.

Naturellement, mon ventre profita de ce moment pour exprimer sa faim en gargouillant plaintivement. Une conséquence de la journée que j'avais passée sans manger.

Kian haussa les sourcils en fixant mon ventre avec un petit sourire en coin.

— Et moi qui pensais que seuls les dragons pouvaient rugir aussi fort !

Piquant un fard, je baissai la tête, submergée par une vague de honte. Et alors que Xavier lui donnait un coup de coude dans le ventre, quelqu'un frappa à la porte. Tandis que Kian laissait échapper un « *aïe* » douloureux, Xavier se leva du lit pour ouvrir la porte à l'aubergiste.

Il avait les bras chargés d'un lourd plateau, et je fus à la fois attirée par les arômes des mets et affolée par leur équilibre précaire. Mon cœur fit un bond dans ma poitrine à la simple idée de perdre une partie de cette nourriture.

Mais avant que notre repas connaisse un sort horrible, Xavier sauva la situation, attrapant le plateau lorsque celui-ci bascula et le déposant sur la petite table d'appoint à côté du feu. J'étais certaine que des mots avaient été échangés, mais j'étais incapable de faire autre chose que fixer les énormes miches de pain et les bols géants de bouillon crémeux au-dessus desquels s'élevaient d'épaisses volutes de vapeur. La sensation d'une main sur mon épaule me fit presque sursauter tandis que la faim nouait mon estomac affamé.

Je ne me souvenais pas d'un repas composé d'autre chose que des rations compactes de la guilde, qui avaient un goût de terre et de légumes à moitié pourris. Probablement les déchets laissés sur la table des dirigeants.

— Assieds-toi, gronda Xavier, dont les paroles prononcées d'une voix grave ressemblaient presque à un ordre.

Mais mon corps ne réagit même pas alors que je contemplais le festin, craignant, si je bougeais, de me jeter sur le plateau comme la femme affamée que j'étais. Ce ne fut que lorsqu'on me poussa doucement mais fermement sur une chaise et que Kian me tendit le pain que je commençai à dévorer la nourriture.

Je ne me préoccupai ni des bonnes manières ni de l'étiquette. Je déchirai le pain avec mes dents, dont la croûte beurrée et feuilletée égaya mes papilles de sa saveur. J'étais presque certaine d'avoir gémi et m'en moquais éperdument. Ensuite, j'atteignis la mie tendre et moelleuse, et je faillis grimper aux rideaux en l'avalant.

Xavier s'agenouilla à mes côtés pour me présenter le bol de soupe, et je dus lutter contre l'envie de le lui arracher. Prenant le bol à deux mains, je savourai pendant une demi-seconde la chaleur qui pénétra mes paumes avant de me mettre à boire goulûment. Je gémis consciemment à ce moment-là, le liquide savoureux étant encore meilleur que le pain. Il me réchauffa les entrailles et je l'engloutis jusqu'à la dernière goutte, ce qui remplit presque mon ventre.

Je ne me souvenais pas de la dernière fois où je m'étais sentie rassasiée, et cette sensation inhabituelle me parut presque inconfortable, mais elle fut tout de même bienvenue. J'observai les autres assiettes remplies de viande braisée et de légumes multicolores, mais je savais que je rendrais tout si j'avalais une bouchée de plus. Quand avais-je mangé de la viande pour la dernière fois ?

Dix ans plus tôt ?

Quinze ans ?

Quand j'étais enfant. À l'époque où la guilde comptait encore des chasseurs et pas seulement des mineurs. À l'époque où nous avions à entretenir des hectares de terres agricoles disposées en terrasses et où nous élevions des animaux pour nous nourrir. Il me fallut mobiliser presque toute ma volonté pour ne pas m'empiffrer, pour ne pas me gaver de la décadence offerte. Pour ne pas stocker les restes au cas où je ne pourrais plus jamais mettre la main sur de la nourriture.

— Quand est-ce que t'as mangé pour la dernière fois ? demanda Kian d'une voix à peine plus forte qu'un murmure mais sur un ton qui me fit brusquement lever la tête pour le regarder.

Aussitôt que je croisai ses yeux ambrés, je regrettai presque de l'avoir fait. Son regard montrait qu'il avait compris suffisamment de choses pour qu'un brin de honte vienne tirailler le cocon confortable dans lequel j'avais réussi à m'envelopper.

— Je ne sais pas, admis-je, refusant de lui mentir. Ça fait longtemps. Et même quand on mangeait, ce n'était pas grand-chose.

Je repensai au quart de ration qui avait motivé ma visite aux cuisines et mis le feu aux poudres. Si nous avions obtenu la totalité de la ration qui nous était due ce jour-là, je pense que je n'aurais pas avancé nos plans. Nous serions probablement encore sous la montagne. Mais Thane n'était pas du genre à fermer les yeux sur un affront, et Nyrah l'avait repoussé publiquement. À l'heure actuelle, je serais probablement dans la même position, à m'inquiéter pour ma sœur et à me demander comment j'allais nous sortir de là.

Je sentis la grande main de Kian se refermer autour de mon poignet et recouvrir l'articulation décharnée à cause du manque de nutriments et des nombreuses heures passées à marteler le flanc de la montagne pour extraire du *Lumentium*.

— Je le vois bien. Ils ne vous nourrissaient pas ?

— Pas s'ils pouvaient s'en passer, ricanai-je d'une voix dénuée de tout humour alors que je libérais mon poignet.

Quand Xavier posa ses mains sur ma cheville, je tressaillis, ce qui n'empêcha pas le grand homme d'amener mes pieds ravagés sur ses genoux pour m'inspecter les voûtes plantaires. Je tentai de les repousser, mais sa poigne était bien plus ferme que celle de Kian. Il tendit la main et Kian lui passa le bol où il restait des baies Nightwinter.

— Tu ne guéris pas aussi vite que nous. Je vais donc devoir panser ces coupures.

— C'est bon. Je ne...

— Tu pourrais me laisser faire ? râla-t-il, tandis que la colère illuminait les yeux de ce que je supposais être son dragon.

Mais cela faisait longtemps que quelqu'un n'avait pas pris soin de moi, et je n'y étais pas habituée.

— Si j'y suis obligée, grommelai-je en le laissant examiner mes pieds.

Au premier contact de la pâte, je sifflai sous l'effet

des propriétés curatives du fruit sur les entailles. Ce n'était pas la première fois que je me passais de chaussures. Je n'étais donc pas inquiète de l'état de mes pieds, mais Xavier, si. Il fronça les sourcils et fit claquer sa langue.

— Certaines auraient besoin de points de suture, mais...

— Pas de points de suture.

Cela me tirerait la peau quand je marcherais, et la plaie s'agrandirait si je courais. Je préférerais une cicatrice à l'impossibilité de courir si le besoin se présentait.

— Mets juste une bande si besoin.

La mâchoire de Xavier se crispa, son regard sembla traverser ma peau jusqu'à l'essence de mon âme. Il donnait l'impression de savoir pourquoi je n'en voulais pas et de se demander s'il allait respecter ou non mon choix. De sa main chaude, il effleura ma cheville en me relâchant, mais ne dit rien.

— Fais ce qu'elle te demande, mon frère, murmura Kian en lui tendant un rouleau de tissu.

Mais Xavier ne fit aucun geste pour le prendre. Au lieu de cela, il m'observa pendant un long moment, semblant prendre une décision. Ensuite seulement, il prit le rouleau, et bientôt, mes pieds furent bandés d'une main experte. La tendresse qu'il avait mise dans ses soins me fit presque monter les larmes aux yeux.

— J'aurais aimé pouvoir te soigner, chuchota-t-il en terminant tandis que je portais instinctivement ma main à mon ventre, sur l'épaisse cicatrice laissée par la lame d'Arden.

— Je pense que tu l'as très bien fait.

Je déglutis. La journée avait laissé ses traces et une nouvelle couche de culpabilité vint s'ajouter sur mes épaules.

— Je suis désolée de ne pas vous avoir remerciés plus tôt, tous les deux. Je serais morte là-haut si vous ne m'aviez pas sauvée, dis-je.

Mais croiser leurs regards était trop difficile ; je baissai les yeux vers mes mains posées sur mes genoux.

— Je sais que je ne représente qu'une mission pour vous, mais je vous suis reconnaissante.

Kian se tourna pour laisser échapper un rire dénué de joie, mais le regard ardent de Xavier ne me quitta pas, ces yeux d'un bleu pâle semblant toujours lire en moi. Toutefois, le poids de la journée m'écrasa, et il finit par détourner les yeux et me libérer de l'emprise qu'ils avaient eue sur moi tout au long de cette foutue journée.

L'épuisement tiraillait tous mes membres quand j'arrachai mes pieds de ses mains pour me recroqueviller sur le fauteuil et envelopper mes jambes du peignoir tandis que mes paupières s'abaissaient lentement. Les coussins étaient plus épais que le mince tapis de couvertures sur lequel ma sœur et moi dormions habituellement, et même si la position était légèrement inconfortable, je pouvais me reposer ainsi aisément.

J'étais presque endormie quand je sentis de gros bras m'arracher aux coussins. Mes paupières s'entrouvrirent, et je vis Kian me prendre dans ses bras et marcher jusqu'au lit. Il me déposa délicatement sur le matelas et les couvertures duveteuses, et la douceur des draps me déroba le reste de mon énergie.

— Si tu crois que je vais te laisser te blottir sur un fauteuil alors qu'il y a un très bon lit à ta disposition, tu rêves.

Je voulus argumenter, mais ne trouvai même pas l'énergie d'écarter les lèvres, à part pour pousser un soupir de contentement.

— Dors bien, petite sorcière. Demain viendra bien assez tôt.

Et si le lendemain me réservait probablement tout un lot de surprises à endurer, j'avais le ventre plein, un matelas moelleux et confortable pour mes os endoloris, et un superbe oreiller ferme sous ma joue. Sans oublier le sentiment de sécurité qui m'enveloppait comme la couverture que Kian déposa sur moi.

Avec Xavier et lui en ce lieu, personne ne m'atteindrait ou ne pourrait me toucher. Pour la première fois depuis la mort de mes parents, j'étais en sécurité.

N'ayant plus une once de combativité, je cédai et laissai le sommeil me gagner.

— *Oui*, tonna une voix familière dans les profondeurs de ma conscience. *Dors bien, ma petite téméraire. Je te verrai bientôt.*

CHAPITRE II
VALE

Des pierres saillantes s'enfonçaient dans mes genoux alors que je montais l'escalier étroit menant au sommet de la montagne. Je devais trouver Nyrah. Elle devait être quelque part dans le coin. Le vent glacial et cinglant fouettait ma chair tandis que j'ignorais la paroi abrupte de la falaise et que je gravissais à toute allure la passerelle.

Évidemment que le bain, la nourriture et le sauvetage n'étaient qu'un rêve. Les métamorphes dragons n'existaient pas, et je ne serais secourue par personne.

Personne ne venait nous délivrer.

La passerelle se terminait au point culminant de la montagne artificiellement aplanie, où un poteau noirci était encastré dans le sol. Mais ce n'était pas moi qui étais attachée au pilori de bois, le petit corps de Nyrah m'avait remplacée, avec ses cheveux blonds ensanglantés flottant dans le vent, son visage meurtri déformé par la peur. Elle se débattait dans ses liens, une plaie lui déchirait le ventre à l'endroit où se trouvait la mienne. L'odeur du combustible parvint à mes narines alors que les premières lueurs de l'aube pointaient à l'horizon.

— Non, non, non, gémis-je en pressant le pas pour la rejoindre, mais sans jamais l'atteindre.

Les rayons de lumière léchèrent le verre convexe de la lanterne et enflammèrent le combustible. Mais ce ne fut que lorsque les premières flammes jaillirent que je réussis à bouger.

— Aide-moi ! cria-t-elle en tirant sur les cordes qui la retenaient au pilori.

— Non. C'est moi qui suis censée être là. Pas toi. Jamais toi. Je vais te sortir de là. Je vais t'aider, promis-je, mais les flammes me caressaient déjà le dos.

Le feu me dévorait déjà, et j'avais beau faire tout mon possible, les cordes ne cédaient pas.

J'invoquai le pouvoir qui était en moi, celui que j'avais essayé de garder caché tout au long de notre existence sous cette montagne. Mais il n'existait pas. Aucune force ne m'habitait. J'étais seule, impuissante, faible, et je manquais à mes devoirs envers ma sœur.

Le feu me brûlait la peau et me faisait hurler de douleur.

Nous allions mourir sur cette montagne. Car même si je pouvais fuir, même si je pouvais me sauver, je ne la laisserais pas périr seule. Acceptant mon destin, je tentai de la prendre dans mes bras. Toutefois, plus je m'approchais de ma petite sœur, plus son corps s'estompait. Elle finit par se transformer en fumée et en cendres et elle s'envola au loin, arrachée à moi par les rafales.

— Nyrah ! criai-je, ma voix emportée par le vent glacial.

Je tombai à genoux sur la terre, laissant les flammes consumer ma peau tandis que le désespoir me déchirait les entrailles.

— C'est vraiment ce que tu vois quand tu fermes les yeux ? demanda une voix grave.

Bizarrement, tout ce qui se trouvait autour de moi ralentit et devint opaque quand je me retournai, un changement que ma tête n'arriva pas vraiment à saisir. Le feu, autour de moi, disparut, tout comme la douleur, qui se dissipa comme si elle n'avait jamais existé.

Affichant une posture décontractée, l'homme

était assis dans un fauteuil doré, comme s'il n'avait aucun souci au monde, comme s'il était à la tête de tout et de tous. Une couronne biscornue surmontait sa tête et il m'observait de ses yeux dorés. Ses cheveux noirs, dont les mèches ondulées étaient balayées par le vent, tombaient sur son front, et son regard me clouait sur place.

— Qui êtes-vous ? demandai-je, mais je connaissais la réponse.

S'il y avait un homme qui transpirait le pouvoir, c'était bien lui. Arden parlait souvent du roi du Crédour, affirmant qu'il était aussi impitoyable qu'inflexible et qu'il dirigeait son peuple d'une main de fer. Il avait ordonné aux dragons de nous emprisonner sur cette montagne pour que nous restions affamés et faibles.

— Tu sais parfaitement qui je suis, Vale.

Bien sûr que je le savais, mais une part de moi l'avait imaginé plus vieux que l'homme qui se trouvait devant moi. Une barbe sombre ornait sa mâchoire carrée et les traits majestueux de son visage lui conféraient un air royal que peu d'hommes possédaient.

— Roi Idris, murmurai-je, et il inclina la tête. Est-ce que je suis en train de rêver ? Ou vous êtes dans ma tête ?

Je baissai les yeux vers les vêtements sales et déchiquetés qui ondulaient autour de ma petite taille. Ma tunique était ensanglantée, le trou béant que qu'Arden y avait fait en me poignardant révélait une plaie qui saignait encore. L'hémorragie suivait toujours son cours, mais n'était pas douloureuse.

Étais-je encore sur cette montagne, si proche de la mort ?

Étais-je en sécurité dans l'auberge avec Xavier et Kian ?

Je n'en savais rien.

— Ici et là, je suppose. Mais ce n'est pas moi qui nous ai amenés ici. C'est toi.

Il se leva de son trône, et le ciel laissa place au plafond d'une chambre sombre, dans l'âtre de laquelle un feu crépitait faiblement à côté d'un lit à baldaquin, dont les rideaux étaient tirés.

Toute la pièce, y compris les tissus et les tapisseries, était inondée d'un pourpre noirci. Comme si les murs étaient imprégnés de sang. Et pourtant, quand le roi s'avança vers moi, je songeai que cette chambre obscure était préférable au sommet de la montagne.

Il tendit la main vers moi, sa peau brûlante me délivra de la froideur de la montagne pour m'emmener dans son monde. Le vent s'évanouit tandis qu'il m'attirait plus près. Il était grand, si grand que je devais lever la tête pour voir son visage. Les ombres du feu dansaient sur ses pommettes saillantes, ses lèvres charnues et sa mâchoire carrée. Dans la pénombre, ses yeux dorés étincelèrent et un sourire complice courba le coin de ses lèvres.

— N'est-ce pas mieux ? Ne préfères-tu pas ma chambre à cette montagne ?

Je déglutis et sentis tous les poils de mon corps se hérisser tandis que sa voix suave remontait le long de mon dos.

Ne parvenant pas à lui répondre, je me contentai d'un hochement de tête.

— Maintenant, dis-moi, ma petite téméraire pourquoi mets-tu tant de temps pour venir jusqu'à moi ? Pourquoi dors-tu dans cette auberge et non à mes côtés dans mon château ?

Avec lui ? Il ne pouvait tout de même pas parler de son lit...

— On a été attaqués sur la route. Xavier était blessé. Ses blessures ne se refermaient pas, alors on a dû s'arrêter.

La honte me poussa à retirer ma main de la sienne, mais le roi me força à me rapprocher de lui. Ma poitrine se pressa contre son corps, sa chaleur s'infiltra jusqu'à mes os. Je sentis mes joues s'échauffer, mais lorsque j'essayai de détourner les yeux, il mit un doigt sous mon menton pour m'obliger à le regarder.

— C... c'est ma faute. Le Lumentium qui imprégnait ma peau les faisait souffrir. Tous les deux. J'ai fait ce que j'ai pu, mais Xavier a quand même été blessé à cause de moi. Je suis désolée.

Prenant un air compréhensif, il passa son bras dans mon dos pour me plaquer contre lui. Mais je ne devais pas être assez proche à son goût, car il me hissa dans ses bras. Instinctivement, j'enroulai mes jambes autour de sa taille et la chaleur torride de son corps m'inonda.

— Personne ne t'en veut, ma petite téméraire, me dit-il d'une voix douce qui apaisa mes inquiétudes tandis que son contact enflammait mon désir. Tu t'es très bien débrouillée. Tu n'as pas à t'excuser.

Il baissa la tête et enfouit son nez dans mon cou, inspirant mon parfum. Comme avec Kian et Xavier, j'eus la chair de poule, mes tétons se durcirent et mon cœur palpita.

— Qu'est-ce que vous faites ? demandai-je d'une voix essoufflée, en luttant contre l'envie de renverser la tête en arrière pour lui présenter ma gorge.

Son torse vibra d'un grognement qui ressemblait presque à un ronronnement.

— Je te sens, dit-il en suivant de ses lèvres la ligne qu'il avait ébauchée avec son nez. Je t'embrasse.

Puis il la retraça du bout de sa langue.

— Je te goûte.

Mon esprit tenta timidement de se demander pourquoi il me tenait si près de lui, pourquoi il voulait me goûter, mais tous ces doutes s'envolèrent quand il se mit à mordiller l'endroit où mon pouls palpitait. Si c'était un rêve, je m'y serais volontiers attardée.

Rejetant la tête en arrière, je laissai libre cours au gémissement que j'avais retenu.

Je sentis des crocs acérés égratigner ma peau, et malgré la peur qu'ils m'inspiraient, j'étais habitée par le désir de les voir me transpercer.

— Viens à moi, Vale, murmura-t-il d'une voix désormais si faible qu'elle ressemblait à un chuchote-ment. Viens à moi, et je te donnerai tout ce que tu veux.

Ses caresses faiblirent également, comme si je n'étais plus dans ses bras. À la place, je sentis d'autres mains parcourir ma peau, la chambre écarlate disparut à mesure que l'obscurité envahissait mon champ de vision.

— Viens à moi, ma petite téméraire.

La chaleur m'enveloppa de toutes parts, mon corps s'embrasa tandis que je sentais des dents me mordre le cou, l'épaule et le menton. Un bras était enroulé autour de mon ventre, me serrant avec force contre un corps chaud et ferme. Ma jambe était drapée sur la hanche de quelqu'un et mes mains sillonnaient un torse nu.

J'étais incapable de dire où le rêve se terminait et où cette réalité commençait, et je n'étais pas certaine de m'en soucier. Dans l'obscurité, des lèvres veloutées trouvèrent les miennes, et pour elles, je les écartai, assoiffée de caresses, de baisers, de tous les plaisirs dont j'avais été privée toute ma vie. La sensation était si agréable que je me fichais de savoir si c'était réel ou faux. Je voulais – non, j'avais besoin – de ça.

— Putain, t'es délicieuse, ma petite sorcière, murmura Kian contre mes lèvres avant de s'abandonner à un autre baiser, sa langue s'engouffrant en moi lorsque je lâchai un petit cri de désir.

Ses paroles remuèrent mes entrailles nouées, en éveillant un besoin vorace qui animait chaque partie de mon corps.

— Laisse-moi goûter, exigea Xavier en recouvrant ma gorge de sa grande main pour orienter mon menton vers lui.

Ce geste injonctif me fit palpiter le cœur, et je sus qu'il avait perçu le changement. Sa bouche s'empara de la mienne tandis que Kian faisait glisser ses lèvres dans mon cou pour atteindre ma clavicule. Il ouvrit mon peignoir et écarta ma chemise de nuit puis aspira la pointe de mon mamelon dans sa bouche tandis qu'il saisissait l'autre sein.

Je gémis contre la bouche de Xavier, avec entre mes jambes un désir qui ne faisait qu'empirer. Je ne comprenais pas comment je pouvais être si excitée, si avide. J'avais passé presque toute ma vie sans contact avec d'autres êtres vivants, mais comme le pain, après y avoir goûté, j'en redemandais. Je voulais m'en gaver.

Libérant ma taille, Xavier fit remonter le bas de ma robe et je sentis aussitôt les mains de Kian se balader sur ma peau exposée. Il attrapa le tissu soyeux qui cachait mon sexe, le fit descendre sur mes cuisses, et je le laissai – je les laissai – faire. Chaque main qui errait sur ma peau me frappait de sa foudre.

— Est-ce que ton goût est aussi succulent partout ? demanda Xavier contre ma bouche.

Mais je ne compris pas sa question.

Je commençai à m'en faire une petite idée quand Kian m'écarta les cuisses et se mit à lécher les lèvres de ma vulve. Mais à ce moment-là, je brûlais, je gémissais, je cherchais à m'accrocher à n'importe quoi tandis que Kian me faisait subir la plus douce des tortures et que Xavier me chuchotait des obscénités à l'oreille.

— Putain, tu sens bon, grommela-t-il en me mordant le cou avec ses crocs acérés.

Depuis quand possédait-il des crocs ?

— Quand ce sera mon tour, tu vas t'asseoir sur mon visage, hein ? Tu vas me donner tout ce que t'as. M'étouffer, putain.

Je me cambrai brusquement tandis que Kian continuait de lécher mon sexe, et lorsque sa bouche se referma sur mon clitoris, je faillis crier. Xavier prit mes seins en coupe, ses doigts en pincèrent délicatement les tétons, et il grogna contre la peau de mon cou.

— Jouis sur sa langue, ma belle sorcière. Laisse-le te donner du plaisir.

Je ne savais pas de quoi il parlait, mais si cela concernait la pression croissante qui menaçait de me faire basculer, je me serais volontiers laissée aller. Mes gémissements s'accentuèrent, mes hanches bougeaient d'elles-mêmes alors que je cherchais à atteindre cette divine sensation qui montait en moi, comme une bulle sur le point d'éclater. Je ne savais pas exactement ce que je cherchais à atteindre, mais j'en avais extraordinairement besoin.

Lorsqu'elle me déchira, je hurlai contre les lèvres de Xavier jusqu'à ce qu'il engloutisse ma voix avec son baiser et que sa langue revendique ma bouche comme l'avait fait Kian avant lui.

— Si sensible, grommela Kian d'une voix plus grave et rude que d'habitude, ce qui attira mon attention vers lui, même si je ne pouvais voir que ses yeux d'ambre incandescents dans l'obscurité.

Du bout de ses doigts, il parcourut délicatement les lèvres de mon sexe en les caressant sans le pénétrer, mais je brûlais d'envie qu'il le fasse. J'étais encore pleine de désir, même si de minuscules frémissements de plaisir me parcouraient, et je savais que ses doigts allaient me soulager. Il le fallait.

— Tellement humide, dit Xavier, joignant ses doigts à ceux de Kian qui me titillaient.

Ce dernier plongea doucement les siens en moi, s'arrêta un instant avant de les retirer. Puis il posa sa joue sur mon ventre, et sa barbe balaya délicieusement ma peau sensible.

— C'est à mon tour de goûter, se plaignit Xavier d'une voix qui fit se contracter de désir mon intimité vide, alors même que je venais d'être inondée de plaisir. Mais je veux d'abord te voir.

La main de Kian me quitta un instant avant que la lanterne de chevet n'éclaire la pièce d'une faible lueur. La lumière rasait les surfaces plates de ses muscles, donnant l'impression que l'homme était plus grand et plus large. Il introduisit deux doigts dans sa bouche, et je compris que c'étaient les deux qu'il avait mis en moi. Il les lécha, et ce spectacle me donna envie de l'imiter.

Ma respiration s'accéléra lorsqu'il s'agenouilla sur

le lit pour m'embrasser, et je gémis en savourant le goût de mon excitation sur ses lèvres. Le jus, à la fois salé et sucré, se mêlait à la saveur enivrante de Kian. Je n'avais jamais rien goûté d'aussi délicieux. Xavier tira sur les manches de mon peignoir et fit descendre ma chemise de nuit sur mes hanches pendant que son ami prenait ma bouche dans un baiser violent. Après m'avoir ôté tous mes vêtements, il fit glisser ses lèvres le long de ma colonne vertébrale.

Puis il s'allongea sur le dos et, un instant plus tard, ils me positionnèrent de sorte que mon sexe se retrouve au-dessus de la bouche de Xavier. Il avait dit la vérité en déclarant qu'il voulait que je m'asseye sur son visage. J'essayai de ne pas reposer de tout mon poids sur lui, mais Xavier m'abaissa avec force pour lécher ma fente comme un homme affamé.

Le plaisir qu'il me procura fut presque trop intense, et je fus incapable de l'endurer. Je me débattis, essayant de me dégager, mais leurs deux poignes de fer me maintinrent.

J'avais besoin de les voir dans le même état que moi, j'avais besoin de les sentir aussi désespérés et excités que moi. Instinctivement, je tendis la main vers Kian pour caresser ses pectoraux, ses abdominaux, et descendre jusqu'aux chausses qui lui enserraient les cuisses. Ma main se referma sur son sexe, et il poussa le meilleur gémissement qu'on puisse entendre. Il était appétissant et incroyablement dur. Je me délectai de la façon dont tout son corps frémit lorsque je fis glisser mes doigts sur sa peau douce et soyeuse.

— Montre-moi ce que tu veux que je fasse, dis-je d'une voix essoufflée, avant de gémir quand Xavier se mit à me sucer le clitoris.

Kian recouvrit ma main de la sienne pour la guider tandis qu'il s'enfonçait dans mon poing.

— Je te veux, petite sorcière. Qu'importe la façon dont je peux t'avoir.

Baissant les yeux, je remarquai une goutte de sperme qui scintillait au bout de sa bite. Subitement, je fus submergée par l'envie de la lécher et de le prendre dans ma bouche comme il l'avait fait pour moi. Je désirais les explorer tous les deux de la même façon qu'ils m'avaient explorée.

J'en avais besoin.

Sans relâcher ma prise, je déposai des baisers dans son cou, sur le plat de ses muscles fermes, en descendant jusqu'à son abdomen. Il frissonna, mais resta immobile jusqu'à ce que je passe ma langue sur son gros gland rose. Ce geste le fit tressaillir, comme si je l'avais marqué au fer rouge, et la saveur salée de son excitation décupla mon désir quand il se mit à gémir d'une voix exquise.

Xavier me maintint plus fermement, ses griffes

s'enfoncèrent dans ma peau, ce qui me fit gémir à mon tour alors que je prenais le gland de Kian dans ma bouche. Je me cambrai, et mon instinct me poussa à saisir les chausses de Xavier pour lui faire sentir le plaisir que Kian et moi expérimentions. J'enroulai ma main autour de son sexe, ce qui le fit presque rugir contre ma vulve.

Il m'agrippa plus fermement, sa bouche se fit violente alors qu'il me dévorait en recouvrant ma main de la sienne. Ayant ainsi resserré ma prise sur sa verge, il se propulsa dans mon poing, se procurant à lui-même autant de plaisir qu'il m'en donnait.

Kian empoigna mes cheveux, la traction qu'il exerça stimula le brasier qu'était mon désir et qui se transforma presque en incendie alors que je le prenais plus profondément dans ma bouche. Je voulais tout, je voulais plus.

J'avais besoin de plus.

Je cambrai les hanches au moment où Kian prit le relais pour nous dicter le rythme et se donner du plaisir avec ma bouche. La main dont je me servais pour le maintenir en place tomba, et il plongea plus loin dans ma bouche, touchant le fond de ma gorge alors que je gémissais encore et encore.

— Putain, bébé ! Regarde à quelle profondeur je suis. Avale-moi tout entier.

Je creusai mes joues, déglutis juste un peu, et il gémit comme si j'avais arraché quelque chose en lui.

— Ouais, bébé. Comme ça. T'es une bonne petite sorcière. Tu vas me faire jouir, hein ?

J'en avais envie. Je voulais qu'il ressente lui aussi les sensations qu'il avait provoquées en moi, ce que Xavier me faisait vivre. Je suçai plus fort, passant ma langue sur le dessous de sa bite et déglutissant une nouvelle fois.

Kian rugit en se détachant brutalement de moi. Enroulant ses doigts autour de ma gorge, il captura mes lèvres pour me punir d'un baiser. De sa main libre, il s'empara de la mienne, et nous nous mîmes à masturber sa longueur luisante de salive alors qu'il élançait son bassin vers nos mains jointes. Quelques secondes plus tard, des giclées chaudes de sa semence m'éclaboussèrent la hanche, et je me sentis totalement ébranlée, secouée par un désir décuplant à chaque rasade. Il m'avait marquée, avait aspergé ma peau de ces traces de désir dont j'avais terriblement besoin.

Xavier gémit lorsque je me plaquai contre ses lèvres, tandis que mon plaisir augmentait à mesure que la poigne de Kian se décrispait un peu. Mais je rompis le baiser, haletante, lorsqu'il m'agrippa à nouveau les cheveux.

— Tu veux sucer Xavier comme tu m'as sucé, hein ?

Je gémis et réussis à peine à acquiescer, mais Kian n'attendait aucune réponse de ma part. Il guida ma bouche jusqu'à l'épaisse bite de son ami, dont le gland était presque violet, et je pus pratiquement sentir le géant trembler sous moi. Xavier relâcha sa prise sur sa queue et me serra plus fort. Je passai ma langue sur son gland luisant pour attraper sa semence. Il était aussi succulent que Kian et je l'avalai bien profondément.

La main que Kian avait dans mes cheveux faisait presque office de châtiment, mais la légère douleur qu'elle provoquait me tirait des gémissements de plaisir. Je creusai mes joues et l'autorisai à donner le rythme pendant que j'engloutissais la bite de son ami.

Les gémissements de Xavier se réverbérèrent dans mon sexe en renforçant encore mon désir tandis qu'il me léchait, me suçait et me faisait perdre la tête. Je sentis une pression à l'entrée de mon vagin, juste avant que l'homme plonge deux doigts dedans. Ma chair palpita autour de cette intrusion tandis que je m'habituais à la sensation et que la petite morsure provoquée par la douleur m'encourageait à le sucer plus fort alors que mon désir atteignait presque son paroxysme.

Je me frottai contre sa bouche pour conduire ses doigts plus loin, en cherchant quelque chose, mais sans savoir quoi. Ce fut alors qu'en repliant les doigts en question, il toucha un point que personne n'avait stimulé auparavant et insista jusqu'à ce que je ne sois plus qu'une bête de sexe abrutie par l'excitation. Je me tortillais dans ses bras à mesure que le plaisir s'intensifiait, devenait trop écrasant. Toutes les cellules de mon corps étaient conscientes de sa langue entre mes jambes, de son souffle sur mon sexe, de ses doigts qui me pénétraient, m'étiraient et s'enfonçaient en moi.

Puis la vague atteignit son apogée, me fit hurler autour de la bite de Xavier, et tout mon corps se tendit alors que, vague après vague, le plaisir le plus intense s'abattait sur moi. Le métamorphe dragon rugit contre mon sexe, et d'épais rubans de son sperme jaillirent dans ma bouche. Tout en gémissant, j'avalai le liquide salé et sucré, tandis que le plaisir martelait encore mon être. Puis, incapable de respirer ou de bouger, je fis la seule chose possible, je me laissai entraîner.

La poigne de Kian se resserra sur mes cheveux et le sexe de Xavier quitta ma bouche. Je pris une profonde inspiration, mon cœur battant la chamade dans ma poitrine tandis que mon sexe se contractait plusieurs fois d'affilée, noyé encore sous les frissons du plaisir.

Je tremblai lorsque Xavier donna un dernier coup de langue à ma vulve et qu'il extirpa doucement ses doigts de mon sexe. Les parois de mon vagin se contractèrent, la sensation de vide me fit grogner, même si j'étais incapable d'endurer tout ce plaisir plus longtemps. Kian aida mon corps exténué à se redresser en me tirant des bras de son ami comme si je n'étais qu'un tas de chiffons.

Il me tendit un gobelet d'eau que je bus goulûment, en deux gorgées. Puis il essuya ma hanche avec un chiffon, à l'endroit où il m'avait marquée de sa semence. Tout en frissonnant, je me mordis la lèvre, mon corps avide de plaisir implorant quasiment cette chose qu'il ne pourrait pas assumer.

Kian déposa alors un baiser plein de tendresse sur mes lèvres avant de coller son front contre le mien, comme l'avait fait Xavier. J'avais l'impression que ce geste avait une signification, au-delà du plaisir qu'il faisait partager. Mais avant que je puisse poser ma question, Kian me borda à nouveau dans les couvertures, et le grand corps de Xavier et le sien vinrent encadrer le mien.

Le métamorphe dragon aux cheveux blancs m'embrassa doucement le cou avant d'enrouler son bras autour de mon ventre. Kian, en plaçant ensuite ma jambe sur sa hanche, me positionna exactement comme lorsque je m'étais réveillée, sauf que cette fois, j'étais totalement nue.

Néanmoins, c'était plus que confortable, alors j'enfouis ma tête dans mon oreiller, blottie dans la chaleur de leurs corps, laissant l'épuisement et la plénitude s'infiltrer dans mes membres.

Mais quand le sommeil me gagna, la dernière requête du roi résonna dans mon esprit.

— Viens à moi, ma petite téméraire.

Le lendemain. Je me rendrais auprès du roi le lendemain.

Ce soir, j'allais profiter de ce moment.

CHAPITRE 12
VALE

—V*iens à moi.*

La demande sonore du roi Idris me tira d'un sommeil profond et je me relevai en sursaut du matelas moelleux. Mon cœur battant à tout rompre dans ma poitrine, je fis le bilan de ce qui s'était passé et faillis cacher ma tête sous un oreiller tellement j'étais gênée. En me découvrant nue et seule, je rougis violemment en resongeant à mes actions de la nuit précédente.

J'aurais en partie aimé que tout cela ne soit qu'un rêve *incroyablement* beau, mais l'absence de mes vêtements et l'odeur enivrante de nos ébats qui était suspendue dans l'air prouvaient le contraire. Sans oublier l'excitation intense que je ressentis entre mes jambes lorsque je me rappelai le visage de Kian, les gémissements de Xavier et mes cris. Mon corps tout entier palpita autant de désir que de...

Non de honte, mais de quelque chose qui y ressemblait beaucoup.

Je n'étais pas sûre de savoir qui avait commencé à peloter l'autre, mais j'avais l'impression que mon rêve avec Idris avait tout déclenché. J'étais presque certaine que c'était *moi* qui leur avais sauté dessus, ce qui m'avait apporté un sentiment de satisfaction que je n'avais jamais connu et la meilleure nuit de sommeil que j'aie jamais eue. C'était aussi la première fois que je me retrouvais aussi perplexe un matin.

Le rêve avec Idris était gravé dans mon esprit, mais je n'arrivais pas à savoir si j'avais vraiment rêvé ou si c'était autre chose. Quand j'essayai de le décortiquer, son obstination à m'amener dans son lit me fit un tout petit peu culpabiliser. Enfin, jusqu'à ce que je me souvienne qu'Idris ne m'avait pas demandé mon avis. Peut-être qu'il était parti du principe que je serais d'accord parce qu'il était le roi, mais briser la malédiction n'impliquait pas de lui offrir mon corps en plus.

Par ailleurs, il se pouvait très bien que je meure avant la fin de la journée. Je n'avais pas à rougir de mes actes de la veille ni de la façon dont je m'étais comportée *dans un rêve*. Mon sexe se contracta d'excitation quand je repensai aux lèvres et aux crocs d'Idris sur mon cou.

Non. C'est comme ça que tu t'es retrouvée entre deux métamorphes dragons la nuit dernière. Reprends-toi.

Me ressaisir. J'en étais capable.

Quittant le matelas, j'écartai mes cheveux rebelles de mon visage. Je n'avais pas pris la peine de les brosser après mon bain, et leur masse ondulée avait probablement doublé de volume. Au début, je m'étais sentie gênée, mais à présent j'étais contente d'être seule. J'allumai la lanterne de chevet et cherchai ma chemise de nuit et mes sous-vêtements.

Le tout était plié au pied du lit, avec une jolie fleur d'un rose vibrant et un mot présentant une écriture arrondie à peine lisible.

Tu semblais trop paisible pour qu'on te réveille.

On revient vite.

–K&X

Un petit sourire se dessina sur mes lèvres quand je sentis le délicieux parfum de la fleur, mes joues s'échauffèrent alors que mon sentiment de honte disparaissait. J'avais eu besoin de ce réconfort le soir précédent, et ils m'avaient volontiers aidée. Nous étions tous adultes et consentants, je n'avais aucune raison d'avoir honte.

Enfilant ma chemise de nuit, j'écartai le rideau pour laisser les rayons du soleil me réchauffer les os. Sous la montagne, ce n'était pas une ressource fréquente, et un soupir m'échappa alors que je m'accordais ce réconfort supplémentaire. Derrière les toits, un grand château cachait la majeure partie du ciel à l'est. La bâtisse s'élevait comme une montagne au loin, et l'ordre d'Idris me fit tomber à genoux, presque comme s'il était dans la pièce avec moi.

— *Viens à moi, Vale.*

La voix devint plus forte, plus insistante, ce qui me convainquit que ce n'était pas un rêve. Le roi parlait dans ma tête, comme il l'avait fait sur la montagne, et je devais suivre son injonction.

— Très bien. J'arrive. Calmez-vous.

En peu de temps, je fis ma toilette du matin et m'attelai à dompter mes cheveux. Leurs mèches ondulées tombaient sur mes épaules et dans mon dos. Je m'attaquai à leur masse avec la jolie brosse et le peigne en argent que Kian m'avait apportés.

Devant mon reflet dans le miroir de la coiffeuse, je m'émerveillai des différences que je constatais après un jour. Après un repas décent et une nuit dans un lit confortable, sans oublier les ébats de la veille, ma peau était rosée et mes joues n'étaient plus aussi creuses. Le tissu velouté épousait mes timides courbes, et même si mes cheveux étaient une masse de mèches frisées, je me sentais presque jolie.

Bientôt, une tresse acceptable vint dompter cette touffe. J'inspectai alors la pile de sous-vêtements qui semblaient être assortis à cette belle pièce qu'on ne pouvait peut-être pas qualifier de « simple robe ». Sa couleur n'était pas d'un bleu ordinaire non plus. Elle était indigo, une couleur somptueuse, presque royale. Et elle était brodée de fleurs et de lierres dorés qui faisaient ressortir la couleur du tissu lourd et épais. Je n'avais jamais rien porté d'aussi splendide et beau, et je ne savais pas si je le méritais.

Qui étais-je vraiment ? Une fille sans famille et sans argent, venue de nulle part, ramassée au sommet d'une montagne et sauvée d'une mort certaine. Comment étais-je censée briser une malédiction ? Je savais à peine comment m'habiller. Autrefois, ma mère m'avait appris à me vêtir correctement, mais pendant longtemps je n'avais eu que des guenilles qui tombaient en lambeaux, et ces vêtements-là ne ressemblaient à rien de ce que j'avais connu dans mon enfance.

Mais comme avec cette stupide malédiction, j'allais me débrouiller. Après avoir mis mes bas et fixé la dague ornée de pierres autour de ma cuisse, j'eus l'impression d'être une toute nouvelle personne. Je trouverais une solution.

Tout en laçant ma botte à talon autour de mon mollet, je pris ma décision. Je me rendrais au royaume et remporterais la première épreuve. J'y survivrais. Je m'assurerais que Nyrah n'ait jamais à emprunter ce même chemin ou à passer un jour de trop en captivité. Je réussirais ces stupides tests. Je briserais la malédiction. Et je ferais tout ce qu'il faudrait pour survivre.

Quoi qu'il m'en coûte.

La porte s'ouvrit, et la nervosité que j'avais balayée sous le tapis reprit le dessus lorsque Kian et Xavier pénétrèrent dans la pièce à grands pas. La chambre semblait rétrécir à mesure qu'ils occupaient l'espace, et les bruits de la nuit dernière se répercutèrent dans mon corps alors que leurs regards me clouaient sur place. Je me redressai, me tenant droite même si j'étais loin de me sentir confiante. Et j'attendis de voir quelles seraient leurs réactions en plein jour.

Le regard ambré de Kian s'embrasa alors qu'il me contemplait, les fentes de son dragon remplaçant ses pupilles alors qu'un grondement vigoureux ébranlait sa poitrine. En fait, tout son corps tremblait, comme si l'odeur de la pièce et le souvenir de nos ébats l'affectaient autant que moi.

Le voir me rappela la façon dont il m'avait agrippé les cheveux, la douleur qui m'avait réchauffé tout le corps pendant que Xavier me dévorait. Les yeux d'un bleu pâle de l'autre homme s'illuminèrent d'une puissance éclatante tandis qu'il s'approchait de moi à grandes enjambées pour attraper l'extrémité de ma tresse.

— T'es magnifique, murmura-t-il d'une voix grave qui fit courir un frisson de désir le long de ma colonne vertébrale, alors même qu'il ne touchait que les pointes de mes cheveux. Et ton parfum est délicieux. On t'a manqué ?

— Oui, chuchotai-je simplement après avoir lutté contre l'envie de nier la vérité.

Du bout des doigts, Xavier leva mon menton et il joignit lentement ses lèvres aux miennes, une caresse des plus douces qui me fit complétement fondre.

— Comment tu te sens ce matin ?

La rougeur que j'avais réussi à refouler refit surface sur mes joues, comme un feu de brousse. Je luttai pour réprimer ma timidité.

— Je vais bien, répondis-je en me retenant de glousser nerveusement.

Kian, dont l'impressionnante présence ne constituait plus la menace qu'elle avait été, apparut à ma droite. Désormais, j'avais juste envie de lui grimper dessus comme je pourrais le faire sur le tronc d'un arbre.

— Bien ? répéta-t-il d'une voix grave, en enfouissant son nez dans mon cou. Les cris qu'on t'a tirés hier devraient nous valoir plus qu'un simple « *bien* », ma petite sorcière.

Si je le laissais m'embrasser comme Xavier l'avait fait, nous ne quitterions jamais cette pièce. Nous finirions par aller bien plus loin que la nuit précédente. À cette idée, je ravalai un gémissement et serrai mes jambes l'une contre l'autre pour stopper mon excitation.

— Ne sois pas désobligeant, répliquai-je en m'éloignant de la cage que formaient leurs corps.

Déjà, leur odeur, la chaleur de leurs corps, leur prestance m'empêchaient de réfléchir.

Mais Kian n'était pas du genre à me laisser partir si facilement. Il me fit reculer jusqu'au mur. Après quoi, il plaça sa large cuisse entre les miennes, pressant mon sexe en souffrance comme s'il savait exactement ce dont j'avais besoin.

— Je crois que t'aimes bien quand je suis désobligeant, me taquina-t-il en glissant un doigt dans le décolleté de ma robe avant que le bout de son ongle se transforme en serre acérée qui érafla doucement ma chair tendre. Tu veux voir à quel point je peux l'être ?

Sous ma chemise, mes tétons se durcirent, un frisson me parcourut, et je faillis céder. Si Xavier ne s'était pas raclé la gorge, j'aurais accepté.

— Tu sais qu'on n'a pas le temps. Le ferry va bientôt partir.

Cette remarque me prit au dépourvu, et mon désir dégrisa instantanément.

— Le ferry ? Quel ferry ?

Kian approcha son front du mien, semblant reprendre ses esprits avant de s'éloigner.

— Le ferry qui nous fera quitter ce continent, murmura-t-il, jaugeant ma réaction comme s'il s'attendait à ce que je perde la tête. Après ce qui s'est passé hier, on ne peut pas en notre âme et conscience t'emmener auprès du roi.

— Qu'est-ce que tu veux dire ? demandai-je, l'estomac dévoré d'appréhension.

Cette fois, le corps de Kian vibra pour une toute nouvelle raison, et il prit mes joues entre ses mains dans un geste tendre, même si ses mots ne le furent pas.

— Je ne te laisserai pas t'exposer à ce genre de danger, Vale. Aucune Luxa n'a survécu aux épreuves, et je ne veux pas te regarder mourir. Pas toi.

Je sentis mon cœur se serrer dans ma poitrine alors que je reculais pour les observer tous les deux, mon regard ne cessant de passer de Kian à Xavier. Ils tenaient à moi. J'en étais certaine. Je ne me faisais pas d'illusions à ce sujet. Mais ce qu'ils ne comprenaient pas, c'était que je ne relevais pas ce défi impossible uniquement pour moi. C'était pour ma sœur que je le faisais. Et me faire quitter le continent ne changerait rien au fait qu'elle était toujours en danger.

Je notai par ailleurs qu'ils avaient concocté ce plan sans me demander mon avis et sans tenir compte d'elle.

Les épaules de Kian étaient tendues, ses mâchoires serrées ; je compris qu'il ne changerait pas d'avis. Même si j'argumentais ou le suppliais. Il me mettrait sur ce ferry, que je le veuille ou non. Mon regard se posa sur Xavier, dont la mâchoire était tout aussi crispée, les yeux tout aussi déterminés, les épaules tout aussi tendues.

Ils étaient inflexibles, deux montagnes de granit. Une seule solution se présentait à moi : acquiescer.

— Le bateau part dans une heure, chuchota Kian en entrelaçant ses doigts avec les miens avant d'embrasser l'intérieur de mon poignet. Prends tout ce dont tu penses avoir besoin et on partira. Je te jure de prendre soin de toi, Vale. On te fait tous les deux cette promesse.

Le plus dur, c'était que je le croyais. Kian et Xavier feraient probablement tout ce qui était en leur pouvoir pour me protéger.

Mais Nyrah se retrouverait seule au monde. Le jour où mes parents étaient morts, j'avais juré que je la protégerais. Si je les suivais sans broncher, je la condamnerais à une vie de peur ou je la condamnerais à mort.

Xavier ajusta la cape doublée de fourrure sur mes épaules alors que je peinais pour reprendre le contrôle de mon rythme cardiaque. Kian ramassa le peigne et la brosse avant de les mettre dans son sac. Ces deux objets étaient probablement les seules affaires que je possédais, ils ne me permettraient pas de gagner du temps pour réfléchir.

— C'est tout ce que j'ai, chuchotai-je tandis que mon esprit s'emballait en réfléchissant à une solution.

— On prendra notre petit déjeuner en chemin, mais on doit se dépêcher, déclara Xavier, et je hochai à nouveau la tête puis les suivis dans le couloir.

Je me crispai à la vue des escaliers et un plan se dessina dans ma tête alors que j'essayais de ne pas penser à la chute que je pourrais faire dans les marches si je me prenais les jambes dans le tissu épais de ma robe. Kian me prit la main et la serra pour me rassurer, et je laissai échapper un soupir tendu.

— *Viens à moi, ma petite téméraire.*

Cette fois, la voix était à peine audible, comme s'il s'agissait d'un souvenir et non d'Idris qui parlait dans ma tête. Je devais aller au château. Je ne pouvais pas leur permettre de me faire quitter le continent. Je n'avais pas d'argent pour rentrer, ni aucune possibilité de le faire.

Kian nous emmena dehors, où un porteur finissait de seller deux chevaux noirs au poil satiné. Il tendit les rênes à Xavier et s'inclina lorsque Kian lui offrit une pièce d'or. Un éclair de génie me frappa.

Je poussai un petit cri en me tapotant le corps.

— J'ai oublié la dague, gémis-je en m'aidant, pour être crédible, de la détresse que je ressentais face à la situation. Elle est si belle, je ne veux pas la laisser. Est-ce que tu peux retourner la chercher ?

— Bien sûr, dit Kian avant de baisser la tête pour mordiller ma gorge.

Il souleva son sac de son dos pour le confier à Xavier. Ce dernier prit le sac de cuir et me hissa sur le dos du premier cheval. J'ajustai le bas de ma robe et souris, un nouveau coup de chance m'avait été offert par un gargouillis de mon estomac.

— Et si je t'apportais du pain pour la route ? proposa Xavier en haussant les sourcils. Je ne veux pas que le voyage soit pénible pour toi.

— Merci, dis-je en me penchant pour déposer un baiser sur sa joue. Je sais qu'on est pressés, mais...

— Ce n'est pas un problème.

Mon cœur martela ma poitrine lorsqu'il me tourna le dos, tant je craignais qu'il ne comprenne mon plan avant que je l'exécute. La porte de l'auberge se referma derrière lui et mes doigts se crispèrent sur les rênes. Je serrai les jambes, et sous moi, l'animal, comprenant le message, s'élança comme s'il connaissait le chemin.

Je m'accrochai à l'animal tandis qu'il filait dans la ruelle menant au château qui se profilait au loin. Je ne fis pas grand-chose, à part essayer de rester en selle tandis que nous sillonnions les rues, piétinant presque les gens. Puis les bâtiments laissèrent place à une large allée pavée montant abruptement vers le seul endroit où je devais me trouver.

— *Viens à moi, ma Reine,* insista la voix d'un ton puissant, plus rude, plus insistant.

Mais le pire fut de l'entendre m'appeler « ma Reine ». Cela me fit réfléchir. Je ne serais pas reine. Au mieux, je briserais la malédiction, et au pire, je crèverais à cause des circonstances de ma naissance. Mais je ne serais pas reine, j'en étais certaine.

Une fois que la voie fut dégagée, le cheval prit de la vitesse, galopant comme s'il était poursuivi. C'était comme s'il savait qu'il nous restait peu de temps avant que Kian et Xavier ne découvrent ce que j'avais fait et pourquoi. Comme s'il savait que je ne pouvais pas les laisser me retrouver.

Sur le chemin, je croisai plusieurs habitants, dont

les traits semblaient tirés par la colère. Ce ne fut pas avant d'approcher d'un grand pont qui menait au portail du mur d'enceinte du château que je remarquai qu'une foule de citoyens hurlait contre les gardes du palais. Ils exigeaient qu'on les laisse passer la porte, et gaspillaient de la bonne nourriture en la jetant sur les gardes.

La jeune fille affamée que j'avais été voulut leur crier dessus, mais je me retins. Je ne pouvais pas faire un truc pareil. Ils avaient la liberté de se révolter et de faire connaître leurs revendications. Je les admirais en quelque sorte et espérais que les gens qui vivaient sous la montagne avaient fait de même.

Il m'était impossible de les contourner, eux comme les gardes. Leurs visages étaient blêmes et redoutables, et je savais que plaider ma cause auprès d'eux serait inutile.

— *Viens à moi, ma Reine.*

L'ordre, en résonnant dans ma tête, me fit presque tomber de cheval. Je ressentis une vive douleur entre mes yeux, et de la bile remonta dans ma gorge.

— J'aimerais bien, marmonnai-je en serrant les dents. Mais comment voulez-vous que je franchisse la foule devant votre porte, bon sang ?

À côté de moi, un homme sursauta en me regardant avec des yeux perçants comme si j'étais une folle qui parlait toute seule. Bien sûr, il ne se rendait pas compte qu'un roi énervé hurlait dans ma tête, alors je ne pouvais pas vraiment lui reprocher sa réaction.

— *Je vais te montrer le chemin*, grommela-t-il d'une voix beaucoup plus forte qu'auparavant. *Quitte la route. Il existe un moyen de contourner le pont.*

Je tirai les rênes pour faire tourner le cheval à gauche et quitter l'allée. L'animal fila entre d'épais buissons qui menaient à une forêt dense. Les arbres, volumineux et hauts, masquaient la lumière matinale, et je frissonnai aussitôt que je sentis la chute soudaine de la température.

— *Abandonne le cheval*, ordonna-t-il, et une pointe d'inquiétude me fit hésiter.

Et si c'était un piège ? Et si ce n'était pas le bon chemin ? Et si ce n'était pas Idris dans ma tête, mais quelqu'un d'autre ? Je ne voulais pas quitter la route, et encore moins laisser le cheval.

J'entendis alors des cris stridents, et je sus avec certitude que Kian et Xavier avaient découvert que je n'étais plus à l'auberge. Hâtivement, je descendis du cheval et lui donnai un coup sur la croupe pour qu'il retourne vers la route en vitesse. Puis je sortis la dague du fourreau que j'avais à la cuisse.

Si c'était un piège, au moins, j'étais armée.

— Très bien. J'ai officiellement quitté la route et laissé le cheval. Et maintenant ?

— *Dirige-toi vers le château, mais reste dans*

l'ombre. Des gardes patrouillent dans les bois à la recherche d'intrus. Suis ma voix.

Malgré mes genoux tremblant de peur, je m'armai de courage et avançai, les doigts crispés sur la poignée de la dague. Plus je me rapprochais du château, plus la forêt s'épaississait et s'assombrissait, tandis que le froid s'infiltrait dans mes os malgré la cape doublée de fourrure, les bas épais et les bottes.

— *Par ici*, m'appela-t-il, et j'eus presque l'impression de l'entendre tout haut et pas seulement dans ma tête.

Je rectifiai légèrement ma trajectoire pour me diriger vers le nord, et le sol s'inclina brusquement, plongeant vers une crevasse rocailleuse et sombre qui faillit me couper le souffle. Je me rattrapai au tronc d'un arbre ratatiné dont les racines adhéraient au flanc de la colline de manière précaire, et ravalai un cri.

Il ne fallait surtout pas que je reste bloquée là, mais j'étais pétrifiée.

— *Je ne peux pas. Je ne peux pas.*

Des larmes dévalèrent mes joues et je me mis à trembler, chaque mort dont j'avais été témoin défilant dans ma tête. Les cris. Les appels à l'aide. Je n'avais rien fait pour eux, trop effrayée de perdre ma vie ou celle de ma sœur. Dans ma tête, je maudissais Orrus qui était, selon moi, responsable de toutes ces morts inutiles. Et je pestais aussi à cause de ma mort imminente, irritée par le dieu qui m'avait tant volé.

Il était trop facile de perdre une vie, dont le souffle est si fragile, si éphémère, si bref.

— *Nyrah. Tu le fais pour Nyrah. Un pas après l'autre, jusqu'à ce que t'aies réussi.*

Tout en gémissant, je replaçai avec réticence la dague ornée de pierres dans le fourreau que je portais à la cuisse. J'avais besoin d'avoir les deux mains libres si je voulais survivre. Je m'agrippai ensuite à une grosse racine en me cramponnant à elle tandis que le sol meuble, dont l'épaisse couche de feuilles mortes et de terre friable évoquaient des sables mouvants, s'effritait sous mes pieds. Le rugissement strident s'intensifia, m'aidant malgré moi à accélérer mes mouvements. N'ayant plus d'autre choix, j'attrapai la branche suivante, la racine suivante, le rocher suivant, en descendant lentement la pente vers les entrailles cachées du château.

Lorsque j'atteignis le bas de la colline, je m'accordai une seconde pour reprendre mon souffle en me reposant sur un rocher et je penchai la tête pour regarder la base en pierre brute de la bâtisse. Elle était énorme, et j'espérais vraiment ne pas avoir à escalader quoi que ce soit, car je doutais de pouvoir bouger un doigt.

Tremblante, j'essuyai mes joues trempées de

larmes, et soudain, j'entendis Kian rugir mon prénom.

— Vale ! tonna-t-il, si proche qu'il semblait savoir exactement où je me trouvais. Arrête-toi là où tu es.

Je me levai précipitamment, déchirée par l'indécision. Il y avait une ouverture dans le mur du château. Petite et difficile d'accès, mais ayant tout de même le mérite d'exister. Je pouvais l'atteindre, me frayer un chemin jusqu'au roi, plaider ma cause et affronter la première épreuve.

Ou je pouvais laisser Kian et Xavier me retrouver. Peut-être que nous pourrions partir à la rechercher de Nyrah ensemble. Nous pourrions...

— *Viens à moi, ma Reine. Dépêche-toi. Ils te rattraperont vite si tu ne bouges pas.*

Ravalant ma peur, je courus vers l'ouverture rugueuse de la grotte, consciente que je ne pourrais aucunement infiltrer la guilde seule. Je savais aussi que Kian et Xavier ne m'accompagneraient jamais là-bas. Je n'avais pas d'autre option.

Je me glissai dans l'ouverture, rampant dans le tunnel qui s'ouvrit sur une caverne colossale, son plafond se perdant dans l'obscurité. Un léger bourdonnement s'insinua jusqu'à mes os. Des pointes chatoyantes pendaient du plafond noir comme les dents d'une grande bête. Je commençai à douter de la voix dans ma tête, me demandant si je ne lui avais pas fait aveuglément confiance.

Ce petit bourdonnement s'intensifia, faisant vibrer le sol glissant sous mes pieds. Saisissant la dague, je tranchai la peau délicate de mon poignet juste pour avoir un peu de lumière. Mon pouvoir resplendissant jaillit, illuminant les ténèbres comme une torche.

— *Tu y es presque, ma Reine. Approche. Laisse-moi te regarder.*

Ma peur dictait le rythme de mon cœur, et je finis par comprendre ce qui me gênait dans la voix. Dans mon rêve, celle d'Idris ne ressemblait pas à cela. Elle était douce, telle une caresse. Celle-là était plus rude, plus dure, plus puissante.

— Vale ! rugit Xavier. Sors de là.

— Vale. S'il te plaît, fais demi-tour, m'implora Kian.

Mais il était déjà trop tard.

Ondulant dans les ténèbres, à un endroit que ma lumière peinait à atteindre, se trouvait une énorme bête aux écailles rouges comme le sang. Elle se rapprocha du phare que j'étais, fonçant sur moi avant même que je puisse cligner des yeux.

Ce ne fut qu'au moment où elle se dressa de toute sa hauteur que je réalisai de quoi il s'agissait.

Bien plus grand que Kian et Xavier, un dragon dont la gorge s'embrasait de son feu et dont la gueule béante s'agrandissait à mesure qu'il engloutissait l'espace qui nous séparait.

Le regard de la bête était braqué sur moi.

CHAPITRE 13
VALE

J e sentis un bras épais et musclé s'enrouler autour de ma taille pour me soulever et me placer derrière un large dos que j'avais appris à connaître. Ces deux derniers jours, Xavier s'était toujours interposé entre moi et le danger en encaissant les flèches qui m'étaient destinées et en me soignant quand j'avais été mourante. Pourquoi avais-je cru qu'il s'abstiendrait dans le cas présent ?

— Cours, Vale ! cria-t-il par-dessus son épaule tout en se débarrassant de son manteau.

Le cuir épais s'abattit sur le sol de pierre glissant tandis que des écailles blanches apparaissaient sur son cou. Son corps sembla doubler, voire tripler de volume. J'eus alors la brillante idée de lui obéir, reculant de plusieurs pas pendant que son corps continuait de grossir. Les coutures de sa chemise et de son pantalon de cuir se fendirent quand ses os craquèrent et se brisèrent. Un gémissement de douleur s'élevant de sa gorge se transforma rapidement en rugissement.

Ce son me secoua jusqu'aux os, et le sol vibra sous mes pieds alors que les stalactites suspendues au plafond chutaient en une pluie de flèches géantes qui fendirent le sol de pierre en deux. Du feu bleu sortit de sa gueule pour me défendre, mais je ne pouvais fuir nulle part sans être écrasée par les débris qui tombaient. Xavier était énorme, presque autant que le massif dragon rouge qui ne m'avait pas quitté une seconde des yeux. Ses écailles d'un blanc irisé scintillaient à la lumière de mon pouvoir, et l'air irrité, il agitait sa queue volumineuse et déplaçait son corps pour m'empêcher de voir la scène.

Le dragon rouge se redressa, déplaçant son poids tandis que le feu qui naissait dans sa gorge prenait de l'ampleur et que son redoutable grognement s'amplifiait à chaque seconde qui passait.

— *Fuis, Vale* ! rugit Xavier dans ma tête, sans réaliser que c'était *impossible*.

Puis, comme l'ombre qu'il était, le dragon noir de Kian s'élança. Tout aussi grand que Xavier, tout aussi féroce, il bondit sur le dragon rouge et le percuta de tout son poids.

Ils roulèrent ensemble, se tailladant de leurs

grandes serres, déchirant leur chair de leurs crocs acérés comme des lames de rasoir. Mais quand le dragon rouge planta ses griffes dans le flanc de Kian, je me précipitai sans réfléchir dans la mêlée au lieu de sortir du tunnel pour me mettre à l'abri.

— *Non* ! criai-je en fonçant vers le dragon noir qui m'avait sauvé la vie, qui m'avait délivrée de mon exécution, qui m'avait donné une chance.

Xavier s'élança alors en volant, ses ailes tannées frappèrent les stalactites restantes et en firent des projectiles pour repousser le dragon rouge.

Je relevai ma robe et sprintai vers Kian pour m'interposer entre la bête géante et lui tandis que Xavier défendait nos vies. Mais le grand dragon écarlate était trop virulent, trop grand, trop rapide. Bientôt, la gorge de Xavier se retrouva sous des griffes qui l'étouffèrent.

Mon pouvoir enfla sous ma peau et j'attaquai le dragon rouge avec un éclair qui lui transperça l'épaule d'une flèche de lumière. Tout en grognant, il tourna brusquement la tête vers moi, oubliant Xavier, tandis que du feu envahissait une fois de plus sa gorge.

Écartant les bras, je lui rugis dessus comme je l'avais fait au sommet de la montagne.

Un voile de lumière s'éleva autour de moi, jaillissant de ma peau et formant un dôme crépitant qui grandissait de seconde en seconde. Ce dôme s'étendit, grillant ses écailles et le forçant à reculer. Au bout d'un temps, il ferma sa gueule et s'affala, ses massifs yeux dorés m'observant attentivement tandis que le feu s'éteignait dans sa gorge.

— Laisse-les tranquilles. Tu veux me tuer, d'accord, mais ne les touche pas.

— *Non, Vale !*

La voix de Kian avait résonné dans mon esprit, tellement pleine de fatigue et de chagrin ! Il se rapprocha de moi, prêt à combattre. *Il te tuera. Il les tue toutes.*

— Je m'en fiche, répondis-je, acceptant mon destin.

J'avais déjà dupé Orrus plus d'une fois au cours des dernières vingt-quatre heures. Peut-être que mon heure était tout simplement arrivée. Mais la leur, non.

— Tu ne mourras pas pour moi. Si cette maudite bête veut me tuer, c'est ce qu'elle fera.

Un froncement de sourcils presque humain déforma les traits du dragon rouge.

— *Je ne veux pas te tuer,* affirma-t-il d'une voix qui ressemblait beaucoup à celle d'Idris.

Ce grognement bourru était à la fois si différent et si semblable à ce que j'avais connu que je comprenais mieux pourquoi j'étais à ce point perturbée.

— *Je t'ai guidée jusqu'ici, ma Reine.*

Le dôme de pouvoir qui m'entourait décrut et mourut, des bandes vaporeuses tombèrent vers le sol avant de s'estomper complètement.

— Quoi ?

Il dégaina sa patte griffue, qu'il enveloppa autour de moi pour me ramener contre son poitrail en grognant, tandis que Kian et Xavier se levaient.

— *Tu seras ma reine. Ma sauveuse. Je voulais seulement te protéger.*

— Me protéger ? T'es dingue ? T'as failli me faire tomber d'une foutue montagne et t'as failli tuer mes amis. C'est comme ça que tu penses me protéger ? Maintenant, pose-moi, ou bien je te jure que je vais trouver un moyen de te faire souffrir.

Un grognement de contestation ébranla sa poitrine tandis qu'il cambrait sa gigantesque encolure pour me fixer de ses yeux dorés plissés.

— *Est-ce que tu me menaces, ma Reine ?*

— Non, répondis-je entre mes dents serrées, tandis que mon pouvoir s'amassait sous ma peau à mesure que ma colère revenait. Je t'avertis.

Mon regard fut attiré par les faibles craquements d'os que j'entendais du côté de Xavier et Kian. Tous deux nus et ensanglantés, ils échangèrent une expression pensive qui me déplut.

— Vale, m'appela Xavier, dont la poitrine se soulevait tandis qu'il s'avançait. Tu parles à ce dragon ?

Je le regardai comme si j'avais affaire à un idiot.

— À qui d'autre est-ce que je parlerais, Xavier, bon sang ? Tu crois que je fais ça pour m'amuser ?

— Non, murmura-t-il, si bas que je l'entendis à peine. Je veux savoir si c'est à *toi* qu'il parle. Dans ta tête. Comme le fait le roi Idris, comme le fait Kian.

Comme tu peux le faire, toi aussi, idiot. Mais je gardai cette remarque pour moi.

— Qui m'a conduit ici, à ton avis ? Je ne suis pas tombée sur cet endroit par hasard.

Je me retournai vers le dragon en question.

— Pose. Moi. À. Terre.

— *Non*, répondit-il dans un grognement qui ressemblait presque à un ronronnement tandis que ses grands yeux s'adoucissaient. *Je crois que j'aime t'avoir juste là. Bien à l'abri et protégée.*

Ses narines géantes se dilatèrent alors qu'il inspirait mon odeur.

— *Si tu restes avec moi assez longtemps, peut-être que leurs odeurs dont t'es imprégnée s'estomperont. Tu devrais leur dire que tu es ma reine, pas la leur.*

Alors ce fumier enroula son grand corps autour du mien en me serrant dans le creux de son abdomen. Kian et Xavier approchèrent, mais la queue hérissée du dragon s'agita dans l'espace qui les séparait de nous, décourageant leur avancée.

— Pour la dernière fois, je ne suis *rien* pour toi. Je

suis juste là pour briser une stupide malédiction. Maintenant, lâche-moi.

— *Tu n'as aucune idée de ce que t'es venue faire ici*, souffla-t-il, l'air exaspéré, en levant ses grands yeux dorés au ciel. *Tu verras, ma Reine.*

— J'ai l'impression de parler à un mur, grommelai-je en me pinçant l'arête du nez. Vous avez des choses à me suggérer pour forcer ce gros lard à me libérer ?

Nu, ensanglanté et essoufflé, Kian me contempla pendant une bonne minute avant de regarder derrière moi en esquissant un sourire malicieux.

— Tu te rappelles quand Xavier t'a dit que tu devrais passer des épreuves avant de pouvoir briser la malédiction ?

Je tentai de croiser les bras du mieux que je pouvais avec les écailles de dragon qui compressaient mon ventre.

— Vaguement. Mais ce crétin ne m'a pas dit en quoi elles consistaient, ronchonnai-je, les yeux rivés sur l'homme robuste qui fixait le dragon comme s'il voulait le transpercer d'une épée. S'il vous plaît, dites-moi que je pourrai au moins manger avant de subir une mort atroce. J'aimerais partir l'estomac plein, si ça ne vous dérange pas.

Xavier et Kian se redressèrent, comme s'ils n'avaient pas conscience de leur nudité, alors qu'un rire s'élevait derrière moi. Je me crispai, mais tout le monde sembla se détendre, même le dragon qui me tenait. Mes pieds touchèrent le sol, sa prise s'était un peu desserrée, mais il ne me lâcha pas vraiment.

Alors, Kian et Xavier s'agenouillèrent. Un homme aux cheveux sombres venait d'apparaître, et lorsqu'il se tourna vers moi, je le reconnus immédiatement. Il lui manquait la couronne biscornue, mais j'aurais reconnu ces yeux dorés et cette mâchoire carrée n'importe où.

Idris.

Et pourtant, mon cerveau ne lui avait pas rendu justice. En dehors de mes rêves, il semblait plus rigide, plus sévère, plus cruel, mais il était aussi tellement beau que j'en avais mal aux yeux. Mon cœur, dont le rythme commençait à peine à se calmer, repartit de plus belle, palpitant dans ma poitrine aussi vite que les ailes d'un colibri. Une cape sombre couvrait ses épaules, un pendentif d'or se balançait à son cou. La pierre centrale était de la même couleur que celle de ses yeux, et les deux étaient illuminés par une magie d'une puissance que je n'avais jamais connue.

— Personne ne mourra aujourd'hui, ma petite téméraire, murmura-t-il, le regard brillant de son pouvoir presque palpable.

Sa voix était exactement comme dans mon rêve,

c'était celle que j'avais entendue dans ma tête sur la montagne. Elle était différente de celle du dragon qui me tenait, mais en même temps si proche que je n'étais pas étonnée d'être tombée dans le piège.

— Tu viens de réussir la première épreuve. Vale, je te présente Rune. Mon dragon, l'autre moitié de mon âme et ma malédiction.

Sa *malédiction*?

Et là, je compris.

Les formes de dragon de Kian et Xavier se cachaient en eux, dans leur chair. Je ne savais pas exactement comment cela fonctionnait parce que nous n'avions pas discuté de ce sujet, mais le principe me semblait clair comme de l'eau de roche.

L'autre moitié de mon âme.

Idris et Rune étaient séparés, divisés. Et c'était très grave, surtout si cela affectait la magie de tout le royaume. Si elle disparaissait, et que cette séparation en était la cause... Mon cœur tonna dans ma poitrine pour une tout autre raison.

Comment pourrais-je m'atteler à un si gros défi ?

— *Je ne suis pas sa malédiction* ! s'exclama Rune en laissant échapper un soupir d'irritation. *Je suis sa punition et sa protection. Je lui rappelle qu'il n'est en vie que parce que je suis plus fort que lui. Que je peux endurer ce que lui ne peut pas.*

Je fis le choix de ne pas divulguer les mots de

Rune, préférant les garder ma tête. J'étais loin d'avoir besoin de me mettre à dos la seule personne qui pouvait m'aider à retrouver Nyrah.

— Fantastique, maugréai-je, ayant de plus en plus l'impression d'être un pion dans la partie d'échecs d'un inconnu. Est-ce que vous auriez par hasard un tutoriel sur la façon de le convaincre de me lâcher ? Il a l'air plutôt peu disposé à le faire pour l'instant.

— *Je représente aussi ta protection, ma Reine. C'est dangereux, là-haut.*

De mon point de vue, être n'importe où ailleurs semblait bien plus sûr que d'être retenue en otage par un lézard géant cracheur de feu, mais après tout, qu'est-ce que j'en savais ? Il avait probablement raison. Pas une seule Luxa n'avait survécu jusqu'à présent, et mon futur était, dans le meilleur des cas, incertain. Ma mort pouvait être provoquée par plus d'un facteur dans le coin, tapi dans l'ombre.

— Je te suggère de demander gentiment, proposa Idris avec un sourire que je trouvai à la fois incroyablement sexy et super irritant. Rune n'aime pas souvent qu'on lui donne des ordres.

Simplement lui demander ? Je luttai contre l'envie de lever les yeux au ciel. Mais cela ne me coûterait rien d'essayer.

— Rune ? Est-ce que tu veux bien me lâcher ?

Avais-je posé la question en serrant les dents et en le fusillant du regard ? Oui.

Est-ce que le lézard géant me donna l'impression de sourire d'un air narquois alors qu'il me fixait, copie presque conforme de son humain ? Oui, encore une fois.

— *Si je suis obligé de te lâcher, tu devras rester avec les dragons. Ils veilleront sur toi. Ne t'éloigne pas trop d'eux, ma Reine.*

Rune desserra lentement son étreinte, écartant de moi sa patte griffue en appuyant sa tête contre mon flanc.

— *N'oublie pas ce que je t'ai dit. Ne t'éloigne pas.*

D'abord, il voulait que je me débarrasse de leurs odeurs, et maintenant, il voulait que je reste avec eux ? Il fallait savoir !

Idris se rapprocha de moi et me tendit la main alors que je marchais à petits pas vers l'extrémité de la queue de Rune.

— Tu vois, dit-il avec un sourire qui semblait à présent forcé, comme s'il cherchait à cacher ce qu'il pensait vraiment. Il n'est pas aussi redoutable qu'il le prétend.

Dis ça aux Luxas mortes, pensai-je en me demandant si le géant dragon les avait englouties en guise de dîner. Je me demandais aussi si quelqu'un pensait que leur sacrifice avait été d'une quelconque utilité. Si on leur rendait hommage ou si elles étaient juste oubliées, femmes anonymes parties à la rencontre d'Orrus comme tous ces mineurs sous la montagne.

Devant mon expression crispée, le masque d'Idris tomba.

— Pour toi. Il ne sera pas dur avec toi. Rune n'aime personne, mais il s'est enroulé autour de toi d'une manière protectrice. Ça, ma petite téméraire, c'est aussi rare que toi.

Curieusement, cela ne me rassura pas.

Dégageant mon coude de l'emprise du roi, je jetai un coup d'œil par-dessus mon épaule. Kian et Xavier ne me regardaient pas. Ils fixaient le sol, et honnêtement, je détestais leur comportement. Je voulais voir leurs yeux et ils ne me faisaient pas ce plaisir.

Cela me mit hors de moi. Ma main se crispa sur la poignée de la dague que je tenais toujours et je relevai le bas de ma robe pour la glisser dans le fourreau fixé à ma cuisse.

— Je veux savoir pourquoi je suis ici. Et ne me dites pas que c'est pour briser une malédiction, car je le sais déjà. Quelles sont les épreuves que je vais devoir relever ? Qu'attend-on de moi ? Quelle sera ma récompense ? Je n'ai pas survécu à une quasi-exécution pour me retrouver à nouveau attachée à un pilori. Alors, écoutez-moi bien ! Si ce que vous me dites ne me plaît pas, je ressortirai de ce tunnel et disparaîtrai.

De toute façon, c'était déjà à moitié ce que j'avais l'intention de faire. Si affronter le dragon était la première épreuve, prendre d'assaut la guilde serait sans doute beaucoup plus facile.

Un petit rictus se dessina sur la bouche d'Idris, et une lueur ressemblant à de la fierté illumina son regard scrutateur.

— Les épreuves sont secrètes, conçues pour tester les Luxas désireuses de briser la malédiction.

Je n'avais jamais rien entendu d'aussi stupide. Je n'avais pas voulu de la magie qui m'habitait et je ne me sentais en compétition avec personne. À aucun moment je ne m'étais portée volontaire. J'avais été conduite là.

— On pourrait penser qu'après deux siècles d'échecs cuisants, vous seriez disposé à faire une entorse à cette règle. Vous vouliez me jeter ici, et quoi ? Espérer que Rune résiste à l'envie de me manger ?

— Quelque chose du genre, confirma Idris en serrant les dents tandis que ses yeux s'illuminaient de son pouvoir.

Un sentiment indésirable de trahison me frappa en pleine poitrine. Je reculai vers les hommes auprès desquels je me sentais bien plus en sécurité que celui qui se trouvait devant moi. Ce ne fut que lorsque je sentis la chaleur de leurs corps se presser contre mon dos que je m'arrêtai.

— Et après tant d'années sans réussir, vous pensiez qu'il n'y avait pas de meilleur moyen ? Quelle est la prochaine étape ? Me jeter du haut d'une falaise ? Me faire brûler ?

Kian enroula son bras autour de ma taille tandis que Xavier entrelaçait ses doigts avec les miens. Rune en profita pour placer son grand corps derrière nous, se hissant de toute sa hauteur, et il nous entoura tous les trois de ses membres antérieurs en poussant un grognement qui fit trembler les fondations mêmes du château. Leur présence, leurs souffles, leur chaleur m'apportaient un réconfort qui m'était plus qu'indispensable.

— Vous voulez... non, vous avez *besoin* de mon aide, et vous me remerciez en essayant de me faire dévorer par un putain de dragon ? Et je suis censée vous faire suffisamment confiance pour m'offrir en sacrifice ?

Le regard d'Idris quitta le mien pour observer le bras passé autour de ma taille et la main que je tenais dans la mienne. Puis il releva ses yeux dorés vers son dragon, *sa malédiction*, qu'il fusilla du regard avant de se reconcentrer sur moi. Son masque de bienveillance avait disparu depuis longtemps. Désormais, son visage n'affichait plus que l'accablante vérité.

— Si les épreuves sont gardées secrètes, c'est parce que la malédiction qui m'accable depuis des siècles l'exige, râla-t-il.

Il se rapprocha de moi comme si j'étais un animal effrayé qu'il essayait de piéger plutôt que la femme qui avait trois dragons pour la soutenir.

— Si je pouvais faire autrement, je le ferais. Mais ce royaume, cette cour, honore toutes les personnes qui se sont sacrifiées. Nous ne sommes pas le *Perder Lucem*, Vale. Nous rendons hommage à nos morts.

Un frisson de peur faillit ébranler ma contenance. Je n'avais même pas formulé oralement ma rancœur à l'égard du sacrifice de toutes les sorcières qui m'avaient précédée. La seule fois où j'avais abordé le sujet, je l'avais fait dans ma tête.

Je devais me rappeler qu'il lisait mes pensées. Aucune d'entre elles n'était à l'abri de lui.

— Je n'ai pas parlé d'honorer les morts, *Votre Majesté*. J'ai simplement exprimé mon mécontentement face à la possibilité d'en faire partie. Et comme vous n'avez encore répondu à aucune de mes questions, je vais vous simplifier la tâche en me contentant d'en poser une seule. Qu'est-ce que j'y gagne ?

À part m'assurer que Nyrah n'emprunterait jamais ce chemin, l'intérêt de la chose ne me semblait pas évident.

Idris acquiesça, et ses yeux et son pendentif

brillèrent plus fort, projetant une lueur plus chaude et se chargeant d'une puissance qui sembla courir sur ma peau.

— Quand tu briseras cette malédiction – et je dis bien *quand* –, je te donnerai tout ce que tu voudras. Tant que je respirerai, tu pourras tout me demander. Argent, bijoux, statut. Tout cela sera à toi.

— Vous savez bien que rien de tout ça ne m'intéresse, dis-je dans un rire dépourvu de toute gaieté.

Il leva mon menton d'un doigt et approcha son visage du mien.

— Eh bien, ma petite téméraire, chuchota-t-il sur un ton aussi menaçant que séduisant, c'est justement pour ça que Rune ne t'a pas tuée sur le champ.

Sur ce, il m'attrapa par le coude, d'une poigne légère mais ferme, comme s'il me passait une menotte que je ne pouvais pas briser.

Rune avait raison.

C'était dangereux, là-haut.

Vraiment.

CHAPITRE 14

IDRIS

Cela m'énerva et m'excita tout à la fois.

La femme qui se tenait à ma gauche me regardait à peine alors que nous traversions les cavernes souterraines du château où l'obscurité était presque totale. Sa mâchoire était crispée, son esprit travaillait comme les ouvrières d'une ruche, et ses pensées agitées me perforaient le cerveau. Je ne les entendais pas toutes, seulement celles qui étaient trop fortes pour que je les ignore, mais je pouvais dire avec certitude que je n'avais pas fait la meilleure première impression.

Vale se fichait éperdument de mon statut de roi, du royaume que je dirigeais depuis bien avant sa naissance, de la magie qui m'habitait, bien plus puissante que ce que mon corps pouvait contenir.

Pour elle, j'étais une ordure, et honnêtement, je ne pouvais pas lui en vouloir de le penser.

En deux cents ans, j'avais assisté, impuissant, aux morts successives de sorcières qui essayaient de briser la malédiction empoisonnant la magie du Crédour. Celle qui paralysait tous les dragons, qui siphonnait le pouvoir des sorcières et des vampires et qui écrasait les métamorphes sous son emprise.

C'était ma faute s'ils souffraient de la sorte.

Mais derrière ma culpabilité, je fulminais. Derrière mon sourire sympathique de façade, j'éprouvais une jalousie suffocante. Vale était censée m'appartenir, et pourtant, dans le cadre de la malédiction, tout semblait parfaitement logique. La seule femme qui parlait à mon âme, qui était aussi courageuse qu'intelligente et belle, ne voulait absolument pas entendre parler de moi et se concentrait uniquement sur les deux hommes que je considérais comme mes frères.

J'avais été maudit parce que je m'étais battu pour une femme. Bon sang, quelle pilule amère à avaler que de voir l'histoire se répéter !

Et pourtant, je n'arrivais pas à me sortir de la tête le fait qu'elle avait foncé au milieu d'un combat de dragons. Sans hésiter, elle s'était jetée dans la mêlée, inconsciente du fait qu'elle serait morte si Rune n'en avait pas décidé autrement. Puis elle s'était dressée devant mes hommes, les protégeant avec sa magie et se mettant en danger pour les sauver.

Jamais. Pas une seule fois une Luxa n'avait gagné le respect et les faveurs de Rune, qui l'avait défendue comme si elle était précieuse à ses yeux. À part une poignée de sorcières, très peu lui avaient survécu.

Elle ne ressemblait à aucune Luxa qui l'avait précédée, mais si je ne parvenais pas à la convaincre de m'aider, tout cela serait voué à l'échec. Je n'arrivais même pas à décrisper ma mâchoire assez longtemps pour la rassurer sur les membres du conseil que nous devions rencontrer ou sur la foule qui se trouvait devant les portes du château.

Il valait peut-être mieux ne pas lui mentir.

Il lui restait encore deux épreuves à surmonter, mais le conseil vers lequel nous marchions était sûrement la plus périlleuse de toutes. Et puis, vu la façon dont elle me remettait à ma place, ces pauvres nigauds tomberaient sûrement amoureux d'elle ou comploteraient pour assurer sa perte.

Contrairement à toutes les autres Luxas avant elle, Vale ne prit même pas ma main pour gravir le sentier sinueux menant au château, et n'hésita qu'au pied de l'escalier. Elle ravala sa salive et le fixa pendant une seconde, mais je ne fus pas la personne capable de la réconforter.

Non, ce fut Kian, qui retourna le couteau dans ma

poitrine en passant devant moi pour la rejoindre. Il avait été mon ami, mon confident, mon bras droit pendant des siècles, et elle l'avait si facilement éloigné de moi avec sa lumière !

Figé, je les regardai monter les marches, sans parvenir à comprendre comment tout avait pu déraper si vite.

— Elle a le vertige, murmura Xavier, qui était à mes côtés.

Cela représentait assurément un problème, mais je ne pouvais pas y penser pour l'instant. J'étais encore furieux que Kian l'accompagne et lui tienne la main, aussi nu que le jour de sa naissance, mais sans la moindre honte. Et furieux que sa nudité ne fasse pas rougir Vale.

Tout en grognant, j'invoquai un pantalon à partir de rien pour chacun d'entre eux afin de cacher leurs corps de son regard même si elle ne les regardait pas. Elle avait les yeux rivés devant elle, le dos bien droit, le visage impassible, malgré l'odeur de la peur qui se dégageait de ses pores. L'escalier était vieux – bien sûr, tout le château l'était – mais il était assez solide pour supporter tous nos poids, et l'épaisse rampe en pierre empêcherait la jeune Luxa de tomber.

Je soupçonnais ce qu'elle avait vécu et me doutais du genre de vie qu'elle avait pu mener avec le *Perder*

Lucem, mais la détermination que traduisait sa colonne vertébrale me stupéfia.

— Pourquoi ? demandai-je d'une voix sifflante alors que je peinais à faire sortir ce mot de mes lèvres.

Rune l'adorait, Kian et Xavier étaient à ses pieds, j'étais à moitié en admiration devant elle. Qu'avait-elle à craindre ?

— À cause des gens qui sont tombés, Sire. Ses amis, ses parents, de parfaits inconnus. Et sous la montagne, elle a été forcée de les regarder mourir. Et puis la vie a continué comme si leur mort n'avaient aucune importance. Sans relâche. Chaque jour.

Kian et Vale continuèrent leur ascension, mais je ne bougeai pas d'un pouce.

— Elle t'a raconté ça ?

Xavier ne prit même pas la peine de me regarder. Remplis de désir, ses yeux d'un bleu glacial étaient fixés sur la femme qui s'éloignait.

— Je l'ai guérie alors qu'elle était au bord de la mort, répondit-il en secouant la tête. Avec cette quantité de magie qui a circulé entre nous ? J'ai probablement vu plus que ce qu'elle était prête à me montrer.

Pas étonnant qu'elle m'ait détesté. Elle me considérait comme un monstre qui avait laissé mourir des sorcières pendant deux siècles sans entrevoir aucune perspective d'amélioration. Et pas étonnant que Kian et Xavier soient déjà à moitié amoureux d'elle. Quand on connaissait l'enfance qu'ils avaient eue. Ils se reconnaissaient sans doute en elle.

— Il y a une autre information que je devrais avoir ?

Son regard se durcit lorsqu'il croisa le mien, ce que Xavier évitait habituellement de faire à tout prix. La détermination que ses yeux exprimaient me rappela pourquoi je l'avais choisi pour m'aider, toutes ces années auparavant.

— Je ne la regarderai pas mourir. Tu comprends ? Aucun de nous deux ne l'acceptera.

C'était à la fois une menace et une promesse, et je n'arrivais pas à décider si j'étais fier, jaloux ou furieux. Les trois à la fois, sans doute.

— C'est noté.

L'odeur de peur qui émanait de Vale ne se dissipa pas avant que nous ayons atteint le château proprement dit. Son cœur battait plus vite que celui d'un colibri, mais elle ne semblait pas du tout essoufflée. Si elle n'avait pas serré si fort la main de Kian, je ne me serais pas rendu compte qu'elle était à deux doigts de craquer.

Je ne pouvais pas l'envoyer dans la gueule du loup ainsi.

— Vous deux, filez vous habiller. Je vais la préparer pour le conseil.

Mes conseillers les plus fidèles, mes amis les plus proches au monde, me fixèrent comme s'ils envisageaient de me désobéir. Vale sembla percevoir la tension, car elle s'interposa entre un danger certain et eux, comme elle l'avait fait avec Rune.

— C'est bon. Je veux savoir ce qui m'attend.

Après un moment tendu, ils acquiescèrent tous les deux et partirent enfiler de vrais vêtements pour remplacer les illusions que je leur avais créées. Je profitai de ce léger répit pour étudier son comportement, un aspect que le conseil essaierait de démolir au premier signe de faiblesse.

Son dos était raide comme un piquet, le corset sous sa robe y était sans doute pour quelque chose. La couleur sombre du tissu cachait les éventuelles salissures qu'elle aurait pu se faire dans les cavernes, et à part une goutte de sang sur sa manche, là où elle s'était ouvert le poignet, elle était l'image même de la perfection.

Mais encore une fois, mon jugement était faussé.

Doucement, je lui attrapai le coude pour la guider vers une petite alcôve où nous pourrions parler seuls. Elle contempla la main que j'avais posée sur sa manche comme si elle voulait la brûler, mais je n'allais pas laisser tomber tant qu'elle ne serait pas là où je voulais qu'elle soit.

— Laissez-moi deviner, lâcha-t-elle d'une voix

menaçante en croisant les bras. Je suis sur le point d'entrer dans une pièce où je vais me faire décortiquer par un groupe de vieillards qui ne savent rien de moi. C'est ça, l'idée générale ?

Le rire qui m'échappa fut aussi étrange que bienvenu. Je ne me souvenais pas de la dernière fois que j'avais ri, mais il était logique qu'elle provoque ce genre de réaction chez moi.

— T'as tout juste. Mon conseil est composé de douze membres issus de toutes les factions encore présentes dans le royaume. Ils vont te poser des questions sur ta lignée, tes capacités et le moment où ton pouvoir s'est manifesté.

— C'est tout ? s'étonna-t-elle en haussant un sourcil. Il devrait être assez facile de répondre à ces questions. Pourquoi vous pensez devoir m'y préparer alors ?

— Parce qu'ils sont vieux et qu'ils suivent les anciennes méthodes. Ils inspecteront ta tenue, ton attitude et te jugeront en fonction de ça.

— Ça promet d'être intéressant, commenta-t-elle en secouant la tête et en levant ses magnifiques yeux au ciel. Vous avez des conseils et des astuces à partager ?

Toutes les autres Luxas étaient issues de familles riches et puissantes, des parvenues qui voulaient acquérir un statut plus élevé. Vale, qui venait du cœur du territoire appartenant à notre ennemi, ne pouvait pas être plus différente.

— Tu n'as pas besoin de mes conseils, Vale, chuchotai-je en me rapprochant d'elle dans l'espoir qu'elle pose ses beaux yeux sur moi. Ce qu'ils pensent n'a pas d'importance. Ce que tout le monde pense n'a pas d'importance. La seule chose qui compte, c'est que je te crois capable de briser la malédiction, et je sais que tu le peux.

Enfin, elle me donna ce que j'attendais. Elle me regarda dans les yeux pour la première fois depuis que nous étions montés là.

— Alors pourquoi je dois les rencontrer ? Pourquoi me mettre devant de vieux schnocks dont l'avis ne vaut rien ?

— Parce que, malheureusement, c'est comme ça qu'on a toujours procédé. Si je veux maintenir la paix, c'est la seule façon de continuer. Étant donné la foule qui se trouve à l'extérieur des murs de mon château, tu sais mieux que quiconque à quel point l'équilibre est fragile.

Son cœur battait si fort que je pouvais presque le sentir dans ma propre poitrine.

— Alors si j'y vais et qu'ils me détestent au premier coup d'œil, qu'est-ce qu'il va se passer ?

Voilà pourquoi elle s'était déjà mis Kian et Xavier dans la poche. C'était à prévoir.

— Absolument rien. Je ne choisis pas qui la Destinée décide de me présenter. Pas plus qu'ils ne peuvent changer celle qu'elle a sélectionnée pour briser cette malédiction. Je dois juste venir et faire mon travail, tout comme toi.

Curieusement, elle se redressa encore plus.

— Très bien.

— Si tu as pu survivre au sein de la guilde, je pense que tu peux t'en sortir avec ces imbéciles.

— Je ne sais pas pourquoi vous avez renvoyé Kian et Xavier, souffla-t-elle en secouant la tête. Vous auriez tout aussi bien pu me dire ça devant eux.

— À part le fait qu'ils avaient besoin de s'habiller, tu veux dire ? Parce que je suis foncièrement égoïste, murmurai-je en inspirant son parfum qui n'était plus entaché que très légèrement par le leur. Dans tous les avenirs que je m'étais imaginés pour moi, je n'ai jamais envisagé une seule fois que je pourrais être amené à partager. L'idée ne me plaît pas trop.

Les magnifiques yeux verts de la Luxa brillèrent de colère, ce qui rendit son parfum alléchant au point de m'abrutir.

— Je ne suis pas un jouet pour lequel on se bat ou un prix à gagner. Je ne suis là que pour remplir ma mission, et rien de plus.

Oh, comme ce sera amusant de la faire changer d'avis !

— Pourquoi venir ici, alors ? demandai-je en m'avançant d'un pas raide tandis qu'elle reculait et que le mur stoppait sa progression bien plus tôt qu'elle ne l'aurait souhaité. Pourquoi leur avoir permis de t'amener ici ?

Cette question me brûlait les lèvres depuis une heure. Si elle me détestait à ce point, si elle ne voulait pas entendre parler de moi, pourquoi s'était-elle laissé faire ?

— C'est toi qui peux lire dans mes pensées. Dis-le-moi.

Mon regard se posa sur ses lèvres charnues. Oh, comme j'aurais désiré voir si elles étaient aussi bonnes qu'elles en avaient l'air ! Mais elle ne voulait pas de moi... Sur ce point, elle avait été parfaitement claire.

— Je ne peux pas lire dans tes pensées tout le temps. Seulement quand tu me cries dessus. Autrefois, c'était considéré comme une chance. Mais j'imagine que, pour toi, c'est le contraire.

— Je ne sais pas, admit-elle en haussant légèrement les épaules. Au sommet de la montagne, entendre ta voix m'a permis de rester en vie, continua-t-elle sur un ton dédaigneux qui était aussi séduisant que son parfum. Peut-être que ce n'est pas si mal.

Incapable de me retenir, je lui relevai le menton avec un doigt pour la regarder dans les yeux.

— Et moi qui pensais que tu me détestais !

Mes pupilles se transformèrent en fentes quand le parfum de l'excitation envahit mon nez. Elle ne m'aimait peut-être pas, mais elle ne me détestait pas. Pas complètement.

— Qu'est-ce qui te fait croire le contraire ?

— Ton odeur. Mais ne t'inquiète pas, je ne le dirai à personne.

En entendant des pas, je reculai pour lui laisser de l'espace avant que nous entrions dans la salle du trône et que les membres du conseil fassent tout foirer.

— Ton nom de famille, demanda Dorian en s'installant sur son siège et en observant Vale avec un rictus.

Il détestait les sorcières au premier coup d'œil, alors obtenir son approbation serait une tâche impossible. C'était à moitié pour cela que je n'avais pas dit à Vale à quel point les membres de cette réunion lui seraient hostiles.

La colère de Vale – ou plutôt sa rage – la rendait bien plus redoutable qu'elle ne le pensait. Et sans surprise, elle contempla le vampire avec des yeux perçants et attaqua.

— Ténébris. Mais je ne vois pas ce que cette information changera pour vous, vu que vous m'avez détestée dès le moment où j'ai franchi cette porte. Sans parler du fait que presque tous les membres de ma famille sont morts.

Kian tenta d'étouffer son rire, mais Dorian l'entendit quand même et il détourna son regard haineux de Vale.

— Ténébris est une lignée ancienne, mais toujours aussi redoutable, fit remarquer Fenwick, dont la vieille carcasse courbée était penchée en avant sur son siège. On pensait que votre famille avait disparu. Je suis heureux de voir que les parchemins se sont trompés. Est-ce que tu te souviens comment sont morts les membres de ta famille, mon enfant ? Je déteste les dossiers incomplets.

Pendant une seconde, Vale sembla touchée par ce manque de respect flagrant, bien qu'involontaire. Mais elle finit par serrer les dents.

— À en croire le chef de guilde du *Perder Lucem*, des dragons les ont chassés du sommet d'une montagne, et ils ont préféré faire une chute mortelle plutôt qu'être grillés par le feu des dragons.

Cette information m'interpella. Aucun des souvenirs que j'avais glanés dans sa mémoire ne m'avait indiqué qu'elle en voulait aux dragons pour la mort de ses parents. Mais cela expliquait pourquoi elle ne voulait avoir aucun lien avec ce royaume. Je me demandais avec quels autres mensonges Arden lui avait empoisonné l'esprit.

— Cependant, continua-t-elle dans la lumière qui jaillissait de l'entaille cicatrisant doucement sur son poignet, vu qu'Arden m'a également poignardée et attachée à un poteau pour me brûler vive, il est tout à fait possible qu'il ait menti. Bref, désolée de ne pas pouvoir vous aider à compléter vos dossiers.

L'ancien mage, considéré comme le mestre en chef des archives, n'avait probablement pas saisi l'ironie de ses paroles, mais Dorian, lui, comprit son intention. Et en bon vampire qu'il était, aussitôt qu'il remarquait une faille, il devenait aussi féroce qu'un requin.

— Qu'est-ce qui te fait croire que tu peux briser cette malédiction, jeune fille ?

— J'ai contribué à éliminer un conclave entier alors que j'étais couverte de *Lumentium*, alors je pourrais peut-être m'en sortir, répondit-elle en lui lançant un regard qui aurait pu faire fondre de l'acier. Ou peut-être le fait que le dragon qui vit sous votre château m'aime bien, proposa-t-elle en levant un doigt. À part ça ? Pas grand-chose.

Son lent sourire sinistre était une vraie merveille,

mais voir le conseil péter un plomb ? Putain, cette vision était inestimable.

— Tu as déjà passé la première épreuve ? dit Dorian d'une voix moqueuse, en ricanant de toutes ses forces alors qu'il se levait de son siège. Sans témoins ? Et on est censés croire la parole d'un serpent qui vient d'une guilde spécialiste du mensonge ?

Évidemment, Dorian allait poser problème.

— Qui a dit qu'elle n'avait aucun témoin ? rétorquai-je en lui clouant le bec avant qu'il se mette à déconner et à dire quelque chose qu'il regretterait plus tard. J'ai observé personnellement l'épreuve.

Je teintai mes mots de la puissance que je libérais si rarement, attendant que Dorian tente de porter atteinte à mon honneur.

— Mm-mais comment ? Quand ? bafouilla Dorian, tandis que le conseil trépignait comme s'il s'était senti offensé.

Rien de tout cela ne respectait le protocole, mais Vale n'était pas du genre à suivre les règles.

— Si vous voulez, on peut descendre jusqu'aux cavernes et vous pourrez constater par vous-même que Rune se love autour de moi comme un chaton, dit Vale. Mais cet escalier est un peu too much, si vous voulez mon avis.

Un autre ricanement à ma droite me rappela que ce désastre avait assez duré, mais Vale n'avait pas fini.

— Avant que vous me traitiez à nouveau de menteuse, rappelez-vous que je n'ai pas demandé à être ici. Personnellement, je me fiche éperdument de ce que vous pensez de moi. Mon but est de briser la malédiction et de continuer ma vie. Si vous voulez vous mettre en travers de mon chemin, très bien. Mais n'oubliez pas que j'ai vécu pendant des années au cœur d'une guilde qui m'aurait tuée au premier soupçon de magie, et j'ai survécu.

Son pouvoir jaillit de l'entaille qui cicatrisait sur son poignet, sa lumière était si éclatante que Dorian et le reste du conseil durent se protéger les yeux. La lueur forma un dôme autour d'elle, sa magie s'étendit pour nous engloutir, mon trône et moi, ainsi que Kian et Xavier. Les parois de la coupole émettaient une chaleur étouffante, alors même que Vale n'avait reçu aucune formation.

De quoi serait-elle capable lorsqu'elle aurait atteint tout son potentiel ?

— Si vous essayez de me faire peur, vous ne réussissez pas, cracha-t-elle d'une voix gutturale affectée par son pouvoir. J'ai tenu ma magie secrète pendant cinq ans pour continuer à respirer. Si vous croyez qu'un rictus et une attitude négative vont m'intimider, je suis désolée de vous dire qu'il va falloir intensi-fier vos efforts, mes trésors.

Là-dessus, elle fit disparaître sa magie aussi vite qu'elle l'avait convoquée et fit un clin d'œil à Dorian. Que les dieux soient damnés, elle était magnifique.

— Vale a passé la première épreuve ! tonnai-je pour ramener l'attention de la salle sur le sujet de la réunion. Elle restera ici pour perfectionner sa magie jusqu'à ce que je la juge prête pour la prochaine épreuve. Et toute personne lui manquant de respect m'offensera personnellement. Est-ce bien clair ?

— Oui, Votre Majesté, répondit un chœur de voix, de la musique pour mes oreilles.

— Alors, vous êtes congédiés. Laissez-nous.

Ce n'est qu'au moment où les doubles portes se refermèrent que Vale vacilla. Mais avant que je puisse la rattraper, Kian avait traversé la pièce. Sa rapidité était l'une des raisons pour lesquelles il avait toujours été mon général le plus redoutable.

Il conduisit Vale vers une chaise vide en se renfro-gnant à la vue du sang qui coulait du nez de la Luxa.

— Elle utilise trop de magie, murmura Xavier, ce qui fit écho à mes pensées.

Nous avions déjà vu ce scénario auparavant, une Luxa s'épuisant avant les épreuves. Une pointe de peur me perfora la poitrine.

— Alors vous devrez lui apprendre à s'en servir

correctement, rétorquai-je en luttant contre l'envie de l'emporter auprès des guérisseurs mêmes qui venaient de la traiter de menteuse.

Savoir se défendre était la seule façon pour elle de survivre en ces lieux.

Mais je ne pouvais pas être la personne qui lui enseignerait comment.

Ma jalousie allait me dévorer.

Malgré les regards, j'étais aux anges.

Attaquant le rôti de sanglier à pleines dents, je me mis pratiquement à danser sur ma chaise lorsque la saveur explosa sur ma langue. La viande était tendre, juteuse et différente de tout ce que j'avais déjà goûté. Je ne me souvenais pas de la dernière fois que j'avais mangé de la viande fraîche – si jamais cela m'était déjà arrivé – et l'expérience fut presque aussi agréable que les orgasmes que Kian et Xavier m'avaient donnés. Je me tenais peut-être mal à table, et ma gourmandise risquait de me rendre malade plus tard, mais je préférais me concentrer sur la nourriture plutôt que sur le sujet que je cherchais à éviter.

Après avoir savouré une bouchée, je gémis de plaisir et tendis la main vers les carottes confites accompagnées d'une sauce au miel épicée. J'avais déjà goûté ce plat qui était absolument divin. Sur la table, il y avait des légumes verts et d'épais petits pains, d'onctueuses sauces et du canard rôti, des fruits, des tartes et des fromages. Kian et Xavier m'avaient présenté tous les plats, ce gigantesque festin m'étant réservé.

Je voulais tout tester, et si mon ventre devait se remplir à craquer, qu'il en soit ainsi. La petite fille affamée en moi craignait de gaspiller tant d'abondance, mais on m'avait assuré que tous les restes que je laisserais seraient mangés.

J'évitais les regards de Kian et de Xavier, qui étaient bien capables de m'enflammer les joues. À force de frotter ses pieds dessus, Idris n'allait pas tarder à faire un trou dans le tapis moelleux posé devant les grandes fenêtres de son *solarium – qu'importe ce que c'était* – mais, de la même façon, je ne lui prêtais aucune attention. La femme rousse assise en face de moi, qui se nettoyait les ongles avec une dague incroyablement tranchante, était la seule à me troubler.

Enfin, sans oublier le dragon qui parlait dans ma tête et me cassait les oreilles à force de se plaindre de la magie que j'avais utilisée en trop grande quantité.

— Tu crois que t'es la première Luxa à t'épuiser avant même d'avoir pu tenter de nous libérer de la malédiction ? Comment tu peux être aussi imprudente ? Je pensais que t'étais plus intelligente que ça.

Il radotait depuis une trentaine de minutes, mais jusqu'à présent, j'avais réussi à l'ignorer, ainsi que les hommes et la femme qui se trouvaient à proximité, pendant que je mangeais. D'accord, il était difficile d'ignorer Freya, mais je faisais de mon mieux. La vampire m'avait été présentée alors que je saignais encore, et bien qu'elle ne m'ait pas sauté à la gorge, je n'avais pas baissé ma garde.

Aussitôt que le sang s'était mis à couler de mon nez, tout le monde avait agi comme si ma mort était imminente. Kian, surtout, s'était mis à agir avec moi comme si j'étais en sucre, prête à me briser à tout instant. Xavier semblait m'examiner, me regarder comme une bombe susceptible d'exploser, et Idris...

Je ne connaissais pas la nature de sa magie, mais elle était vaste et puissante, réagissant à ses émotions et faisant trembler le château tout entier jusqu'aux fondations. Il s'était légèrement calmé lorsque Freya était arrivée dans la salle du trône. Aussitôt qu'elle l'avait regardé de ses yeux bleus étincelants, les tremblements de terre s'étaient apaisés.

À présent, ces mêmes yeux étaient fixés sur sa manucure, ne m'accordant pas la moindre attention, et honnêtement, je préférais cela. Quand elle les braquait sur moi, c'était encore pire que lorsque le dragon s'insinuait dans mon crâne.

Comment aurais-je pu savoir que ma magie pouvait s'épuiser ? La veille, j'avais combattu un conclave entier de mages et avais presque gagné. Aujourd'hui, je parvenais à peine à faire un spectacle son et lumière sans saigner et manquer de m'évanouir. Non seulement cela n'avait aucun sens, mais cela me donnait l'impression de m'affaiblir alors même que je devais devenir plus forte.

Étais-je préoccupée par l'effet qu'avait eu la magie sur moi dans la salle du trône ? Absolument. Mais si je le disais, tout le monde péterait un plomb. Encore une fois. C'était déjà assez pénible que Kian et Xavier me tournaient autour comme des mouches, comme s'ils avaient peur que je tourne de l'oeil ou un truc du genre.

J'avais foiré. En voulant prouver quelque chose à un crétin, j'en avais trop fait. Je devais me rappeler qu'à peine un jour plus tôt, j'avais de peu évité la mort au sommet d'une montagne. Je n'étais pas encore complètement guérie ni libérée du minerai inhibiteur de magie qui m'empoisonnait probablement encore à cet instant. Je devais me rappeler que j'avais étouffé ma magie pendant si longtemps qu'essayer de la déchaîner n'était pas une bonne idée.

Avant de pouvoir goûter à la tarte aux groseilles, je perdis le peu qui me restait de patience.

— Est-ce que vous pourriez arrêter de me regarder comme si j'allais tomber de cette chaise d'une seconde à l'autre ? grommelai-je en plantant ma fourchette dans la tarte pour en prendre une bouchée.

La texture légère et onctueuse de la crème, mélangée à la saveur acidulée des fruits, me titilla les papilles et me laissa estomaquée.

S'ils mangeaient tout le temps ainsi, pas étonnant qu'ils soient si grands et si forts.

— Je ne sais pas, est-ce que tu *vas* tomber de la chaise ? demanda Kian en croisant les bras sur son torse. T'as saigné juste parce que t'as utilisé ta magie, Vale.

Comme il me l'avait déjà fait remarquer. Vingt fois déjà. Mais au moins, il me traitait moins comme une petite chose fragile et plus comme il le faisait la veille. Je préférais le Kian connard au Kian inquiet.

— N'oublie pas qu'elle s'est évanouie, grommela Xavier en se redressant sur son siège, le front marqué par ses sourcils froncés.

Cette fois, je ne résistai pas à l'envie de lever les yeux au ciel.

— Je ne suis pas tombée dans les pommes, mais même si ça avait été le cas, je ne vois pas ce qu'il y aurait eu de surprenant là-dedans. Bien sûr que j'ai *failli* m'évanouir. Tu crois que la guilde a veillé à notre bonheur ? À bien nous nourrir pendant qu'on extrayait du *Lumentium* pour elle ?

Je repoussai la tarte parce qu'il m'était difficile, à force d'être agacée, scrutée et excédée, de garder le contrôle sur le pouvoir qui s'essoufflait en moi.

— Vous croyez qu'ils en avaient quelque chose à foutre de nous ? Notre mort leur importait peu du moment que les quotas étaient atteints. Ça fait des années que je meurs de faim, des années que je travaille tous les jours avec presque pas d'eau ou de nourriture, que j'essaie de survivre. J'ai étouffé ma magie, je me suis cachée et ai volé à chaque fois que je l'ai pu. Toute. Ma. Vie.

Et je ne comptais même pas les fois où j'avais été punie à la place de Nyrah, où j'avais été contrainte d'assumer la responsabilité d'être son seul parent alors que je pleurais encore les miens, ou encore celles où j'avais dû lutter pour nous maintenir en vie, non seulement moi, mais aussi elle.

Le silence qui régnait dans la pièce devenait si pesant qu'il commençait à me taper sur les nerfs.

— Bien sûr que j'ai saigné du nez. Bien sûr que j'ai perdu le contrôle de mon pouvoir. Au cas où vous ne l'auriez pas compris, à part la cacher au plus profond de moi, je ne sais rien faire de ma magie.

Par dépit, je repris de la tarte et en avalai une autre bouchée en essayant de me retenir de rappeler à la salle entière que j'avais failli mourir la veille. Et ce jour-là. Et que ça risquait de se reproduire le lendemain, puisque j'étais du genre chanceuse.

Mon regard dévia vers Idris, qui avait cessé de faire les cent pas et m'observait attentivement. Son regard me semblait pire que ceux de Kian et de Xavier réunis, car son expression accablée m'indiquait à quel point il pensait que nous étions foutus.

La confiance dont il faisait preuve à mon égard était très encourageante.

Et il avait cru que j'étais un lot à gagner ? Il n'avait eu aucune idée de ce qui l'attendait lorsqu'il avait fait l'éloge de mes capacités, n'est-ce pas ?

— Je suis désolé, ma Reine. J'ai oublié que tu n'étais pas comme les sorcières qui t'ont précédée.

Non, c'était certain, mais j'étais fatiguée qu'on me le rappelle sans cesse. Je n'étais qu'une gamine qui avait grandi trop vite dans un monde dont elle ne connaissait rien. J'étais dépassée, et si je ne me reprenais pas, Nyrah finirait par en payer le prix.

Si ce n'était pas déjà trop tard.

Cette pensée insidieuse creusa dans ma poitrine un trou dans lequel le doute et la peur s'installèrent. Pendant que je me remplissais le ventre, elle était quelque part dehors. Et si Kian et Xavier étaient les seules personnes auxquelles je m'étais confiée à ce sujet, c'était parce que je ne savais pas si je pouvais faire confiance aux autres. Si quelqu'un cherchait un moyen de faire pression sur moi, il pourrait trop facilement se servir d'elle comme monnaie d'échange.

Et pourtant, à chaque seconde que je passais loin d'elle, je m'inquiétais qu'elle soit affamée ou qu'elle ait froid ou...

Putain !

Les larmes me piquaient les yeux, je luttais contre l'envie de fuir, vite et loin, pour que personne ne voie à quel point j'avais peur. Pour que personne ne se rende compte du peu que je savais. J'avais compris qu'il était important que je donne au conseil l'image d'une sorcière redoutable, mais j'avais été imprudente. Je le savais. Mais je ne savais pas comment redresser la barre.

— *C'est donc pour ça que t'es venue. T'as une famille*, dit Rune, dont le ton était à présent beaucoup plus doux. *Un enfant. Tu ne veux ni argent ni pouvoir. Tu veux mettre ta sœur en sécurité.*

Une vague de chaleur m'envahit alors, sans lien aucun avec la nourriture que j'avais engloutie. Et grâce à elle, je me mis à respirer plus facilement, mes articulations devinrent moins douloureuses, mes souffrances – même celles auxquelles je ne prêtais plus attention – s'estompèrent.

— C'est un cadeau, ma Reine. Mais il n'est que temporaire. Ne t'y habitue pas.

Je ne percevais pas seulement un changement au niveau de mes douleurs. La lumière était plus vive, plus nette, les sons plus forts, les odeurs...

Mais malgré l'aide que m'avait apportée Rune, je sentis leurs regards me clouer à la chaise. Ce pouvoir que j'avais retenu ? Eh bien, à présent qu'il avait été libéré, il voulait constamment s'échapper de mes pores, et le cadeau de Rune n'arrangeait rien.

Je me levai et m'écartai de la table, le ventre plombé par le repas que j'avais avalé. Comment briser une stupide malédiction si je n'étais même pas capable de prendre un seul repas sans perdre mon emprise sur ma magie ?

— Je t'apprendrai à l'utiliser pour qu'elle ne se retourne pas contre toi, affirma Xavier en entrelaçant ses doigts avec les miens. Mais demain.

Il porta ma main à ses lèvres et, instantanément, mon cœur cessa de se déchaîner.

— Freya te fera visiter le château. Tu pourras peut-être ensuite te reposer un peu. On s'occupera des choses sérieuses plus tard.

Ce fut à ce moment que je compris que Xavier m'offrait une échappatoire en me proposant de quitter cette pièce avant que je perde encore plus mon sang-froid.

— *Je croyais t'avoir dit de rester avec les dragons,* me dit Rune, dont la voix vibrait dans mon esprit.

Mais je devais sortir de cette pièce, alors je l'ignorai et franchis les grandes portes battantes.

Freya me rattrapa et apparut à mes côtés en un instant. J'étais seule dans le couloir caverneux en pierres disposant de larges fenêtres incurvées et de fragiles reliques soigneusement réparties entre les colonnes, et un instant plus tard, son corps vêtu de cuir sembla surgir de nulle part.

Je me retins de sursauter. Cela lui aurait sans doute apporté une trop grande satisfaction. Heureusement, sa fidèle dague n'était pas en vue.

— T'as une idée d'où tu vas ? demanda-t-elle d'une voix lasse qui m'en dit bien plus que ce que je voulais savoir.

Elle ne voulait pas me suivre à la trace, pas plus que je ne souhaitais l'avoir dans les pattes. J'étais contente de pouvoir gâcher la journée de quelqu'un d'autre. Tout allait pour le mieux.

— Absolument pas, mais cette pièce était étouffante, et j'avais besoin de me retirer. Par contre, je serais heureuse d'emprunter n'importe quelle direction que tu proposeras.

— J'oublie toujours que tu ne ressembles en rien aux femmes snobinardes qui t'ont précédée, confia Freya qui s'était arrêtée net.

— Tu parles des femmes mortes ?

— On meurt tous, Vale, rétorqua Freya en haussant les épaules d'un air blasé. La seule chose qui change, c'est quand et comment. Les sorcières qui t'ont précédée étaient issues de milieux privilégiés, et recherchaient le statut, l'argent ou le pouvoir. C'est sans doute pour ça qu'elles n'ont jamais réussi à dépasser le dragon sous le château.

— C'est ce qu'a dit Idris. Il a dit que Rune m'aurait dévorée.

— Ou brûlée vive. S'il n'avait pas eu trop faim.

— Si tu cherches à m'encourager à avoir confiance en mes capacités actuelles, tu t'y prends très mal. Oui, je suis consciente d'être très différente des femmes incroyablement raffinées qui m'ont précédée. Et même si je suis encore en vie et qu'elles sont manifestement mortes, médire à leur sujet me semble peu délicat. J'ai vu suffisamment de gens mourir sous la montagne pour dire qu'on ne mérite que très rarement la mort qui nous attend.

— Est-ce que tu fais partie de ces sorcières pieuses qui vénèrent le dieu de la mort ?

Je réfléchis à l'aspect spirituel de la nuit que j'avais passée avec Kian et Xavier. Selon la guilde, permettre à des manipulateurs de magie de me « souiller » revenait à faire un doigt d'honneur aux dieux. Dommage pour eux. Je détestais probablement autant les dieux qu'eux me détestaient.

— Je maudis tous les jours Orrus, alors j'en doute.

Freya ricana, une main posée sur l'épée qu'elle portait à la hanche. L'arme disposait d'une poignée ornementée, incrustée d'or et gravée de runes appartenant à une langue que je ne connaissais pas. Elle faisait la même taille que ses jambes, et étant donné que Freya mesurait près de trente centimètres de plus que moi, cela en disait long. Elle aurait pu éliminer des armées entières avec cette épée en un rien de temps.

— Je crois que tu vas me plaire. Tu penses quoi des livres, petite sorcière ?

Je n'en avais pas croisé beaucoup sous la montagne. La guilde n'aimait pas trop instruire les gens, la quantité de *Lumentium* qui pouvait être extrait l'intéressait bien plus. Le seul livre que j'avais lu concernait mon destin fatal, mais Freya avait éveillé ma curiosité.

— Je les aime bien. Je n'en ai pas beaucoup lu, mais je sais lire. Ma mère a veillé à m'apprendre.

— Très bien, répondit-elle, semblant se ressaisir après avoir froncé les sourcils. Viens avec moi. Je vais te montrer plus de livres que tu ne pourras jamais en lire dans ta vie. Et peut-être que l'un des mestres te laissera en prendre quelques-uns.

Émerveillée par l'idée de lire quelque chose qui ne me fasse pas comprendre que je provoquerais la fin du monde, je la suivis volontiers. Le trajet jusqu'à la bibliothèque fut un véritable périple à travers le château, mais aussitôt qu'elle ouvrit les doubles portes géantes, je tombai amoureuse. Des rangées de livres remplissaient à n'en plus finir l'immense pièce, dont le plafond en verre teinté laissait pénétrer une lumière diffuse qui éclairait le sol de ses teintes multicolores.

Les livres étaient soigneusement rangés dans des bibliothèques qui semblaient aller jusqu'au plafond, il y avait de petites passerelles devant chacune d'entre elles, et toutes étaient équipées d'échelles mobiles permettant d'atteindre les étagères les plus hautes. Je n'allais monter sur aucune échelle, et ces passerelles me donnaient la nausée, mais il y avait tellement de choix que je ne manquerais certainement pas de livres, même en gardant les pieds fermement plantés dans le sol.

J'aurais presque aimé que Kian ou Xavier soit avec moi, juste pour pouvoir tenir une de leurs mains, les emmener d'un livre à l'autre, d'une étagère à l'autre. Une part discrète et sombre de ma personne aurait également souhaité qu'Idris m'accompagne. Il n'aurait pas été honnête de dire que je le détestais réellement. Mais l'homme fringant et exigeant de mon rêve, celui qui m'avait encouragée au sommet de la montagne, celui qui avait juré de me venger, était plus difficile à trouver au grand jour.

Je me demandais si la réalité serait un jour à la hauteur du rêve, et lequel des deux hommes était le vrai. Je me demandais aussi si je découvrirais la réponse un jour.

Au grand dam des anciens mestres, je passai des heures dans la bibliothèque, détendue par cet environnement apaisant. Freya n'eut qu'à froncer les sourcils pour que la pingre de l'accueil me laisse emprunter l'un des plus petits tomes.

Je l'avais pris sur la recommandation de Freya et étais tombée amoureuse de son écriture. L'histoire, d'après ce que j'avais compris, racontait celle de deux frères de l'ancien temps, amoureux de la même femme. Leur amour et leur jalousie avaient engendré une guerre, et je voulais vraiment savoir comment elle s'était terminée.

Avant que le soleil se couche dans le ciel, Freya m'avait fait visiter le château et m'avait conduite jusqu'à ce qu'elle appelait « mes quartiers ». Par là, elle entendait une section de plusieurs pièces gigantesques dans une aile isolée.

Les portes en bois richement sculpté donnaient sur une vaste antichambre éclairée par des lanternes magiques projetant une lueur accueillante qui vacillait et dansait. Le premier espace que desservait le couloir était une salle de réception luxueusement meublée, avec des chaises et des canapés en tissu qui me paraissaient trop beaux pour s'y asseoir. Sur le mur, derrière le plus grand divan, se trouvait une peinture représentant un dragon en plein vol aux ailes rouge sang déployées.

Freya m'indiqua ensuite une salle à manger privée, dont la table était déjà garnie de plus de nourriture que je n'en avais mangé en un an sous la montagne. Toutefois, le couvert n'était dressé que pour une personne. J'essayai d'ignorer le léger malaise qui s'était installé dans ma poitrine à l'idée de manger et de vivre seule dans cet espace. Bien que Freya ait supporté ma compagnie toute la journée, je voyais bien qu'elle aurait préféré être n'importe où plutôt que de me faire visiter les lieux.

L'espace suivant servait de garde-robe et regorgeait de sublimes robes et chausses de cuir, de peignes sertis de pierres et de colliers. En voyant tout ce luxe étincelant étalé sous les lanternes magiques, je me demandai si ces objets avaient été choisis en mon honneur ou s'ils avaient appartenu à toutes les pauvres sorcières venues briser la malédiction.

Et quelle ingratitude je montrais en désirant connaître la réponse à cette question !

La robe que j'avais sur moi était la plus belle chose

que j'aie portée de ma vie. La veille, j'étais encore vêtue de haillons sales et sanglants, grelottant dans la neige, pieds nus. J'aurais dû embrasser les bottes d'Idris pour le remercier de subvenir à mes besoins, et pourtant, j'étais horrifiée.

Était-ce dans ces pièces qu'avaient vécu toutes les Luxas ayant remporté la première épreuve ? Étais-je entourée de leur échec, de leur cupidité, de leur avarice ?

J'essayai de ne pas faire transparaître mes pensées sur mon visage, mais Freya parvint à voir à travers mon masque, et répondit à mes interrogations comme si elle avait pu les entendre.

— Non, toutes les Luxas ne dorment pas ici, dit-elle sur un ton narquois qui m'apaisa. Cet espace était réservé à la reine douairière avant qu'Idris ne monte sur le trône.

Je me tordis les doigts dans mon dos, une habitude nerveuse dont je ne parvenais pas à me défaire.

— Je n'ai rien dit.

— Tes lèvres, peut-être pas, mais ton visage, si, ricana Freya. C'est vrai que tu sais mieux que la plupart des gens cacher ce que tu penses, mais l'odeur d'indignation que tu exhales ne t'a pas rendu service. Ajoute à cela la force avec laquelle tu te tords les doigts et l'expression fermée que t'affiches, et tout s'explique.

Je déglutis difficilement et fit une moue dépitée.

— Je ne veux pas paraître ingrate. C'est juste que...

— Tu ne veux pas porter les vêtements d'une morte ? Je comprends. Mais ne t'inquiète pas. Idris a veillé à ce que cette chambre soit approvisionnée des derniers vêtements à la mode. Le personnel est passé dans la moitié des boutiques de la ville pour préparer ton arrivée.

— Oh, murmurai-je, les yeux écarquillés en regardant les robes et les étoles brodées de pierreries qui avaient été sélectionnées une à une pour moi. C'est... très gentil.

L'idée que quelqu'un puisse faire tout cela pour moi me donnait-elle vraiment envie de vomir ?

— Viens, je vais finir de te faire visiter.

Lorsqu'elle eut terminé, j'avais vu la chambre, la salle de bain et un solarium qui surplombait les terres obscures du château. Le soleil s'était couché depuis longtemps et l'obscurité hivernale, qui tombait trop rapidement, avait enveloppé le monde. Trop tôt, je me retrouvai seule dans cet espace trop grand, à me demander quoi faire.

Même si j'appréciais l'opulence, Kian et Xavier me manquaient un peu. Mais plus encore ? J'aurais aimé que Nyrah soit là pour voir tout ce luxe. De toute ma vie, pas une seule nuit je n'avais dormi seule, pas mangé un seul repas sans être accompagnée. Nyrah avait été mon ombre pendant six ans, mais au-delà de cela, elle était toute la famille qui me restait.

Pour me distraire, je pris le livre et mangeai la nourriture encore chaude, dont je me remplis l'estomac. Je me débarrassai ensuite de ma lourde robe et pris un bain dans la gigantesque baignoire en porcelaine qui monopolisait la salle de bains. Mais comme je n'avais rien pour me tenir occupée, la peine finit par s'installer et me transpercer la poitrine. Lasse, je me couchai entre les draps soyeux incroyablement doux et en même temps tellement irritants.

Je ravalai mes larmes, et en me blottissant sous les couvertures, je me cachai dans l'obscurité pour essayer de ne pas craquer. J'étais en sécurité et au chaud dans un lit confortable, et pourtant, je ne m'étais jamais sentie aussi triste depuis la mort de mes parents.

— *Tu n'es jamais vraiment seule, ma Reine*, murmura Rune dans ma tête, dont la voix ronronnante m'apporta un réconfort dont je ne pensais pas avoir besoin, mais que j'appréciai tout de même. *Mais je comprends. Je me sens seul ici, moi aussi, sans personne à qui parler.*

Surprise, je repoussai les couvertures et me redressai comme si je pouvais regarder ses yeux dorés alors qu'il se trouvait à l'étage inférieur.

— *T'es seul depuis longtemps ?* pensai-je en me demandant s'il pouvait m'entendre.

Mais il pouvait probablement entendre tout ce qui se passait dans ma tête, ce fouineur.

— *Je ne suis pas un fouineur. Tu possèdes simplement une connexion à mon esprit. Je suis lié à toi, tout comme je suis lié à Idris. Je ne saurais te dire combien de temps j'ai passé seul. Des siècles sans personne à qui parler, sans personne pour m'écouter. Forcé de regarder l'autre moitié de mon âme faire défiler une à une toutes ces sorcières qui n'avaient pas leur place dans ce château.*

Une connexion à son esprit ? Qu'est-ce que cela pouvait bien vouloir dire ?

— *Mais tu ne peux pas parler à Idris ? C'est l'autre moitié de ton âme, non ?*

Rune laissa échapper un soupir qui était peut-être un ricanement de dragon, pour ce que j'en savais. Toutefois, j'y décelai du mépris, incontestablement.

— *À part pour lui montrer de temps en temps à quel point il est stupide par le biais de rêves ? Non. La malédiction nous a séparés. Elle a brisé notre lien. Il sait qu'une Luxa fait partie de l'équation pour remédier à cette situation, mais le reste demeure un mystère pour lui. C'est toi, ma Reine, cette donnée inconnue. La seule Luxa à m'entendre.*

Cela me fendait le cœur de penser à sa solitude, à

sa voix étouffée, à son isolement de tous et de tout, au fait qu'il était coincé seul sous un château.

— *Alors, parle-moi, Rune. Dis ce que tu veux. Ça m'aidera à m'endormir. Je n'ai jamais passé une nuit seule auparavant.*

Rune parla donc, me raconta l'histoire de ce royaume et de l'enfance d'Idris, quand leurs âmes étaient encore unies. Il me relata son passé jusqu'à ce que mes paupières s'alourdissent. Je me calai alors sur les oreillers, tirant les couvertures jusqu'à mon nez, tandis que sa voix apaisante me berçait pour m'endormir.

Mais lorsqu'une lame brûlante me traversa l'épaule, je me souvins de l'avertissement de Rune.

Le château était dangereux.

Et j'étais sur le point de découvrir précisément pourquoi.

CHAPITRE 16

VALE

La lumière de la lune se refléta sur la lame d'argent prête à frapper, la pointe enduite de l'épais liquide écarlate de mon sang. Le temps sembla se figer lorsqu'une unique goutte tomba sur la couverture pâle et que le tissu absorba le sang comme s'il était affamé.

— *Fuis,* cria Rune dans ma tête d'une voix plus distante qu'elle ne l'avait été auparavant. *Fuis avant que mon emprise sur lui faiblisse.*

Mais j'étais moi aussi pratiquement figée. Choquée par la découverte d'une personne en ce lieu, de quelqu'un qui m'attaque dans le seul endroit où je me croyais en sécurité. Cela me dépassait. Ou peut-être était-ce l'objet avec lequel on m'avait poignardée. Mon sang crépita et produisit un bruit sec sur la dague brandie tandis que le temps semblait ralentir encore plus.

Du *Lumentium*.

La lame était empoisonnée et m'avait déjà blessée. Mais c'était bien pire que les pierres que j'avais l'habitude de tenir et que je laissais entailler mes paumes pour contenir mon pouvoir. Le choc et la souffrance me privaient de mes sens, m'empêchaient presque de respirer. Toutefois, malgré les effets inhibiteurs du métal, je sentis la magie charger l'air, bombarder mes sens alors que mon cerveau rattrapait enfin son retard.

Mon bras gauche était inutilisable, mais je réussis à m'éloigner en roulant sur moi-même. Je me pris les jambes dans les couvertures et tombai du lit. Et soudain, je compris. Je pouvais le faire grâce à Rune, qui maintenait mon agresseur immobile en utilisant la magie pour que je puisse m'échapper.

Effondrée sur le sol glacial, je m'efforçai de me mettre debout, mais mes membres étaient léthargiques et lents, mon esprit embrouillé.

Mon agresseur était plongé dans l'ombre, sa tête dissimulée par une cape noire. D'épais gants enveloppaient ses mains, ce qui expliquait sans doute pourquoi il pouvait manier la lame. Beaucoup de gens à Festia possédaient leur magie depuis la naissance.

Cette lame pouvait et aurait dû le blesser tout comme elle l'avait fait avec moi.

— *Je perds mon emprise sur lui, ma Reine. Tu dois t'enfuir.*

Mais je ne savais pas où j'étais censée filer ni ce qui se passerait si je ne courais pas assez vite. J'essayai d'appeler le pouvoir qui m'habitait en puisant dans les présents que m'avait donnés Rune.

Aussitôt que le pouvoir de Rune faiblirait, l'inconnu s'en prendrait à moi. Je devais me battre, le blesser avant qu'il m'attaque.

C'était bien ça ?

— *Non, ma Reine. Tu dois fuir. Rejoins les dragons. Ils peuvent te protéger.*

La belle affaire ! Je ne savais même pas où ils se trouvaient. Suivant tout de même son conseil, je me précipitai vers la porte de la chambre comme si ma vie en dépendait.

La magie répandue dans la pièce sembla se refermer brusquement sur ma peau, et le monde s'accéléra. Mes pieds n'étaient plus coincés dans la mélasse, ce qui me parut être une très mauvaise chose. Avant que je ne puisse atteindre la porte, je sentis une main qui se refermait sur mon épaule blessée et m'obligeait à m'agenouiller. Mon agresseur plongea son pouce dans le trou béant de ma blessure, et une douleur fulgurante descendit ma colonne vertébrale. Un cri étranglé s'échappa de ma gorge, et je donnai un coup de pied qui heurta son genou. Le claquement de l'articulation quand elle se disloqua me réjouit et des larmes chaudes coulèrent sur mes joues.

— *Lève-toi. Tu dois te lever, ma Reine.*

Ne voyait-il pas que j'essayais ?

Du sang s'écoulait de l'entaille, trempant ma chemise de nuit, dégoulinant le long de mon bras, et je glissai dans la flaque qui s'était formée. Haletante, je parvins à ramper avant de me relever. La porte de la chambre s'ouvrit avec fracas, et pendant une fraction de seconde, j'eus un remarquable moment d'espoir. Puis la silhouette menaçante qui apparut sortit une dague du fourreau fixé à sa hanche.

Arme levée, elle fut sur moi en un instant, ses pas avaient été si rapides que je l'avais à peine vue. Une peur aveugle et un pic de rage embrasèrent mon ventre et une vague de lumière jaillit de ma blessure tandis qu'un cri montait dans ma gorge. Mon pouvoir s'envola de moi, comme tiré par une force invisible, et une flèche magique transperça mon adversaire.

Du sang et des viscères tombèrent sur le sol glissant et me donnèrent la nausée. Au milieu de la pièce froide, ma peau fumait tandis que l'épuisement assaillait mes membres, et je faillis tomber dans la flaque des organes qui avaient appartenu à l'un de mes agresseurs. Mais mon pouvoir ne s'arrêta pas là. Il continua de se répandre de la plaie en changeant le pourpre du sang en or alors qu'il s'écoulait de mes doigts vers le sol.

Il frémissait sur la pierre froide, bouillonnant et pétillant comme si tout mon corps était un brasier. Je voulais m'enfuir – j'aurais dû le faire – mais il y avait un autre homme dans la pièce. Si je partais, il risquait de s'échapper. Et dans ce cas, nous ne connaîtrions jamais son objectif ou la raison pour laquelle il avait voulu me tuer dans mon lit.

Rune rugit son mécontentement, ses paroles, prononcées d'une voix beaucoup plus forte qu'avant, ébranlèrent mon crâne.

— *Je viens à toi. Va sur le balcon. Tout de suite.*

Mais j'avais besoin de savoir. Je m'élançai, j'agrippai la grosse capuche de mon ennemi, découvris sa tête, et la lumière qui se déversait de ma blessure ensanglantée illumina son visage. Des yeux vides et blanchâtres me fixèrent, en parfaite contradiction avec son visage juvénile et ses joues potelées. Ce n'était qu'un garçon, à peine un homme, et pourtant ce regard appartenait à un ancien.

Lentement, il remboîta sa jambe blessée avant de

la ramener sous lui. Il n'y eut aucune émotion, aucun cri de douleur, rien. Si l'effort n'avait pas fait rosir sa peau, j'aurais cru qu'il revenait d'entre les morts.

De la magie noire crépita autour de sa tête, tissant une toile dans ses cheveux et tourbillonnant dans ses oreilles et son nez. Il ne broncha même pas lorsqu'elle pénétra dans sa bouche en ondoyant tel un serpent, puis un rire sinistre et rauque secoua sa poitrine.

— Il n'y a aucun endroit sûr pour toi, petite Luxa, déclara-t-il, et sa voix semblait être celle de tout un chœur masculin. On va en finir avec toi et toute ta lignée.

Ce n'était pas un revenant, c'était autre chose. J'ignorais tout de la magie noire qui circulait dans son sang et je préférais ne rien savoir.

Sa main se resserra sur la lame, ce qui m'indiqua qu'il était grand temps que j'écoute Rune avant qu'il ne soit trop tard. Mais au lieu de courir vers la porte en enjambant les morceaux de corps éparpillés, je changeai de cap pour me diriger vers les portes vitrées qui menaient au balcon privé que je n'avais pas encore visité.

La porte trembla lorsque je la percutai et mes doigts ensanglantés glissèrent sur la serrure alors que j'essayais d'ouvrir ce fichu truc. Et soudain, je sentis des mains dures se refermer sur mes épaules, avant de me soulever pour me projeter à travers la vitre.

Des éclats de verre coupèrent ma peau, et lorsque j'atterris sur le balcon de pierre, le vent glacial de l'hiver me lacéra encore plus que la vitre. Mes poumons se vidèrent de leur air, aucun son ne parvenait à mes oreilles. Mon cœur battait la chamade tandis que des rais de lumière jaillissaient de chaque nouvelle plaie.

Un ricanement lugubre franchit ses lèvres noircies lorsqu'il m'arracha du sol en agrippant le devant de ma chemise de nuit.

— Tout le monde disait que t'étais forte, puissante et protégée. Mais qu'est-ce que tu représentes pour le roi s'il t'a laissée sans défense ? lança-t-il en penchant la tête sur le côté et en approchant la dague de ma gorge.

Je sentis le métal empoisonné me brûler à chaque seconde qu'il passa contre ma peau.

— La malédiction restera intacte. Aucune Luxa ne déchaînera la bête. Tu mourras comme toutes les sorcières avant toi, et quand ta sœur atteindra l'âge adulte, on la tuera aussi.

Le temps sembla s'arrêter à nouveau, mais cette fois, je sus que la magie de Rune n'avait rien à voir là-dedans.

Kian et Xavier étaient les seuls au courant de

l'existence de Nyrah, et Rune ne pouvait en parler à personne. Je n'imaginais aucun des deux hommes me trahir de la sorte, donc personne ne pouvait connaître cette information, à moins que...

À moins que quelqu'un du château n'ait été en contact avec la guilde. Nyrah était en danger. Ma rage marbra ma vision, m'aveugla, et au même moment, un rugissement ébranla les fondations mêmes du château. Mais ce son n'était que l'écho de celui qui sortait de mes propres poumons. La lumière éblouissante surgit de ma peau et un dôme de magie le repoussa.

Un goût cuivré envahit ma bouche, mais je m'en moquai. Personne ne vivait après avoir menacé ma sœur.

Personne.

— *Arrête, Vale*, grogna Rune en ponctuant ses paroles par un véritable rugissement qui paraissait très proche et qui secoua ma poitrine.

Je jetai un coup d'œil à la tourelle voisine, moins déroutée que je n'aurais dû l'être par la présence d'un dragon rouge géant perché dessus à moins de quinze mètres de moi. Sa gorge s'emplissait de feu, et je dus lutter contre l'envie de hurler.

— *Laisse-moi l'achever avant que tu te consumes.*

— *Pas avant que je puisse l'interroger*, affirmai-je d'une voix sifflante en ignorant le sang qui coulait de mes mains, de mon nez et des entailles de mes jambes.

La douleur essayait tant bien que mal de se manifester, mais j'étais obnubilée par l'idée de découvrir qui avait envoyé cette ridicule marionnette pour me tuer et quel lien avait cette personne avec la guilde.

La magie de celui qui avait voulu m'assassiner vacilla face à la mienne quand il regarda derrière moi. Le noir qui entourait sa tête se mit à crépiter et une lueur revint illuminer ses yeux un instant. La brume laiteuse disparut de ses iris et il fixa le dragon, bouche bée.

Le rugissement de Rune retentit dans l'air en m'assourdissant alors que ma propre magie faiblissait. Un voile blanchâtre brouilla à nouveau les yeux de mon assassin, et il montra ses dents noircies à Rune. Puis il tourna les talons, partit en courant et s'engouffra entre les portes défoncées.

Je fis un pas pour le suivre, mais les forces sur lesquelles je comptais pour me faire avancer semblèrent m'abandonner d'un seul coup. Du verre m'entailla les paumes au moment où je tombai à genoux, haletante, alors que l'air semblait se figer dans mes poumons.

Mais pour Nyrah, je continuerais.

J'étais prête à me traîner et à laisser le verre me

taillader la peau si cela pouvait me permettre de le retenir.

— *Arrête, ma Reine. S'il te plaît, arrête.*

— *Je ne peux pas. Il connaît l'existence de Nyrah. Je dois l'attraper.*

J'avais à peine réussi à atteindre l'intérieur de mes appartements quand la double porte s'ouvrit. Une magie bleue flamboyante, illuminant le sol et les murs, stoppa mon assassin dans son élan.

Trois silhouettes apparurent à la porte : Kian, Xavier et Freya, qui se mirent en travers du chemin de mon ennemi. Dans un soupir de soulagement, qui ressemblait bien plus à un gémissement que je ne l'aurais souhaité, je m'effondrai sur le carrelage froid, en priant pour qu'ils obtiennent les réponses dont j'avais besoin.

Ils levèrent leurs armes pour attaquer, mais avant qu'ils puissent le décapiter ou que je puisse les stopper, l'assassin plongea sa dague empoisonnée dans sa gorge et se la trancha. Il était mort avant que son corps touche le sol.

— Non, gémis-je, patinant dans mon propre sang avant de m'écrouler sur le sol recouvert de verre.

Mon corps fut secoué d'une toux grasse tandis qu'une douleur cinglante me déchirait.

Le monde s'assombrit autour de moi, ma lumière

crépita, puis disparut. Des ombres apparurent autour de moi, leurs cris s'évanouirent.

Mes paupières se fermèrent.

Ma respiration s'arrêta.

Mon cœur...

J'EUS L'IMPRESSION QUE MA POITRINE AVAIT ÉTÉ frappée par la foudre.

Un brasier ardent s'alluma en moi, me dévora le ventre, les membres et la tête. J'ouvris la bouche pour crier, mais aucun son ne sortit. Ou du moins aucun son perceptible par mes oreilles. J'avais l'impression d'être sous l'eau, je cherchais désespérément à respirer mais je suffoquais à cause du sang cuivré qui emplissait ma bouche.

Je voulus ouvrir les yeux, leur crier d'arrêter, mais j'étais emprisonnée dans mon esprit et la douleur me ravageait. L'obscurité se dissipa, et l'éclat du feu me tira de ses profondeurs.

— On doit arrêter de se rencontrer comme ça, dit Idris, qui s'agenouilla à mes côtés sur le sol en se forçant à rire.

Il y avait du verre partout et j'étais aussi recouverte de sang qu'avant, mais ce monde semblait différent.

— Est-ce que je rêve cette fois ou est-ce que je suis morte ?

Des mains douces me relevèrent du sol froid. Leur chaleur m'apaisa alors qu'une nouvelle vague de douleur ébranlait mon corps. J'essayai de me détendre à leur contact, mais je souffrais trop.

— Ni l'un ni l'autre, ma petite téméraire. Du moins, pas encore.

Je compris l'allusion.

— Ils essaient de me sauver... de me garder en vie. Pour toi.

Parce que je n'étais dans ce château que pour une seule raison, n'est-ce pas ? Pour survivre, pour subir, pour briser une malédiction alors que je ne connaissais rien à la magie. Pour être remisée dans un coin du château, en attendant d'être utilisée comme une arme.

— Pas pour moi. Pour toi. Ils ont refusé de te voir mourir, et je ne peux pas leur en vouloir. T'es trop précieuse pour qu'on te perde.

Malgré sa chaleur qui soulageait un peu ma douleur, j'arrachai ma main de la sienne.

— C'est pour ça que tu m'as laissée sans protection ? Sans défense ? Pour ça que t'as laissé entrer dans ma chambre quelqu'un qui voulait essayer de me tuer dans mon sommeil ? dis-je avec un petit rire dépourvu de

gaieté. Pas étonnant que toutes les Luxas meurent dès qu'elles viennent ici. Nos vies t'importeraient peu même si t'essayais de t'y intéresser.

— Je n'ai pas...

— Combien sont venues ? crachai-je, la poitrine envahie par le désespoir. Cent ? Mille ? Deux cents ans, et personne n'a survécu ?

— Cinquante et une. Sans te compter, répondit-il tandis que ses yeux dorés brillaient de chagrin et qu'il s'approchait de moi. Je me souviens de tous leurs noms. Chacun. D'entre. Eux.

Sa chaleur m'enveloppa tandis qu'une nouvelle vague de douleur me parcourait.

— Et tu n'étais pas sans protection. Tes gardes ont été assassinés, mais ils t'ont défendue jusqu'à leur dernier souffle.

Mais lui, où était-il ?

Où étaient Kian, Xavier ou même Freya ?

Pourquoi avais-je été seule ?

— Ce n'est pas leur faute. Ils essayaient d'apaiser ma jalousie en gardant leurs distances.

Cette information ne fit qu'empirer les choses.

— Tu les as obligés à me conduire ici, puis à m'abandonner ? Tu m'as arraché les seules personnes auxquelles je savais pouvoir confier ma protection, et pour quelle raison ? Si tu me désirais tant, où est-ce que tu étais ? Est-ce que je suis juste un jouet pour toi ? Un

truc dont tu n'as envie que quand quelqu'un d'autre s'y intéresse ?

La douleur assaillant ma poitrine n'était pas due à la guérison, mais aux actions d'Idris.

— Non, Vale. Je ne leur ai pas demandé de t'abandonner. Je n'ai pas...

Serrant les dents, il me releva du sol froid pour m'attirer contre son torse. Une chaleur volcanique enveloppa mon corps et atténua le plus gros de la douleur.

Une partie de ma colère se dissipa grâce à ce répit, mais pas la totalité.

— Je ne m'attendais pas à ce que tu m'affectes ainsi, avoua-t-il, ce qui me réchauffa un peu plus. Ma magie réagit à ta présence et mon esprit a du mal à suivre. Dans la salle du conseil, t'as été si facilement blessée, et... Je ne savais pas si c'était ma magie qui te changeait ou la leur, reprit-il en secouant la tête, ses yeux dorés implorant mon pardon. Je voulais juste que tu guérisses. Je n'ai rien souhaité de tout ça. Je...

En un geste d'apaisement, je plaçai ma main sur sa bouche pour le faire taire en douceur tandis que j'appuyais mon front contre le sien. Je devais arrêter d'envisager le pire avec lui. Cela ne nous menait nulle part.

— Je t'ai mal compris. Je suis désolée.

— Non, Vale, répondit-elle en s'écartant, l'air bouleversé. C'est moi qui suis désolé. Tu a été blessée parce que je n'ai pas pu te protéger.

Même si c'était vrai, je ne le tenais pas pour responsable. Plus maintenant.

— Je vais me racheter. Je te le jure.

Sa voix s'évanouit en même temps que la lumière de la lune. L'obscurité m'entoura, mais la chaleur d'Idris demeura.

— Tu seras protégée. Je te le promets.

Des mots tendres.

Mais il ne pourrait tenir sa promesse que si je survivais.

CHAPITRE 17

VALE

La dernière fois que je m'étais réveillée d'un rêve avec Idris, cela avait été beaucoup plus agréable. Péniblement, j'ouvris les paupières, en souhaitant me faire emporter par la mort. La gorge douloureuse, le corps en feu, j'essayai d'évaluer les dégâts. Je n'étais pas sur le sol jonché de verre de mes quartiers. C'était une bonne nouvelle, mais je me serais bien passé de ce goût cuivré dans ma bouche.

Des yeux ambrés rencontrèrent les miens, ceux du visage de Kian, si anxieux que ses traits semblaient avoir été gravés dans mon sang. Sa tête reposait sur un confortable oreiller, son corps était blotti contre le mien, et un agréable sentiment de sécurité m'aida à respirer un peu plus facilement.

M'avait-il regardé dormir ?

En attendant que je me réveille ?

Et pourquoi cela apaisait-il mon âme meurtrie ?

— J'ai vu assez de ton sang pour toute une vie, ma belle sorcière, déclara-t-il d'une voix dévastée qui rendait son chagrin évident et qui me prit aux tripes. Tu vas devoir arrêter de faire des trucs pareils.

— Faire quoi ? demandai-je d'une voix enrouée, essayant tant bien que mal de me redresser sur le matelas moelleux, mais peu adapté à mon corps endolori.

— Manquer de mourir devant moi, murmura-t-il, en glissant ses bras puissants sous moi pour m'attirer contre son torse.

Le simple fait de toucher sa peau me fit soupirer de soulagement, mais ses paroles me nouèrent un peu plus l'estomac. La peur qui avait toujours ses griffes plantées en moi semblait se dissiper un peu, mais des larmes me piquaient les yeux.

— Je ne peux pas le supporter, admit-il, et je voulais vraiment apaiser ses craintes. J'ai cru bien faire en te laissant seule, mais je n'aurais pas dû accepter. J'aurais dû être présent.

Oui, il aurait dû être là. Mais nous ne pouvions pas changer le passé.

— Est-ce que j'étais protégée par des gardes ? demandai-je, sans savoir si la conversation que j'avais eue en rêve avec Idris était réelle.

— Quatre devant la porte, quatre dans le couloir,

affirma-t-il en hochant solennellement la tête. Formation standard pour un membre de la famille royale. C'est Idris qui a insisté, mais Xavier et moi aurions demandé le même type de protection de toute façon.

Mon Dieu, je n'avais rien imaginé, alors…

— Ils sont tous morts, c'est ça.

Ce n'était pas une question, alors ma phrase n'en avait pas l'intonation. Je n'avais rien imaginé. Rien.

— Comment tu le sais ?

Je n'avais pas envie de lui cacher quoi que ce soit. J'étais trop fatiguée.

— Idris me l'a dit.

— Quand ? demanda Kian en regardant autour de lui comme s'il cherchait dans les recoins obscurs de la pièce le roi qu'il servait.

— Dans mes rêves. Mais je ne pense pas que ça en ait été un. Pas vraiment. Il essayait de soulager ma douleur. Je crois que vous étiez en train de me réanimer, mais j'avais tellement mal que je voulais mourir. Comme sur la montagne, il m'a maintenue en vie. J'étais vraiment furieuse que vous m'ayez abandonnée.

Je ravalai mes larmes, sachant qu'elles ne serviraient à rien. Pas maintenant.

— Il a dit que mes gardes étaient tous morts, qu'ils s'étaient battus jusqu'à leur dernier souffle pour me sauver, mais qu'ils avaient échoué. Il a dit que c'était sa faute si vous n'étiez pas avec moi. Que vous aviez juste essayé de faire un truc bien.

— Putain de martyr, grommela Kian en levant les yeux au ciel avant de lever la tête vers le plafond. Il se blâme toujours. Après deux cents ans, on aurait pu croire qu'il aurait appris sa leçon.

À la façon dont il avait formulé sa phrase, je compris que Kian et Xavier étaient aux côtés d'Idris depuis le début. Qu'ils avaient tout traversé avec lui. Deux cents ans à regarder les sorcières échouer dans leurs tentatives de briser sa malédiction. Deux cents ans à trouver de nouvelles Luxas pour les voir mourir. Je n'avais jamais pensé qu'ils étaient aussi vieux que le roi. Je comprenais mieux le chagrin qui marquait son visage, la lueur qui brillait dans ses yeux, l'ancienneté de la tristesse qui semblait se dégager de lui.

— Je crois que ça l'a fait souffrir de faire disparaître ma douleur, murmurai-je en passant mes doigts sur l'épaisse cicatrice barrant la mâchoire de Kian.

Je me demandai dans quelles circonstances il l'avait eue ou même s'il s'en souvenait, et je luttai contre l'envie de l'embrasser.

Kian ferma les yeux, serra les mâchoires, et je me demandai si cette légère caresse ne l'avait pas affecté lui aussi.

— Je ne voudrais pas que tous ses efforts soient

réduits à néant. Tu crois que je vais vivre ? lançai-je en essayant de retrouver ses yeux d'ambre.

Kian ricana, et ce son dénué de joie fit vibrer ma poitrine d'une manière presque agréable.

— Il faudra du sang de vampire, toute la force de Xavier et la magie de Rune, mais ouais, tu vas t'en sortir. Par contre, si des crocs te poussent, Freya a dit que tu ne devrais pas le lui faire payer.

Je portai la main à ma bouche, mais aucune de mes dents n'avait changé, elles étaient toutes comme elles étaient avant que quelqu'un manque de me tuer dans mon propre lit.

— Pas encore de crocs, alors ? dit-il en ricanant et d'une voix un peu plus enjouée cette fois-là. C'est une bonne chose. La magie des sorcières devient instable une fois révélée. Je préférerais que Xavier n'ait pas à la fois à te former et à s'occuper d'un bébé vampire. Il y a des priorités, tu vois ?

Je ne voulais pas être un vampire. La guilde racontait des horreurs sur ces monstres buveurs de sang, et même si je savais qu'elle avait menti la plupart du temps, le goût du sang dans ma bouche prouvait que je ne ferais pas une très bonne vampire. J'arrivais à peine à assumer le fait d'être une Luxa.

La malédiction restera intacte. Aucune Luxa ne déchaînera la bête. Tu mourras comme toutes les sorcières avant toi, et quand ta sœur atteindra l'âge adulte, on la tuera aussi.

Le souvenir des paroles de l'assassin me fit l'effet d'un coup de poing dans le ventre.

— Ils connaissaient l'existence de Nyrah, murmurai-je alors que de nouvelles larmes emplissaient mes yeux. L'homme... l'assassin, m'a dit qu'ils s'assureraient que je ne brise pas la malédiction. Et qu'ils tueraient ma sœur lorsqu'elle atteindrait l'âge adulte.

— Ils venaient de la guilde, alors, en conclut Kian, qui s'était raidi. On s'en doutait. Personne ici ne sait qu'elle existe. Xavier et moi n'avons rien dit. Et j'en déduis que tu le caches à Idris pour savoir si tu peux lui faire confiance.

La peur – la vraie –, assiégea toutes les parties de mon corps.

— Mais ce type connaissait son existence. Et quelqu'un parlait à travers lui. Comme s'il servait de poupée ou de marionnette. Mais il avait du *Lumentium* dans la main. Je...

— Je sais. Freya l'a senti dès qu'elle est arrivée dans le couloir. Cette forme de magie diffuse une certaine odeur. C'est une magie dangereuse que seuls les mages noirs utilisent. Des mages plus sinistres que ceux qu'on a rencontrés sur la route. Leur magie ne réagit pas de la même manière au *Lumentium*, probablement à cause de son origine.

Dès que Freya sera reposée, elle partira en chasse. Elle les trouvera.

— Ils savaient où j'étais, ils connaissaient la mise en place des gardes, ils sont au courant pour Nyrah. Je dois...

— Guérir. Il a dit qu'ils la tueraient quand elle aurait atteint l'âge adulte, n'est-ce pas ? Ça signifie qu'ils ne savent pas où elle se trouve. Ce qui veut dire qu'elle a quitté la guilde si Arden est toujours en vie. S'il savait qu'elle était issue de la même lignée que toi, il l'éliminerait avant même qu'elle ne devienne une Luxa. Peu importe qu'elle n'ait pas encore atteint l'âge adulte. Crois-moi.

Un froid glacial m'envahit quand je me souvins des yeux dorés d'Arden.

— Il n'est pas humain, n'est-ce pas ?

— Non, il ne l'est pas, confirma Kian en plongeant son regard dans le mien.

La vérité me retourna l'estomac.

— S'il n'est pas humain, alors qu'est-ce qu'il est ? chuchotai-je.

Mais les pièces du puzzle se mettaient en place. Les dragons terrorisaient la montagne, mais Idris ne pouvait pas être en être le responsable, car Rune et lui étaient séparés. Kian et Xavier ne tueraient pas des innocents, alors il ne restait plus que...

— C'est un dragon. Le pire d'entre nous.

Ce n'était pas une guerre entre deux factions, cela avait toujours été une guerre entre les dragons. Et si Arden n'était pas humain, cela signifiait qu'il était en quelque sorte venu se confesser lorsqu'il m'avait annoncé que mes parents avaient préféré sauter plutôt que de brûler.

— Il les a tués, n'est-ce pas ? Mes parents. Il m'a dit qu'ils avaient fui les dragons, qu'ils avaient sauté dans le gouffre pour éviter de se faire brûler, mais depuis le début, c'était lui, le coupable.

Kian me rapprocha de lui, partageant avec moi sa chaleur pour me réconforter.

— Dans la salle du trône, quand t'as dit qu'un des nôtres avait tué tes parents, j'ai tout de suite compris que c'était lui.

Mon cœur se fendit quand je réalisai qu'il m'avait menti pendant toutes ces années. Cela me donnait encore plus envie de briser la malédiction, ne serait-ce que pour le voir disparaître.

— Quand ce sera le moment pour lui de mourir, promets-moi de prendre ton temps.

— Je te reconnais bien, dit Kian en me serrant tendrement.

Après quoi il se leva du lit. Ce ne fut qu'à ce moment-là que je remarquai les murs en brocart sombre qui rehaussaient l'ambre de ses yeux.

— C'est ta chambre ?

Kian eut un petit rire à la fois enjoué et ironique.

— Comme si j'allais te laisser dormir ailleurs ! Xavier est dans l'aile médicale pour se remettre d'avoir trop utilisé son pouvoir. Freya cherche quelqu'un à se mettre sous la dent pour régénérer le sang que t'as pris, et Idris se bat pour ne pas faire tomber le château entier sur nos têtes. Tu n'as que moi, mon cœur.

Mon cœur. Il me semblait que cela faisait très longtemps que quelqu'un ne m'avait pas appelée ainsi. Et certainement pas quelqu'un dans son genre. Je m'empourprai en entendant ce petit nom, et je sentis que je souriais, malgré mon corps qui avait envie de se tapir dans un trou et de dépérir. Xavier souffrait à cause de moi. Si Kian ne m'avait pas donné le sentiment d'être blasé à ce sujet, mon cœur se serait certainement délogé de ma poitrine à force de la marteler.

— Je ne vais pas me plaindre, murmurai-je. Elle est à ton image.

— Je suis content que ça te plaise. Maintenant, je te propose de prendre un bain et de te reposer, et éventuellement de prendre un bon petit déjeuner. Ensuite, tu pourrais peut-être convaincre le dragon géant qui est là-bas, sur la tourelle, de se calmer.

— Rune ? m'étonnai-je en ouvrant de grands yeux.

— Il a failli forcer l'entrée du château à coups de griffes pour te rejoindre. Si Idris ne l'avait pas arrêté, il t'aurait probablement emmenée avec lui avant de nous manger tous pour nous punir d'avoir permis que tu sois blessée.

— *Rune ?* l'appelai-je télépathiquement, craignant que ma voix se brise si je prononçais son nom à voix haute.

Il n'avait pas quitté mon chevet.

Le dragon se manifesta dans mon esprit en resserrant sur moi son emprise réconfortante.

— *Ma Reine,* soupira-t-il tandis qu'une légère odeur de fumée envahissait mon nez. *Tu te réveilles.*

Était-ce son soulagement ou le mien que je percevais ? Je ne savais pas, mais cela calma mes articulations douloureuses.

— *Je vais bien. Je suis désolée de ne pas t'avoir écouté. J'aurais dû fuir quand tu me l'as demandé.*

— *Reste avec les dragons, ma Reine,* grogna-t-il d'un ton plutôt neutre, voire légèrement agressif, que je décidai cependant d'ignorer. *N'oublie plus jamais. D'accord ?*

Je doutais que Kian me laisse à nouveau sortir de son champ de vision, mais je devais rassurer l'énorme dragon qui avait tout fait pour me sauver la vie.

— *Oui. Va dormir un peu. T'as l'air fatigué.*

Ce satané dragon grommela à nouveau, mais je

pus presque sentir ses mouvements lorsqu'il quitta la tourelle pour retourner dans ses cavernes. Sa présence dans mon esprit s'était renforcée, ses émotions étaient plus vives, plus tangibles.

Il m'avait donné plus qu'un « peu » de son pouvoir. Il s'était écorché pour moi.

— *Merci de m'avoir sauvée.*

Si les dragons avaient pu sourire, cela aurait ressemblé à l'expression qu'afficha Rune.

— *Merci d'être restée en vie.*

Si j'avais pu serrer un dragon géant dans mes bras, je l'aurais fait.

— Rune m'a dit de rester avec toi parce qu'il va se reposer.

Manifestement soulagé, Kian me fit quitter la chambre pour la salle de bain. Dans la baignoire qui se remplissait grâce à une buse en métal qui sortait du mur, l'eau parfumée aux senteurs divines fumait et faisait des remous.

— Comme si t'allais partir ailleurs. Mais d'ici à ce que toute cette histoire soit terminée, t'en auras peut-être marre de moi.

Il me déposa par terre et me serra contre lui tout faisant passer par-dessus ma tête ma robe en lambeaux tachée de sang. Alors qu'une douleur lancinante irradiait dans mon épaule, j'essayai, sans succès, de ne pas rougir. Malgré ma souffrance, je me rappelai la dernière fois où j'avais été nue avec lui. Ce souvenir alternait avec la sensation de chaleur de son corps, que je pouvais percevoir à travers sa tunique contre ma peau nue.

Kian siffla en m'éloignant de lui pour examiner les dégâts, mais j'étais trop effrayée pour regarder. J'avais déjà eu des cicatrices par le passé et j'avais découvert que je préférais ne pas les voir. Mais l'expression ravagée de son visage me serra tellement le cœur que je fus obligée de détourner le regard.

— Je suis désolé de t'avoir laissée seule, Vale.

Sur ce, il m'attira contre lui, m'enveloppa de ses bras et déposa un baiser sur mon épaule blessée.

— Jamais plus. Je te le jure.

Je ne répondis pas, incapable de dire quoi que ce soit. Pas parce que je ne le croyais pas. Une partie de moi savait que ses paroles étaient sincères. Mais l'autre se demandait si tout cela était réel, si je rêvais encore.

Non, ton épaule ne serait pas en feu dans ce cas-là.

D'une main ferme, Kian m'aida à entrer dans l'eau, dont le niveau atteignait le dessous de mes seins. La chaleur fit des merveilles. À peine installée, je le vis retirer sa tunique ensanglantée de ses épaules, révélant ainsi des hectares de peau dorée et musclée, ornée d'une ribambelle d'épaisses cicatrices et de tatouages noirs tourbillonnants.

Un bain et un spectacle ? S'il m'était resté de l'énergie, j'aurais fait un petit commentaire, mais en l'état, avec la chaleur de l'eau qui faisait disparaître la douleur que je ressentais jusque dans mes os, j'étais trop lasse pour bouger. J'ouvris grand les yeux lorsque Kian baissa son pantalon, et je contemplai sans me cacher ses cuisses musclées, légèrement agrémentées de poils sombres. Sa bite se dressa progressivement au garde-à-vous.

La bouche sèche comme un désert, je tentai de déglutir sans succès. À moitié morte, je réfléchis à ce que je pouvais faire pour retrouver mon énergie. Si c'était un rêve, je devais en profiter au maximum, et sinon, la possibilité de mourir n'avait pas encore été écartée. Cela dit, s'il voulait faire des coquineries avec moi, il allait probablement devoir faire tout le travail.

Kian m'invita à me pencher pour qu'il puisse se glisser derrière moi dans la baignoire. Avec son volume, l'eau monta jusqu'à mes clavicules. Je me détendis un instant avant de me souvenir du spectacle qu'il devait avoir s'il regardait mon dos, et je ne pus m'empêcher de me raidir. Si, moi-même, j'ignorais mes cicatrices, je ne voulais surtout pas que lui les voie.

Dénouant ma tresse, je recouvris les pires avec mes cheveux.

— Je sais déjà, murmura-t-il en m'embrassant le cou.

Écartant les cheveux de mon épaule, il m'attira contre lui.

— Je les ai vues.

— Je ne suis pas... commençai-je, et la honte me submergea, car je savais quel signe marquait mon corps.

— Une hérétique ? Connaissant Arden, je suis sûr que tu n'es pas plus hérétique que moi.

Il passa un bras autour de ma taille et se mit à caresser l'os de ma hanche avec son pouce pour m'apaiser.

— Je parie qu'il t'a marquée lui-même et pour une raison insignifiante, n'est-ce pas ?

Mon corps se tendit. Voler de la nourriture n'était pas un acte mineur, mais ce n'était pas moi qui l'avais commis, alors...

Je hochai à peine la tête, mais c'était sans importance. La honte que m'inspirait cette marque se dissipa.

— J'ai accepté la punition à la place de ma sœur. Elle a été attrapée à voler de la nourriture, et pour qu'ils l'épargnent, j'ai dit à Arden que je l'avais encouragée à le faire. Elle n'avait que neuf ans, elle n'aurait pas survécu au châtiment.

Du bout de ses doigts, il inclina ma tête vers l'arrière pour pouvoir me regarder dans les yeux.

— T'es la femme la plus courageuse que j'aie rencontrée, tu sais ?

À l'époque, je n'avais pas eu ce sentiment. Je ne le pensais toujours pas.

— C'est ma sœur, chuchotai-je en haussant une épaule endolorie.

Et tout en sifflant de douleur, je jurai de ne plus bouger les épaules dans l'immédiat.

Mais malheureusement, Kian en avait décidé autrement. Sa mâchoire se durcit et une lueur de colère s'alluma dans ses yeux. Il s'en voulait de ne pas m'avoir protégée et allait immédiatement se rattraper.

— Aujourd'hui, tu te reposes et guéris. Demain, on débutera ton entraînement. Combat, magie, la totale.

Je haussai les sourcils, et ce seul mouvement suffit à endolorir tous les muscles de mon visage.

— Tu vas avoir droit à la formation accélérée de Luxa.

CHAPITRE 18
KIAN

Vale agrippa plus fermement la dague dans sa main tandis que ses yeux d'un vert éclatant s'illuminaient d'une petite pointe de son pouvoir. Cela faisait trois jours qu'elle essayait en vain de me toucher, et j'avais l'impression que cela l'énervait.

Bien.

Il fallait qu'elle soit en colère.

C'était un sentiment bien plus utile que la peur. Les derniers jours avaient été occupés par des leçons de magie et des entraînements au combat, et chaque nouvelle manœuvre qu'elle avait découverte avait renforcé chez elle l'odeur de la peur. Elle se rendait compte qu'elle ne savait pas grand-chose, et réalisait l'étendue du monde dans lequel on l'avait jetée, ce qui l'effrayait au plus haut point.

Rejoins le club, ma petite sorcière. Rejoins ce satané club.

J'avais eu une peur bleue quand je l'avais retrouvée couverte de sang, sans vie, le cœur arrêté, du verre planté dans sa chair, du sang coulant de ses plaies, sans savoir comment l'aider. Xavier et Freya avaient volé à son secours, mais moi ? J'étais resté là, à les regarder essayer de la remettre sur pied, incapable de faire quoi que ce soit pour elle.

Ne m'étant jamais senti aussi impuissant, aussi incompétent, aussi inutile qu'à ce moment-là, j'avais maudit Orrus d'avoir essayé de me l'enlever. Et j'avais prié. J'avais supplié tous les dieux et toutes les déesses, toutes les divinités auxquelles j'avais pu penser, juste pour qu'elle se remette à respirer, pour qu'elle vive, pour que son cœur continue de battre.

Rune s'était perché sur la balustrade en pierre du balcon, avait pénétré presque de force dans le château pour la rejoindre, et honnêtement, je ne pouvais pas lui en vouloir. Si elle était morte, je l'aurais supplié de me tuer.

Mais elle avait survécu, et quand elle s'était à nouveau mise à respirer, je m'étais promis que personne ne l'approcherait plus ou ne toucherait plus à un cheveu de sa tête. Plus jamais. Mais elle devait apprendre à se défendre, car si les dieux m'interdisaient de la protéger, elle *devait* savoir se débrouiller toute seule.

Elle devait vivre.

Pas pour la malédiction. Pas pour Idris, et pas même pour moi. Elle devait vivre pour elle-même parce que ce monde méritait de bénéficier de sa lumière. Et sans elle, l'univers serait froid et sombre.

Je ne pouvais pas dire qu'elle évoluait lentement. Elle pigeait vite et réussissait mieux à manier les couteaux que la plupart des soldats débutants. Ce qui lui faisait défaut : mettre en œuvre avec finesse ce qu'elle apprenait. Je supposais que c'était logique. Elle avait plus été habituée à se servir d'une pioche pendant des années que d'une dague. Mais son bras était encore trop frêle pour les haches que nous avions, alors nous nous en tenions aux dagues pour l'instant.

— Tu vas m'attaquer ou tu vas me tourner autour comme un vautour ? Si tu veux me frapper, alors fais-le, la taquinai-je pour essayer de l'énerver.

Ses yeux brillants s'embrasèrent à nouveau, seul indice qui révélait qu'elle allait passer à l'action. Puis elle feinta à gauche et s'élança sur moi, lançant le couteau en l'air tout en se précipitant sur moi. Elle le rattrapa à quelques centimètres à peine de mon visage et pivota sur la droite, tout en abattant le couteau, un mouvement que je ne l'aurais pas cru capable de faire.

Si je n'avais pas réussi à reculer d'un pas, elle m'aurait sectionné l'avant-bras jusqu'à l'os. Mais seul un mince filet de sang s'écoula de ma peau et s'accumula pour former une unique goutte avant que la chair cicatrise.

— *Oui* ! s'exclama-t-elle en se laissant aller à sautiller de joie. J'ai réussi !

Je luttai contre l'envie de la plaquer au sol. Depuis trois jours, son odeur me rendait fou. Me baigner avec elle avait été une erreur, mais je n'aurais pas pu m'en empêcher, même en essayant. Ce qui n'était d'ailleurs absolument pas dans mes intentions. Je voulais continuer de la toucher. Je voulais continuer de sentir son odeur.

Je souhaitais l'avoir dans mon lit, sous mon corps. Je désirais entendre ses gémissements dans mon oreille et sentir ses jus sur ma langue. Mais la priorité avait été donnée à sa guérison, et il lui restait encore beaucoup de chemin à parcourir. Je me contentais donc de l'enlacer jusqu'à ce qu'elle s'endorme et de rester éveillé pour m'assurer que personne ne lui ferait de mal.

Après le retour de Xavier de l'infirmerie, lui et moi avions dormi à tour de rôle à ses côtés. Chacun à son tour, nous la formions et la protégions pendant que Freya traquait les coupables.

Et chaque nuit, alors qu'elle était dans mon lit et dans mes bras, j'avais du mal à oublier celle que nous avions passée ensemble avant de venir là. Quand elle était encore en sécurité. Quand personne ne connaissait son existence. Quand ses baisers timides et ses délicieux gémissements s'étaient transformés en cris de plaisir, quand elle avait mis mes sens en ébullition avec sa langue malicieuse.

Si j'avais su ce qui allait se passer, je ne l'aurais jamais prévenue que nous voulions l'enlever avant que nous soyons tous sur le ferry. Si j'avais su...

J'abattis le bout plat de ma lance en bois sur son cul tendu pour lui rappeler que nous étions là pour nous exercer. Enveloppée des chevilles au cou dans des chausses extrêmement souples conçues spéciale-ment pour les combats, elle était magnifique. Chaque mouvement qu'elle faisait dans ces vêtements faisait durcir ma bite qui brûlait d'envie de sortir.

— Reprends-toi, Vale, la disputai-je en l'enlaçant avant d'arracher le couteau ensanglanté de sa main. Tu crois qu'un combat est terminé après une touche ?

Était-ce une remarque de connard ? Oui.

Était-ce une remarque pertinente ? Oui, aussi.

Un froncement de sourcils entacha la joie qui s'était épanouie sur son visage, et elle perdit son beau sourire, mais je continuai, même après qu'elle eut récupéré la lame.

— Tu crois qu'ils vont s'arrêter et te laisser te réjouir s'ils veulent vraiment te tuer ? Qu'ils vont poser leurs épées et te laisser reprendre ton souffle ?

L'air abasourdi, elle baissa les yeux pour fixer le sol, la mâchoire crispée.

Putain !

— T'as raison, Kian, chuchota-t-elle en lançant la dague avec une telle force qu'elle se planta dans le parquet, juste à côté de mon pied.

À un centimètre près, j'aurais pu dire au revoir à un orteil.

— Est-ce que t'as d'autres informations vitales à me communiquer, ou bien je peux m'arrêter pour aujourd'hui ? Ça fait six heures qu'on s'entraîne. Si j'avais voulu m'épuiser au travail, je serais restée dans la guilde.

Elle ne me laissa même pas le temps de répondre après cette dernière pique cinglante. Elle tourna sur ses talons bottés et se dirigea vers la porte de sortie sans un regard en arrière.

Je ramassai sa dague, celle que je lui avais achetée en ville, et la rangeai dans un passant libre de ma ceinture. Depuis quelque temps, elle la gardait sous son oreiller lorsqu'elle dormait et dans le fourreau accroché à sa hanche lorsqu'elle était en tenue de combat. Le fait qu'elle l'ait jetée à mes pieds prouvait qu'elle était vraiment en colère.

Ouais, j'avais été un peu loin sur l'échelle du connard.

Avec une vitesse à laquelle j'avais rarement recours en sa présence, je parvins à m'interposer entre la porte et elle. Vale s'arrêta net et me foudroya d'un regard littéralement incendiaire.

— Je suis désolé, murmurai-je en levant les mains pour souligner mes paroles. Je n'aurais pas dû me défouler sur toi.

Mais cela me sembla tout aussi faux que vrai.

— Mais je suis vraiment en colère d'avoir l'esprit embrouillé. Je savais ce qui t'attendait à ton arrivée ici. Outre ce satané dragon sous le château, il y avait le conseil, les épreuves, tout le reste.

J'eus un petit rire qui n'avait rien d'enjoué, et je saisis une poignée de mes cheveux. Il me fallut lutter pour ne pas les arracher.

— Regarde ce qui s'est déjà passé. Je voulais te faire quitter ce putain de continent pour te mettre en sécurité, et maintenant, je t'en veux parce que tu n'as aucune idée de ce que j'ai vécu en te voyant frôler la mort. Non, en fait, pas «frôler» : ton cœur s'est arrêté, tu as cessé de respirer, et il a fallu que Rune, Xavier et Freya déploient tous leurs efforts pour te ramener à la vie.

Ma gorge s'obstrua presque tant les larmes que je refusais de verser m'encombraient. Si je ne pleurerais pas, c'est parce qu'elle était en vie à présent, et que je me sentais reconnaissant. Mais bon sang, cela avait failli me tuer.

— T'étais morte, et j'étais impuissant.

— Et c'est ma faute ? demanda-t-elle alors que ses magnifiques yeux s'illuminaient et qu'elle me contournait pour ouvrir la porte. Parce que je n'ai pas voulu monter sur ce foutu bateau ? Votre petit plan pour me faire quitter le continent n'incluait pas ma sœur, et vous n'avez même pas envisagé de me demander mon avis avant de le mettre en œuvre. Vous ne m'avez même pas *consultée*. Vous me l'avez juste *dit*.

Secouant la tête, elle traversa mes appartements pour se rendre dans la chambre, où elle détacha les fermoirs de son haut en cuir pour le retirer. Dessous, elle portait un débardeur noir moulant qui gainait ses courbes et ne faisait rien pour calmer l'agitation de ma bite.

Après son attaque, elle avait à peine jeté un coup d'œil aux portes en bois de mes quartiers, défendues par assez de sorts protecteurs pour dissuader presque tout le monde. Cantonnée à ma chambre, elle ne pouvait se cacher nulle part pour m'éviter. De plus, cette dispute couvait depuis trois jours, il fallait qu'elle éclate.

Plus moyen d'y échapper.

— Je ne suis pas désolé, dis-je à son dos, sur lequel ses cicatrices apparaissaient sous sa tresse qui se balançait.

— Oh ! Crois-moi, je le sais, dit-elle d'un air moqueur en jetant son haut de cuir par terre. Et je savais que tu ne t'excuserais pas, c'est pour ça que j'ai suivi la voix de Rune à la première occasion et que je me suis rendue au château.

Elle traversa la chambre pour aller dans la garde-robe, où elle s'assit sur un tabouret afin de défaire ses bottes.

— Briser cette malédiction est plus important que ma sécurité, me rappela-t-elle en libérant son pied d'une botte avant de se concentrer sur l'autre. Ça signifie que ma sœur n'aura jamais à prendre ma place et que je pourrai retourner la chercher avec toute la puissance de feu de la couronne. C'est le moyen le plus rapide de la sauver.

Ne comprenait-elle pas ?

— Super. C'est le moyen le plus rapide de la sauver, mais tu ne t'oublies pas dans l'histoire ? demandai-je en m'approchant d'elle. Tu t'es déjà posé la question ? À quoi bon la sauver si elle doit vivre sans toi ?

Je pris son visage entre mes mains pour presser mon front contre le sien, en m'agenouillant devant elle comme devant la reine qu'elle était destinée à devenir.

— Ça fait moins d'une semaine que je te connais et je sais déjà qu'une vie sans toi serait sans intérêt. Tu ne le vois pas ?

— Ce n'est pas juste, répondit-elle entre ses dents serrées tandis que des larmes coulaient sur ses joues. Je suis tout ce qu'elle a au monde.

— Exactement, ma belle sorcière. Ce qui veut dire que tu dois continuer à respirer quoi qu'il arrive. Tu comprends ?

— J'essaie, murmura-t-elle, le souffle court.

Elle travaillait si dur, et c'était moi le connard qui la poussait à aller toujours plus loin. Est-ce que je pouvais, ne serait-ce que cinq secondes, arrêter de toujours tout faire foirer ?

— Je sais, dis-je en m'éloignant d'elle.

Si je restais là, son odeur me rendrait fou. J'avais déjà à moitié perdu la tête, passer une seconde de plus avec mon front contre le sien provoquerait ma perte, et je l'embrasserais.

Si je m'autorisais à l'embrasser, je finirais par la dévorer tout entière. J'abandonnerais tout, je...

— Tu vas arrêter de me regarder comme si j'étais

fragile ? me dit-elle d'une voix accusatrice en s'essuyant le visage. Je ne vais pas me briser.

— Tu guéris, Va...

— C'est des conneries. Toi et Xavier, vous avez peur. J'ai failli mourir, je te l'accorde, mais vous ne me regardez plus. Je pensais...

Elle ferma les yeux avant de secouer la tête. Redressant le dos malgré le sentiment de rejet qu'elle semblait ressentir, elle laissa échapper un rire sans joie.

— Mais ce que je pensais n'a pas vraiment d'importance, hein ?

Attends... Pensait-elle que nous ne la désirions plus ?

Une barrière se brisa en moi. Sans lui laisser le temps de m'esquiver, je la pris dans mes bras, la plaquai contre le mur, et pressai ma bite douloureusement dure contre son sexe. Ses mains, petites mais puissantes, se posèrent sur mes épaules nues et s'y cramponnèrent.

— Est-ce que t'as l'impression que je ne veux pas de toi ? grommelai-je contre la peau sensible de son cou, brûlant d'envie d'enfoncer dans sa gorge mes crocs qui sortaient.

— Je... Je... fit-elle.

Puis elle gémit en resserrant ses jambes autour de ma taille.

— Te désirer n'est pas le problème. Je pense à toi chaque seconde de chaque jour, même quand je dors, je te veux. Chaque fois que je ferme les yeux, je te vois assise sur le visage de Xavier, je t'entends gémir avec ma bite dans ta bouche, je sens ta langue sur ma queue. Je bande depuis que t'as ouvert les yeux dans mon lit.

— Mais ça fait des jours que je suis dans ton lit. Je suis complètement guérie. Pourquoi...

Elle s'interrompit. La peine qui s'était exprimée dans sa voix me donna l'impression qu'elle m'avait enfoncé son poignard dans le cœur.

Tant pis, putain !

J'emmerdais Idris. J'emmerdais ce royaume. Rien de tout cela n'avait d'importance.

La seule chose qui comptait, c'était de joindre mes lèvres aux siennes. Incapable de m'en priver plus longtemps, je capturai sa bouche extrêmement pulpeuse avec la mienne. Presque instantanément, notre baiser devint passionné, effréné, exigeant. Sa langue rencontra la mienne, sa respiration devint saccadée, et je tombai dans la béatitude que m'apportait ma petite sorcière.

Ayant enroulé sa tresse autour de mon poing, je rompis notre baiser pour goûter sa peau au-dessus de son pouls. Elle était succulente, meilleure encore que dans mes souvenirs. Un frisson la secoua, et je dus me retenir de toutes mes forces pour ne pas lui arracher le reste de sa tenue en cuir et la baiser sur-le-champ, dans la garde-robe.

Il fallait qu'elle sache...

— Je suis accro, Vale, chuchotai-je contre sa peau en décalant mes lèvres vers son menton, puis son oreille. Dès que je t'aurai, je te voudrai tout le temps. Je n'ai fait que te goûter, et ça a failli me faire perdre la tête. Quel genre de créature sauvage je deviendrai une fois que je t'aurai eue en entier ?

Son adorable gémissement fut une douce mélodie. Et quand elle glissa ses doigts dans mes cheveux et guida à nouveau ma bouche vers la sienne, je sus qu'elle m'avait condamné.

Le délicieux parfum de Vale m'entourait, envahissant mon nez tandis qu'elle resserrait ses jambes autour de ma taille. J'avais plus besoin d'elle que d'oxygène, du sang qui coulait dans mes veines ou de ce que me promettait le futur. À contrecœur, je la posai par terre, les sens perturbés par la disparition de sa chaleur, une perte qui me transperça l'âme.

Toutefois, à aucun moment je ne retirai d'elle mes mains. Non, je m'affairai à la débarrasser de tous les vêtements qu'elle portait. Je voulais goûter chaque centimètre de sa peau, entendre ses halètements, ses gémissements. Je voulais qu'elle me supplie.

À genoux, je descendis vivement les chausses en

cuir qui recouvraient ses jambes, puis goûtai sa peau délicate près de sa hanche avant de presser ma langue à la jonction de ses cuisses, au-dessus de sa culotte. Le tissu était déjà trempé et ma bite palpita à l'idée de la pénétrer.

Brusquement, Vale cambra les hanches et elle laissa échapper un gémissement étranglé en empoignant mes cheveux. Elle sentait divinement bon, et l'animal en moi voulait aller plus loin. Des serres jaillirent du bout de mes doigts dans une agréable sensation de douleur alors que je déchiquetais le tissu qui cachait encore sa peau. Son débardeur, ses chausses, ses sous-vêtements, tout disparut en quelques instants.

Calant sa jambe sur mon épaule, j'entrepris de baiser sa chatte dégoulinante avec ma langue. Je bus son jus à pleines gorgées en donnant des coups de langue à son clitoris palpitant et en savourant chaque frémissement, chaque gémissement tandis qu'elle s'accrochait désespérément à tout ce qui lui tombait sous la main.

Ma petite sorcière avait besoin de s'asseoir pendant que je la baisais avec ma bouche ?

Pas de problème.

L'ayant hissée dans mes bras, je tournai les talons pour l'installer sur la coiffeuse. Le cul sur le tabouret en tissu, les coudes posés sur la table, ses seins parfaits frissonnant à chaque inspiration haletante, elle essayait d'avoir de la retenue.

Eh bien, je ne pouvais pas accepter un truc pareil.

La tirant vers le bord du tabouret d'une poigne presque punitive, je retournai au paradis avec ma bouche. Vale ne parut pas se soucier de mes serres ni de ma main ferme. Elle cambra les hanches et gémit longuement, ce qui me tira un grognement.

— Tellement belle, putain ! soufflai-je d'une voix rauque avant de m'attaquer à son petit clitoris, sans cesser de la regarder trembler, rougir et perdre pied chaque fois que ma langue entrait en contact avec sa chair.

Rétractant mes serres, je caressai son ouverture serrée, me délectant de sa mouille et de son parfum enivrant. Les gémissements de Vale s'intensifièrent au fur et à mesure que je la caressais, puis je finis par obtenir le résultat que je cherchais.

— *Kian*, me supplia-t-elle en se tortillant pour chercher son plaisir, exactement comme je le voulais. *S'il te plaît...*

Alors, je plongeai mes doigts dans son petit trou étroit, les fis aller et venir en même temps que je suçais son clitoris palpitant. Je savais qu'elle était vierge, mais même si je désirais qu'elle se sente prête à m'accueillir, rien de tout cela ne semblait compter pour elle à ce moment-là. La tête rejetée en arrière, elle comprimait mes doigts dans sa chatte en les serrant si fort que j'éjaculai presque dans mon pantalon à l'idée qu'elle fasse la même chose avec ma bite.

Enfin, elle laissa échapper un son désespéré alors qu'elle continuait de chevaucher ma main, tandis que sa libération prochaine était soulignée par la subtile rougeur qui recouvrit sa poitrine, ses joues, et remonta jusqu'à ses cheveux. Les mains agrippées à la coiffeuse, elle était exposée comme un sacrifice humain. La tête renversée en arrière, la bouche ouverte, les cuisses écartées, elle était tellement magnifique en prenant son pied !

— Jouis pour moi, petite sorcière, exigeai-je d'une voix rauque, ayant besoin de la sentir plus que tout. *Maintenant...*

Je sentis la seconde même où elle se laissa aller, comme si ses mains avaient parcouru ma peau, m'avaient touché partout. Et quand elle cria sous le coup de son orgasme, je sus que je donnerais n'importe quoi pour l'entendre à jamais hurler ainsi.

Désarticulé, son corps s'affaissa contre la coiffeuse, la sueur constellant son front. Elle respirait par à-coups, ses seins luxuriants se soulevant et s'abaissant au rythme de ses inspirations et expirations. Et j'étais toujours affamé. Sa saveur enduisait ma langue, mais ce n'était pas suffisant.

Il m'en fallait plus.

La cueillant sur le tabouret, je l'emportai jusqu'à la chambre et écartai le dessus-de-lit, puis la plaçai délicatement sur les draps soyeux, là où elle devait être. Passant mes mains sur sa peau douce, je croisai ses magnifiques yeux verts, qui brillaient et brûlaient d'un désir inassouvi.

Elle aussi voulait continuer, et j'aimais sa sensualité et la facilité avec laquelle elle prenait son pied.

— J'ai envie de toi, ma petite sorcière. Me laisse-ras-tu t'avoir ?

Se redressant sur ses coudes, elle passa sa langue sur ses lèvres pulpeuses et charnues comme si elle était prête à me dévorer tout entier.

— Je suis déjà à toi, Kian. Je pensais que tu le savais.

Sur ce, elle tendit la main vers moi, détacha mes chausses et les fit descendre sur mes hanches, libé-rant ma bite. Je saisis la base de mon sexe et la caressai vivement pour la soulager. Levant les yeux vers moi, Vale, du bout de sa langue rose, récupéra une goutte de précum sur mon gland.

Si elle recommençait, je me défoulerais dans sa gorge. Je reculai, enlevai mes bottes et retirai ce qui restait de mes chausses. Elle se mordait la lèvre infé-rieure avec un air vorace.

Putain, elle allait provoquer ma perte et je la laisserais faire volontiers.

Glissant ma main derrière ses genoux, je traînai son cul jusqu'au bord du lit. Le souffle coupé, les yeux écarquillés, elle me regarda guider ma bite jusqu'à son ouverture humide et plonger doucement mon gland en elle. Elle était si serrée, si chaude, si mouillée, que je luttai contre l'envie de m'immerger totalement.

— T'es tellement *étroite*, putain, dis-je d'une voix rauque tandis que le peu de contrôle qu'il me restait dégringolait de seconde en seconde.

Un petit hoquet de surprise s'échappa des lèvres de Vale.

— Je veux que t'y ailles. *S'il te plaît*, Kian.

Je n'eus besoin d'aucune autre invitation : prenant sa bouche parfaite, je la pénétrai lentement jusqu'au bout. Je gémis contre ses lèvres, presque perdu en elle alors que je m'efforçais de garder le contrôle. Pour lui permettre de s'habituer à ma taille, je restai immobile, tout en observant son visage pour y déceler toute trace de douleur.

Un froncement de sourcils vint plisser son front, mais les parois de son vagin se contractèrent autour de ma bite quand elle se mit à se déhancher contre moi. Prenant mes joues entre ses mains, elle plongea ses yeux brillants dans les miens.

— J'ai besoin de plus. Il m'en faut plus, murmura-t-elle contre mes lèvres.

Et j'obéis.

Pliant sa jambe sur ma hanche, je me retirai lentement, et sa chatte avide aspira ma bite comme l'avait fait sa bouche. Puis, d'un coup de rein, je m'enfouis à nouveau.

Son petit cri de désir inonda mes oreilles quand elle ouvrit grand les yeux.

— Encore, petite sorcière ?

Tout en gémissant, elle acquiesça, et je me mis à la baiser. Ce ne fut pas doux. Non, ma petite sorcière n'attendait pas que je sois tendre. Plus je la pilonnais, plus elle hurlait, en enfonçant ses ongles arrondis dans mes épaules alors qu'elle accueillait chacun de mes coups de rein. J'avais cru qu'elle était serrée, mais à mesure que son plaisir grandissait, les parois de son sexe comprimaient ma queue comme un étau.

Elle allait jouir, et si je la laissais faire, je tomberais avec elle par-dessus bord.

Trop tôt.

Je me retirai, ce qui me valut un gémissement de protestation, et je la retournai. Puis je posai ma main sur ce somptueux cul tandis que je grimpais sur le lit derrière elle, me délectant du rose de sa peau avant que je ne m'enfonce à nouveau en elle.

Sous cet angle, je pus la remplir *jusqu'au fond*.

Les yeux révulsés, je me mis à la baiser vigoureusement, couvrant son dos pour profiter de son plaisir comme si c'était le mien.

— Penche-toi, bébé, lui dis-je à l'oreille d'une voix rauque.

Sa poitrine heurta le matelas, tandis que le changement de position l'incitait à s'agripper aux draps.

— *Ohhh, Kian.* Mon Dieu, s'il te plaît. Baise-moi, s'il te plaît. *S'il te plaît*, m'implora-t-elle, au point que ses cris me firent perdre le contrôle.

Saisissant sa gorge, je mordis son épaule, dont la peau me fit l'effet d'une drogue alors que mes crocs s'allongeaient dans ma bouche. Mes serres jaillirent du bout de mes doigts, mes écailles recouvrirent mon corps, mais aucun de nous ne s'en soucia. Je pilonnai sa chatte serrée, ses cris étaient un régal pour mes oreilles.

— C'est ça. Jouis sur ma bite, Vale. Je veux sentir ton orgasme, ordonnai-je alors que, les crocs douloureux, je luttais contre l'envie de perforer sa peau. *Maintenant !*

Mon nom franchit ses lèvres quand elle cria d'une voix rauque et enrouée, tandis que les parois de son sexe s'agitaient autour de moi. Je fus alors incapable de lutter plus longtemps. Mes crocs s'enfoncèrent dans son épaule tandis que le plaisir remontait le long de ma colonne vertébrale, puis j'imitai Vale en basculant à mon tour avec son délicieux sang sur ma langue.

Je n'avais jamais ressenti quelque chose d'aussi intense, le plaisir et la douleur se mêlant dans mon corps. Mes couilles se contractèrent alors que ma bite me donnait l'impression de durcir encore plus et que le plaisir irradiait en moi. Puis l'orgasme m'affligea, me submergea d'une vague qui menaça de me noyer. L'extase envahit tous mes membres alors que je serrais Vale contre mon torse et que nos halètements se confondaient.

Me redressant sur mes talons, je l'emmenai avec moi, doutant de vouloir un jour être à nouveau séparé d'elle. Ma bite palpita en elle, mon excitation augmentant à mesure qu'elle se fondait contre mon corps. Sa poitrine se souleva, ses seins étaient rosis par l'orgasme, ses mamelons durcis, et un sourire étirait ses lèvres rougies.

Elle était l'équivalent de la perfection, et je n'en aurais jamais assez.

J'enroulai sa tresse dans mon poing, lui fis basculer la tête en arrière tandis que je me remettais à me déhancher.

— J'ai besoin de te baiser une nouvelle fois, *oroum di vita.*

Ma vie jusqu'à la mort et au-delà.

Ma destinée.

Je l'avais su dès le moment où elle m'avait crié dessus, au sommet de la montagne. Elle était *à moi*.

Et je devrais la partager à un moment ou à un autre, car le destin ne me l'avait pas réservée. Toutefois, quand ses hanches suivirent la danse que menaient les miennes, je me rendis compte que cela me conviendrait.

Mais plus tard.

Dans l'immédiat, elle était *à moi*.

Seulement à moi.

Et j'avais l'intention de la prendre.

CHAPITRE 19

VALE

Le clair de lune filtrait à travers les rideaux transparents, baignant la pièce d'une lueur céleste. Bien au chaud, rassasiée et incontestablement nue, je parcourus du bout des doigts les volutes sombres des tatouages de Kian. Son grand corps était enroulé autour du mien, son bras drapé sur mon ventre, me tenant si près de lui que ses expirations lentes chatouillaient la peau de mon cou.

Quelque chose me disait que je n'étais pas éveillée, mais je ne dormais pas non plus. Ce ne fut que lorsque des yeux dorés apparurent sur le balcon que je compris ce qui m'avait mis la puce à l'oreille.

Ou plutôt, qui me l'avais mise.

Idris.

Ses cheveux bruns volaient dans le vent hivernal.

Sous le coup de la colère, manifestement, il serra les dents en fixant le bras enroulé sur mon ventre, l'homme collé à mon dos et la façon dont nous étions lovés l'un contre l'autre. Je remontai les draps pour couvrir ma poitrine.

Peu importe ce qu'il y avait entre nous, je ne voulais pas qu'il me voie dénudée. Il me contemplerait dans mon plus simple appareil seulement si je le décidais, et non pas en s'introduisant dans mes rêves comme un voyeur.

Les yeux d'Idris étincelèrent d'une lueur plus intense, plus chaude, et il passa sans effort entre les portes vitrées du balcon, entrant dans la pièce comme s'il était chez lui. Ce qui était d'ailleurs le cas. Il possédait tout dans cet endroit, sauf moi, et je soupçonnais que ce dernier point l'énervait plus que tout.

Son regard doré se posa sur mon épaule, celle-là même qui avait été transpercée par la lame d'un assassin. C'était aussi celle que Kian avait marquée en plein orgasme, mais la cicatrice s'était estompée presque aussi soudainement qu'elle était apparue.

À présent, il ne restait plus que le rappel qu'on avait tenté de me tuer.

À en croire mon reflet dans le miroir, la balafre n'était pas trop affreuse. J'avais pire dans le dos. Cette nouvelle cicatrice s'était décolorée jusqu'à prendre la teinte blanc pâle des vieilles blessures, et la laideur de la chair avait été en grande partie effacée par la magie utilisée pour me guérir.

Je ne comprenais pas pourquoi il la regardait comme s'il voulait partir en guerre.

Discrètement, il s'approcha du lit, la tête penchée, les yeux flamboyants, en me bombardant de ses émotions. J'avais beau ne pas être connectée à son esprit, je savais que les émotions que je percevais venaient de lui.

Jalousie. Rage. Convoitise. Désir. Affection. Obsession. Chacune d'elle me frappa en pleine poitrine, comme l'une de mes flèches.

— Qu'est-ce que tu fais ici ? fis-je à voix basse pour ne pas réveiller Kian.

Puis je réalisai à quel point c'était ridicule. Kian n'était pas vraiment là. Moi non plus. Aucun de nous ne l'était.

— Je réponds à ton appel comme toujours, ma petite téméraire. Pourquoi tu m'appelles toujours dans tes rêves ?

Je me redressai, serrant le drap contre ma poitrine.

— Je t'appelle dans mes rêves ? répétai-je d'une voix moqueuse. Non, c'est toi qui les envahis.

Une petite pointe de honte me tirailla le cœur. Il m'avait aidée à survivre, bien sûr, mais là... Il était simplement énervant et indiscret.

Ses yeux s'embrasèrent et il serra les dents tandis

que son pouvoir brûlait ma peau et que ses émotions étaient exaltées par sa magie.

Envie. Désir. Tendresse.

— Faux, ma petite téméraire. Je ne peux pas venir là où je ne suis pas désiré. Une partie de toi m'a attiré ici. Pourquoi ? Pourquoi tu veux que je te voie dans ce lit ? As-tu envie de m'y voir aussi ?

D'accord, je m'étais couchée en m'inquiétant au sujet de Xavier et d'Idris. J'avais pensé que le temps passé avec Kian pourrait les rendre furieux, mais... Comme avec Kian, je ressentais une connexion avec les autres. Un lien. Un besoin. Je ne comprenais pas et ne savais pas pourquoi j'avais besoin d'eux, je...

— Je n'ai pas... Je n'ai pas... Je ne l'ai pas fait exprès.

Examinant la chambre, j'essayai de comprendre comment j'avais pu l'amener là.

— Où sommes-nous exactement ? Tu ne réponds jamais à cette question.

Naturellement, il ne m'éclaira pas sur le sujet cette fois-là non plus.

Et à ce moment précis, la pièce où nous nous trouvions s'envola. Les murs bleus et ambrés virèrent au rouge. La couverture changea, le lit aussi. Kian n'était plus blotti contre moi, le poids de son bras s'était volatilisé depuis longtemps. À présent, j'étais emmitouflée dans des draps bordeaux, le tissu soyeux caressant ma peau nue tandis que le décor devenait celui d'une chambre que j'avais déjà vue auparavant.

Les quatre poteaux du baldaquin s'élevèrent autour de moi, les rideaux tirés vers l'arrière me permirent de voir un feu qui crépitait et grésillait dans l'âtre.

Et je n'étais pas seule dans ce lit.

Calé contre les oreillers, son dos contre la tête de lit, Idris était assis torse nu. Un médaillon en or pendait à son cou, la lueur de la pierre, imitant les battements d'un cœur, palpitait contre l'étendue hâlée d'une chair endurcie par la guerre. Cicatrices et tatouages formaient des arabesques sur ses muscles ciselés, dont la lumière du feu faisait presque briller la peau.

Les draps soyeux s'amassaient au niveau de ses hanches, masquant le bas de son corps sans laisser de place à l'imagination. Non seulement Idris était aussi nu que moi, mais il était excité.

Du désir. De l'envie. De l'envie. De l'envie.

— C'est quoi ce cirque ? Qu'est-ce que tu fais ? demandai-je, sans probablement paraître aussi offensée que j'aurais dû l'être.

J'avais l'impression que mes sens étaient perturbés par ses émotions, qui me pliaient à sa volonté.

— Je rends les choses équitables, déclara-t-il d'une voix rauque et sexy, qui était comme du miel sur des charbons ardents. Maintenant, je suis aussi nu que toi.

Il eut un petit sourire en coin dont l'aspect mali-

cieux était presque enfantin pour un homme de son âge.

Alors que je réajustais le drap autour de moi, je vis ses yeux s'attarder sur mes tétons durcis. Le sourire du salaud s'élargit, et naturellement, ils se contractèrent sous ses yeux, le suppliant pratiquement de les toucher.

De les goûter.

— Toi et moi savons qu'il n'y a rien d'équitable là-dedans.

Était-ce ma voix ? Ce gémissement haletant et fiévreux ? Pourquoi me perturbait-il autant ?

— Qu'est-ce que tu veux, Idris ?

Ses paupières s'alourdirent, il se tourna vers moi et s'installa sur son flanc au milieu des draps.

— J'aime la façon dont tu prononces mon nom. Redis-le.

Merde ! Même si sa voix et son corps m'incitaient à prendre de très mauvaises décisions, je devais garder la tête sur les épaules.

— Tu ne sais rien de moi, et vu les événements de la semaine, je suis sûre que tu n'as aucune envie d'en découvrir plus.

— C'est plus difficile pour moi d'être avec toi que je ne le pensais, confia-t-il en pinçant les lèvres. Ici, on est en sécurité.

Marrant ! Je ne me sentais pas en sécurité, mais je ne l'étais jamais avec lui.

— Je ne suis pas un jouet avec lequel tu peux t'amuser quand ça te chante.

Idris se rapprocha de moi, sa peau brûlante frôla la mienne, mais pas tout à fait. S'il n'y avait pas eu les draps soyeux, il aurait pu sentir mon cœur tambouriner dans ma poitrine.

— Tu n'es pas et n'as jamais été un jouet. Mais j'ai tout de même envie de jouer avec toi, me dit-il d'une voix qui me provoqua et toucha en moi une corde sensible dont je ne parvins pas à déterminer la nature.

— Tu me laisseras jouer avec toi, Vale ? demanda-t-il en touchant ma lèvre inférieure avec le bout de son index, ses yeux focalisés sur ma bouche. Est-ce que tu me laisseras te toucher ?

Chaque fois que nous nous rencontrions ainsi, il me leurrait pour m'attirer dans ses bras, faisait naître les flammes de mon désir et finissait par m'esquiver. Ou alors il s'excusait de sa stupidité. Mais il ne répondait jamais vraiment à mes questions, et cela me mettait en rogne.

Je devais conclure un marché avec lui.

— Je te donnerai un baiser si tu me dis où on est. Dis-moi comment tu peux converser avec moi dans mes rêves. Dis-moi quelque chose, Idris. Comment t'as fait disparaître mes souffrances ? Pourquoi...

— Ça fait au moins trois questions, ma petite téméraire, me coupa Idris avant de baisser la tête pour effleurer mes lèvres des siennes. Ça veut dire trois baisers, n'est-ce pas ?

Levant les yeux au ciel, j'implorai les dieux de m'aider à faire preuve de patience.

— Fin...

Avant même que je puisse prononcer quoi que ce soit, le baiser torride d'Idris tisonna ma bouche. Il n'existait aucune autre façon de décrire ce qui se passa. Il ne se contenta pas de capturer mes lèvres, il les posséda, les revendiqua, comme le roi qu'il était. Dans mon dos, son bras me fit l'effet d'une barre de fer quand il me fit glisser sous lui, appuyant son corps ferme contre le mien, embrasant mon désir.

— Je peux te les faire oublier, Vale, murmura-t-il contre la peau sensible de mon cou. Je peux faire en sorte d'être le seul que tu désires.

Ses paroles me donnèrent l'impression d'avoir été jetée dans un lac gelé.

Inconsciemment, je le repoussai, le fis tomber du lit. Il voulait que je les oublie... que j'oublie Kian et Xavier ?

Les hommes qui m'avaient sauvée.

Qui étaient intervenus alors que je faisais face à une mort certaine.

Qui s'étaient occupés de moi.

Qui m'avaient arrachée aux griffes d'Orrus en personne.

M'enveloppant des draps, je les arrachai du lit et les plaquai contre mes seins en me levant. Idris était empêtré dans la couverture, avec une expression évidente de surprise sur son visage.

— Non, tu ne peux pas. Et tant que tu ne te mettras pas dans la tête que tu ne seras jamais mon seul choix, tu seras toujours en dehors de cette chambre, à regarder depuis le balcon, dis-je.

Et contrairement à toutes les autres fois, Idris ne disparut pas alors que je me cramponnais à lui. Non, je l'éjectai de ma tête, reprenant le contrôle sur la part de mon esprit qu'il occupait. Là, il ne régnait pas. J'étais la souveraine de mes pensées. Je changeai de décor et retournai dans la chambre de Kian.

Ce ne fut qu'à ce moment-là que je remarquai Xavier, étendu sur le sol du côté où je dormais. Il reposait sur son flanc, ses cheveux blancs étalés en éventail autour de sa tête, qui était calée sur ses biceps.

Je ne savais pas si c'était un rêve ou si c'était la réalité. Je ne savais pas si je me réveillerais à côté de lui ou dans le lit près de Kian. Mais rien de tout cela n'avait d'importance. Je pris un oreiller du lit et le plaçai délicatement sous sa tête. Enveloppée dans le drap d'Idris, je me glissai ensuite au creux de ses hanches en collant mon dos à son torse tandis que je déployais le drap sur nos deux corps.

*Idris pensait pouvoir les effacer de ma mémoire ?
Jamais.*

Je n'aurais pas dû me réveiller seule.

Ces quatre derniers jours, je m'étais réveillée aux côtés de Kian ou de Xavier, dont la présence me mettait du baume au cœur après l'attaque. Ils s'étaient relayés pour m'enseigner l'art du combat et la magie, le protocole de la cour et l'histoire de Festia. Car contrairement à la région du Crédour, Festia avait ses propres usages.

Ayant vécu toute ma vie sous la montagne, les subtilités du protocole qui régissait la vie au château m'apparaissaient comme un vrai casse-tête.

Quoi qu'il en soit, j'aurais pensé que Kian se trouverait près de moi. Mais ce qui m'inquiétait, ce n'était pas que je sois toute seule dans la pièce ni la lumière déclinante du jour qui filtrait à travers les rideaux transparents. Non, c'était le drap bordeaux familier qui enveloppait mon corps, ainsi que les odeurs de Xavier, d'Idris et de Kian sur ma peau. Je m'étais couchée dans les bras de Kian et je n'avais pas vu le roi depuis des jours. C'était complètement insensé d'être enveloppée de ce drap et d'avoir son odeur sur ma peau, et pourtant...

Nous avions déjà établi que dans ces rêves, nous parlions télépathiquement, mais je n'avais jamais cru pouvoir emporter quelque chose avec moi quand je m'extirpais de ce monde. La présence du drap d'Idris ne faisait que prouver que ces rêves n'en étaient pas. L'estomac noué, j'essayai de comprendre.

Ce genre de pouvoir, ce genre de... Cela n'avait aucun sens.

Et surtout...

Surtout, cela m'effrayait au plus haut point.

Je tressaillis lorsque les portes de la chambre de Kian s'ouvrirent, et je refermai mon poing sur le manche d'une dague ornée de pierres précieuses. Freya pénétra dans la pièce en lançant un raisin dans sa bouche. Son unique sourcil rouge fut la seule chose qui m'indiqua qu'elle savait exactement ce que Kian et moi avions fait aux cours de ces dernières trente-six heures. Et si je pouvais sentir l'odeur d'Idris et de Xavier sur moi, je savais pertinemment qu'elle la percevait aussi.

Allez savoir ce qu'elle pensait.

— Au moins, quelqu'un a de la chance par ici, commenta-t-elle en s'éventant le visage avec une carte blanche estampée. Ces derniers jours, je ne suis tombée que sur des obstacles, des barrages, et aucun résultat à rapporter. Je ne sais pas qui essaie de te tuer, meuf, mais bon sang, ils couvrent leurs traces avec expertise.

De toutes les choses qu'elle aurait pu me dire, c'était bien la plus déprimante. D'un autre côté, ce n'était pas moi qui avais passé ces derniers jours à parcourir le continent à la recherche de mon assassin présumé, c'était elle qui s'en était chargée. Alors j'aurais peut-être simplement dû être reconnaissante qu'elle soit encore en vie pour me signaler les difficultés rencontrées.

Je frissonnai, pensant aux souvenirs que j'avais essayé d'oublier avec tant d'acharnement. Son regard blanc laiteux, la magie noire qui tourbillonnait autour de sa tête et envahissait sa bouche, ses dents noircies. Et ces voix qui sortaient de sa gorge...

— Je suis désolé, dis-je sottement, ne sachant pas comment m'excuser de lui avoir fait perdre son temps.

Je doutais que Freya prenne plaisir à chasser des gens pour mon compte, mais elle s'était exécutée.

— Ne le sois pas. Je n'aime pas que l'on s'introduise chez moi et que l'on fasse du mal aux gens qui sont sous ma protection. Et ce n'est pas toi qui as si bien couvert tes traces. Même moi, je n'ai pas réussi à demander, solliciter ou arracher des réponses à ce moins que rien. Mais quand je l'aurai trouvé, je me ferai un plaisir de le vider de son sang. Bref, si tu espérais te venger, pas de chance. Je me réserve ce plaisir.

Le grognement qui m'échappa fut des plus disgracieux, mais il fit sourire la vieille vampire, c'était au moins ça.

— Est-ce que tu sais par hasard où se trouvent mes anciens gardes ?

— Tu parles de tes petits minets de dragons ? dit-elle tandis qu'un sourire malicieux courbait ses lèvres. Ils sont partis se servir de leur nez pour faire ce que je ne peux pas faire. Avec un peu de chance, ils seront de retour avant la tombée de la nuit. Et ils pourront peut-être te divertir quand tu seras là-bas.

Elle me présenta une carte blanche, et je dus serrer le drap contre ma poitrine pour éviter de m'exhiber en la prenant.

L'invitation, d'un formalisme écœurant, portait mon nom griffonné en en-tête dans une écriture curviligne.

JE SERAIS TRÈS HEUREUX QUE VOUS VOUS JOIGNIEZ À MOI DANS LA SALLE À MANGER ROYALE POUR LE DÎNER DE CE SOIR. J'ATTENDS AVEC IMPATIENCE LE PLAISIR DE VOTRE COMPAGNIE ET L'OCCASION D'APPRENDRE À MIEUX NOUS CONNAÎTRE.

RESPECTUEUSEMENT VÔTRE,
IDRIS

Lorsque je relevai les yeux de l'invitation, Freya couvrait sa bouche de ses doigts étonnamment fins, comme s'il lui fallait se battre pour ne pas s'écrouler de rire.

— Est-ce qu'il plaisante ? demandai-je en jetant loin de moi l'invitation stupidement luxueuse, comme si elle m'avait brûlé la main.

— Malheureusement, je ne crois pas, gloussa-t-elle sur un ton comique qui ne m'aida aucunement. Mais au moins, il fait un effort pour paraître amical au lieu de rester le trou du cul mélancolique qu'on a tous appris à connaître et à aimer. Fais-moi confiance, petite Luxa. Il pourrait assurément se comporter moins bien.

J'ignorais ce qu'il espérait accomplir avec ce dîner. Il ne voulait pas apprendre à me connaître. Pas vraiment. Il voulait seulement se distraire. Histoire de passer le temps jusqu'à ce que cette malédiction prenne fin. Et aussitôt qu'il serait libre, il s'envolerait vers des contrées inconnues.

Je savais que Kian me désirait, tout comme Xavier, mais Idris ? C'était sa liberté qui l'intéressait avant tout.

Mais je ne pensais pas pouvoir refuser, pas sans passer pour une idiote.

— Qu'est-ce que je suis censée porter ? demandai-je en fronçant le nez devant le papier blanc.

S'IL M'AVAIT ÉTÉ POSSIBLE DE TUER FREYA, JE ne m'en serais pas privée. Je ne savais absolument pas comment assassiner un vampire, même si j'avais reçu des explications décousues de la guilde, mais après tout, leur faire confiance équivalait à de la pure connerie.

— Je suis presque sûre de te détester, marmonnai-je en tirant sur le col de ma cape, la seule chose qui empêchait les habitants du château de me voir dans cette fichue robe.

— C'est toi qui as dit que je ne pouvais pas montrer ton dos, soupira Freya. Ça m'a laissé peu d'options. Si je ne peux pas dénuder ton dos ou tes épaules, alors il ne reste que celle-ci.

Elle avait raison : je ne voulais dévoiler *ni* mon dos *ni* mes épaules. Le premier parce que je n'avais pas l'intention d'aborder le sujet de la marque de l'hérésie, et le second parce que je me souvenais de son regard de braise sur mes épaules. Et donc, elle m'avait habillée d'une robe au décolleté qui descendait tellement bas que c'était un miracle que ma poitrine n'en sorte pas, alors que l'étoffe vaporeuse semblait à deux doigts de se déchirer en deux.

— Si j'avais su que c'était ma seule option, j'aurais choisi autre chose, rétorquai-je d'une voix rauque en luttant contre l'envie de croiser les bras sur ma poitrine.

Cela faisait des années que je mourais de faim, mais l'apport soudain de nourriture avait rembourré les endroits qui manquaient de volume auparavant.

— C'est quoi, le problème ? demanda Freya à voix basse alors que nous passions devant trois membres du conseil qui déambulaient dans le couloir. T'es magnifique. Je serais surprise qu'Idris réussisse à ne pas te toucher.

— T'es trop vieille pour jouer les innocentes, lui fis-je remarquer avec un regard noir. Le problème, c'est de lui faire garder ses mains dans ses poches.

Freya haussa son sourcil infernal tandis que ses lèvres s'étiraient en un rictus. La porte de la salle à manger royale était presque devant nous.

— C'est un problème pour lui, ou pour toi ? Je sais à qui appartenaient les draps que tu portais à ton réveil. Mon nez ne me ment pas.

Justement, non ? Son odeur n'aurait pas dû être

sur ma peau. Ses draps n'auraient pas dû être avec moi. Je les avais dérobés à un rêve, un rêve qui ne faisait aucun sens pour moi. Comment pouvais-je aller à ce dîner et lui parler après un truc pareil ?

— Et si je te disais que je n'ai jamais été *physiquement* dans sa chambre, mais que j'ai réussi à emporter ces draps avec moi quand j'ai quitté un rêve ?

La poigne de Freya sur mon bras se fit presque meurtrière alors qu'elle plongeait son regard dans le mien. Le rouge inonda le blanc de ses yeux et des veines écarlates remontèrent le long de son cou.

— Tu as fait des voyages oniriques ? Avec Idris ? Combien de fois ?

Je déglutis, l'esprit embrumé.

— Trois fois, je crois.

— C'est tout ? Et t'as réussi à prendre quelque chose avec toi quand tu t'es réveillée ?

J'acquiesçai et dégageai mon bras de sa poigne.

— Pourquoi ?

Le sourire de Freya semblait en contradiction avec ses veines pourpres et ses yeux rouges.

— En deux cents ans, personne d'autre qu'Idris n'a été capable de le faire. Pas étonnant qu'ils veuillent te tuer.

Le rire étouffé qui sortit de sa bouche témoignait aux trois cinquièmes de son soulagement et aux deux cinquièmes de son hystérie.

— T'es la briseuse de malédiction.

Freya regarda autour d'elle, puis m'entraîna dans une alcôve, comme Idris l'avait fait des lustres plus tôt, me semblait-il.

— Au cas où tu ne l'aurais pas compris, on a eu du mal à garder une Luxa en vie. Si elles ne meurent pas le premier jour, elles meurent à coup sûr au cours de la deuxième épreuve. Mais toi ? Ils n'ont pas attendu que tu te débrouilles pour mourir, ils savent donc quelque chose qu'on ignore. Tu dois faire attention à toi, tu comprends ?

Hésitante, je hochai la tête.

— T'es armée, n'est-ce pas ?

— Bien sûr. Après l'assassin...

— Bien. Tu devrais être en sécurité près d'Idris. Ils ne s'en prendront pas à toi tant que t'es aux côtés du roi, mais ne baisse pas la garde. Le désespoir rend les gens négligents, et les gens aux abois et assoiffés de pouvoir sont imprudents.

Elle me prit la main pour me guider vers la salle à manger.

— Et finis le livre que je t'ai donné. C'est important.

Fronçant les sourcils, je me demandai quel était le rapport avec le reste, mais elle ne me donna pas l'occasion de lui dire que je ne savais pas où se trouvait ce fichu livre. Elle ouvrit vivement la porte et me poussa pratiquement à l'intérieur.

Debout près de l'énorme cheminée, Idris quitta les flammes des yeux. Il fit passer son regard de Freya à moi avant que la vampire me pousse un peu plus loin et referme la porte derrière moi.

Un homme vêtu d'une tenue protocolaire sembla apparaître à ma gauche, ce qui me fit sursauter. J'étais à deux doigts de saisir ma dague quand il me tendit la main.

— Votre cape, mademoiselle.

Je fis passer mon regard de l'homme à Idris, avant de revenir, plus détendue, sur le premier. À contre-cœur, je retirai ma cape et la lui confiai. L'homme plutôt banal disparut en un clin d'œil avec ma cape dans ses mains.

Qu'est-ce que...

Avant que mon cerveau se fasse à l'idée qu'un homme pouvait s'évaporer en un claquement de doigts, Idris s'approcha. Sa présence m'était si familière que je pus pratiquement le sentir traverser la pièce jusqu'à moi et faire monter degré par degré la température de la salle.

Ne sachant où regarder, je levai finalement le menton et croisai son regard. Les orbes dorés de ses yeux semblèrent percer ma poitrine lorsqu'il m'offrit sa main. Et comme dans nos rêves, je fus capable de

ressentir ses émotions comme si elles m'appartenaient.

Remords, espoir, optimisme, désir.

— T'es magnifique. Chaque fois que je te vois, j'ai l'impression d'avoir oublié à quel point tu es sublime, et puis tu me le rappelles en apparaissant.

Bon sang ! Comment pouvais-je garder la tête froide quand il me sortait des trucs pareils ?

— Merci d'avoir accepté de me retrouver. Je sais qu'après mon comportement d'hier, tu aurais pu refuser, mais je suis heureux que tu ne l'aies pas fait.

Voilà pourquoi je voulais garder mes distances. Il m'embrouillait la tête et il m'embrouillait tous les sens. Comment pouvais-je surveiller mes arrières si je me perdais dans ses bras ?

— Je ne peux pas te reprocher de ne pas apprendre à me connaître et refuser quand tu essaies, n'est-ce pas ?

Les lèvres charnues du roi s'étirèrent, son demi-sourire me séduisait d'une manière que je ne suppor-tais pas. Il donnait presque l'air de tenir à moi, mais je lui en voulais toujours pour sa stupidité et sa jalousie.

— S'il te plaît, viens t'asseoir avec moi.

— *Vas-y, ma Reine,* marmonna Rune d'une voix si proche qu'elle me fit presque sursauter. *Comment arriverais-tu à briser une malédiction sans connaître la personne qui la subit ?*

En réponse à ce foutu dragon qui parlait dans ma tête, je luttai contre l'envie de lever les yeux au ciel. La puérilité ne me serait d'aucune utilité dans le cas présent, pas plus que la rage ne m'aiderait avec la guilde. Et bon sang, Rune avait raison. Si je voulais retrouver ma sœur, je devais apprendre à connaître cet homme, auquel il me faudrait demander de l'aide, n'est-ce pas ?

Mais ce n'était pas tout. Je souhaitais vraiment apprendre à le découvrir. Mais je ne pensais pas qu'il le permettrait.

— *Et je ne suis pas né du dernier œuf,* grommela Rune.

Je ne savais pas qu'il maîtrisait aussi bien le sarcasme. Honnêtement, s'il avait pu hausser un sourcil, il ne se serait pas gêné.

— *Si t'admettais que t'aimes bien cet idiot, ce serait plus facile.*

— *J'aimerais bien, mais il continue de se comporter en crétin possessif et de supposer qu'il sait ce que je veux au lieu de me poser des questions.*

— *Et tu sais vraiment ce que tu désires ? À d'autres.*

Le savais-je ? On m'avait fait emprunter tellement de chemins différents que je ne me sentais à ma place nulle part, j'étais déstabilisée. Des gens essayaient de me tuer, et je...

Au bout de la table, Idris tira une chaise sur laquelle je m'assis en fixant l'argenterie dressée de manière extravagante et en essayant de me rappeler quelle fourchette je devais utiliser à quel moment. Rune me provoquait uniquement parce qu'il en avait le pouvoir, cet abruti, mais il savait que je n'ignorerais pas ses conseils.

Pas après ce qu'il avait fait pour me sauver.

— *Tu pourrais être plus gentil, bon sang.*

— *Et tu pourrais arrêter tes conneries. On dirait qu'on est tous les deux aussi cons.*

Tant pis. L'évincer de cette soirée était la seule solution pour remettre son cul insolent à sa place.

— *Je t'ignore pour le reste de la soirée.*

Idris s'installa sur la chaise située à côté de moi en bout de table, tout en fixant ma main avec attention. Je remarquai alors la faible lueur qui irradiait de ma peau, alors que je n'avais aucune entaille.

Embarrassée, je cachai ma main sous la table.

— *Génial. Regarde ce que tu m'as fait faire. Il va croire que je lui en veux, maintenant.*

— *Et ce n'est pas vrai? Je croyais qu'il se comportait comme un connard autoritaire !*

Me raclant la gorge, je saisis la première question

qui me vint à l'esprit et m'en servis comme d'une bouée de sauvetage.

— T'as des frères et sœurs ?

La question était idiote. J'aurais pu lui demander quelle était sa couleur préférée ou s'il avait des hobbies, mais tous ces sujets me semblaient trop futiles. Aucun ne renvoyait à ce que je voulais savoir.

Idris inclina la tête et fronça les sourcils.

— Ils gardent vraiment la guilde dans l'ignorance, n'est-ce pas ? dit-il en redressant les épaules d'une voix moqueuse mais dépourvue de joie. Tu ne sais vraiment rien de moi ? Rien du tout ?

Même si j'avais remarqué qu'il répondait à une question par une autre question, la sienne était recevable, alors j'y répondis.

— Non, en fait. À part que tous les manipulateurs de magie sont malfaisants et que t'es le pire de tous. Mais tu relevais plutôt du mythe : jamais vu, mais toujours craint. En plus, ils nous faisaient tellement trimer que penser à notre adversaire dans cette guerre était secondaire par rapport à notre survie.

Il pâlit légèrement, sa mâchoire se crispa, mais il m'adressa un signe de tête solennel.

— J'... j'en ai. Un frère. Mais on pourrait dire qu'on n'est en aucun cas proches. Et toi, tu as une sœur. Nyrah, je crois.

L'effroi et la peur me comprimèrent la poitrine. J'avais fait exprès de ne pas lui parler d'elle.

— Comment tu le sais ?

— La première fois qu'on a fait un voyage onirique ensemble, expliqua Idris, dont le regard était désormais scrutateur mais bienveillant, t'essayais de la sauver. C'était ta sœur, n'est-ce pas ? Elle était attachée au pilori comme toi. Son ventre tailladé comme le tien. Mais elle s'est évanouie dans tes bras. Est-ce qu'elle est toujours en vie ?

— Je n'en sais rien, répondis-je tandis que des larmes chaudes envahissaient mes yeux. On a été séparées. J'espère qu'elle s'en est sortie. C'est pratiquement ma seule motivation.

Enfin, avec le fait de lui éviter de se retrouver à ma place.

— D'accord. C'est pour ça, murmura Idris avec un sourire presque triste. C'est pour elle que tu restes. C'est pour elle que tu t'es aventurée dans les cavernes, alors que mes meilleurs amis voulaient te faire quitter le continent. C'est pour elle que t'as affronté Rune. Pour elle que tu restes, même après avoir failli mourir. Pour elle que tu t'entraînes comme si ta vie en dépendait.

Il eut un rire forcé et ses épaules s'affaissèrent en signe de défaite.

— Je suis un putain d'idiot. Si Rune t'a épargnée,

c'est parce que tu ne veux rien d'autre que protéger ta sœur.

Avant qu'il puisse continuer, deux hommes élégamment vêtus surgirent de nulle part en tenant des plateaux surmontés d'un dôme en argent. De concert, ils les placèrent entre nos couverts, enlevèrent les couvercles, puis s'éclipsèrent en vitesse.

L'odeur de la nourriture était paradisiaque, et mon pauvre estomac choisit de manifester sa faim en gargouillant si fort que le bruit résonna.

Je pouvais être triste et manger quand même, non ?

Un léger parfum d'amandes combiné à un arôme sucré et confit emplit mon nez et me fit saliver.

— *Ne mange pas ça,* m'avertit Rune d'une voix si forte que je grimaçai.

— *Mais j'ai faim,* protestai-je en levant ma fourchette.

— *Je n'ai pas attendu deux cents ans en silence pour que tu meures. Je t'ai dit de ne pas manger ça.*

Alors, comme si le dragon qui était dans ma tête contrôlait mes mouvements, ma main jeta la fourchette et l'assiette, avant de renverser le plat sur la table. Celui-ci glissa du plateau en bois et finit par s'écraser sur le sol.

Je détectai alors l'odeur et compris enfin.

L'air choqué, Idris maintenait sa fourchette

devant sa bouche ouverte. Je bondis de ma chaise et frappai de la main l'ustensile porteur de mort pour l'éloigner de son visage. J'avais éclaboussé sa chemise de cette substance infâme, mais je lui avais heureusement évité de faire l'erreur que j'avais failli commettre parce que j'étais en colère.

— C'est quoi, ce bordel, Vale ? bafouilla Idris.

Mais je ne chuchotai qu'un seul mot en réponse. Et ce seul mot suffit à lui transmettre la peur que je ressentais moi-même.

— Poison.

CHAPITRE 20

IDRIS

Elle tremblait devant moi, et ses grands yeux verts s'illuminaient à mesure que son pouvoir augmentait. Elle haletait alors que son cœur martelait sa poitrine. Et elle était magnifique, même si elle était complètement cinglée.

— Qu'est-ce que tu veux dire par poison? Dans *quoi*?

Cette femme venait de jeter son assiette et sa fourchette, puis m'avait arraché la nourriture des mains. Elle devait avoir une bonne raison d'avoir réagi ainsi. Bien sûr, elle était presque toujours en colère contre moi, ce qui était généralement justifié, mais Vale n'était pas folle. Si elle pensait vraiment qu'il y avait du poison dans la nourriture, elle avait bien fait d'intervenir, mais je n'avais senti que les amandes confites sur les tartelettes aux figues et au brie dans mon assiette.

Des tartelettes que j'avais commandées au chef de cuisine spécialement pour elle, car elle avait particulièrement apprécié le fromage lors du dîner dans mon solarium. D'après les quelques informations que j'avais réussi à glaner sur elle, Vale adorait manger. Ayant longtemps souffert du manque de nourriture, elle se délectait de chaque bouchée qui franchissait ses lèvres, et elle détestait le gaspillage.

Elle ne jetterait jamais de la nourriture juste pour me contrarier. N'est-ce pas ?

S'étant redressée, elle plaça ses mains crispées sur ses hanches. Oui, elles brillaient de son pouvoir, tout comme ses yeux.

— Dans la nourriture, espèce d'idiot. Tu ne le sens pas ?

Insinuait-elle qu'elle pouvait percevoir l'odeur du poison ? Seuls les métamorphes en étaient capables. Peut-être un vampire s'il était vieux, mais pas une Luxa.

— Bien sûr que je peux sentir la nourriture, Vale. Mais qu'est-ce qui *te* fait croire que toi tu peux sentir du poison ? Tu n'es pas un dragon.

— Théoriquement, tu n'en es pas un non plus, rétorqua-t-elle, et sa remarque fit mouche. Mais l'un de nous a un dragon dans la tête, et l'autre non. Et on sait tous les deux que tu es cette deuxième personne.

Bon sang, cette femme faisait des devinettes ?

— Qu'est-ce que tu veux dire par là ?

Il allait vraiment falloir qu'elle commence à m'expliquer le sens à ses paroles.

— Tu n'es pas au courant ? Ils ne te l'ont pas dit ? murmura-t-elle avec un air de perplexité assombrissant son visage. Rune parle dans ma tête. Il m'a dit que le plat était empoisonné. C'est lui qui a balancé l'assiette, pas moi. Mais comme je ne voulais pas que ça t'empoisonne, je t'ai arraché la nourriture des mains.

Je me levai si vite que ma chaise bascula en arrière et tomba dans un grand fracas. Les mains posées sur la table, je me retins alors que ma magie menaçait de me faire sombrer. Le puzzle se reconstituait enfin.

Lorsqu'elle avait fini par me parler de sa sœur, j'avais supposé que Rune l'avait laissée vivre parce que ses motivations étaient honorables. Parce qu'elle s'était dressée devant mes hommes et parce qu'elle avait un grand cœur. Que ce que je voulais ou ce que je pensais qu'elle était importait peu. Qu'elle n'était pas la briseuse de malédiction. Qu'elle était simplement une belle femme intelligente qui avait touché mon cœur brisé en morceaux.

Et je commençais à ne plus me soucier de savoir si elle pouvait ou non briser ma malédiction. Parce que je ne m'étais pas senti aussi vivant depuis des siècles en étant à ses côtés.

À présent que j'apprenais que Rune lui parlait, je ne pouvais presque pas m'empêcher d'espérer.

— Rune. *Mon* Runc ? Il te parle.

— Oui. C'est lui qui m'a guidée jusqu'à la caverne. Il m'a appelée et m'a demandé de venir à lui. J'ai cru que c'était toi. Je pensais que tu m'appelais. Mais quand je suis arrivée, je me suis dit que c'était une ruse. Que j'allais mourir, mais Kian et Xavier sont intervenus...

Depuis le début, je m'étais demandé comment elle avait trouvé l'entrée de la caverne. J'avais supposé que c'était Kian ou Xavier qui l'y avait conduite, mais désormais, tout semblait plus logique. Son pouvoir m'avait appelé ce jour-là, me convoquant dans les cavernes. Quand je l'avais vue s'interposer entre mes plus vieux amis et mon dragon, j'avais su qu'elle était l'élue.

Et curieusement, après la tentative d'assassinat dont elle avait fait l'objet, je m'étais presque convaincu du contraire.

— Il a ralenti l'assassin pour m'aider à m'enfuir, avoua-t-elle. Je serais morte s'il n'était pas intervenu. Et puis après, quand j'ai frôlé la mort, il a partagé un peu de sa force vitale avec moi. Pour m'aider à vivre. Je pensais...

Les yeux grands ouverts, elle déglutit et s'éloigna de moi.

— Je pensais que toutes les Luxas en étaient capables. Comme la lumière, je pensais...

Je m'élançai vers elle si vite qu'elle tressaillit, mais je n'allais pas la laisser s'échapper, et son petit poignet était déjà enveloppé dans ma main. Je ne pouvais pas la lâcher. Ses réponses m'étaient plus vitales que l'air que je respirais.

— Je te crois, murmurai-je. Mais je dois en être sûr. Dis-moi ce qu'il te dit en ce moment. *S'il te plaît.*

Elle tira sur son poignet, mais ma poigne était d'acier.

— Dis-moi, insistai-je, contrôlé par le besoin de savoir si la fin approchait ou si deux cents ans de recherches n'étaient que la partie émergée de l'iceberg.

— Ça ne va pas te plaire. Il n'est pas très content de toi.

Il ne l'était jamais. Mon dragon m'avait souvent traité d'idiot quand je m'étais comporté comme tel, mais s'il pouvait lui parler... s'il pouvait... si je pouvais...

— *Dis-moi.*

Vale grimaça, son beau visage se crispant légèrement alors qu'elle essayait de reformuler ce qu'elle entendait pour que ce soit plus acceptable. Puis elle leva les yeux au ciel et se mit à parler.

— Il dit que tu ne réussirais pas à trouver ton cul avec tes deux mains et une carte, et que, si tu respires encore, c'est uniquement parce qu'il est plus fort que toi. Et que c'est ta faute si vous êtes séparés. Et que si tu me laisses mourir, il te tuera lui-même et ira ensuite chercher ton frère pour finir le travail dont t'aurais dû te cha...

Sans réfléchir, je capturai ses lèvres avec les miennes. Elle pouvait l'entendre. Elle était l'élue. La seule. L'ayant hissée dans mes bras, je me mis à tourner sur moi-même, tellement soulagé, tellement énervé, tellement...

Depuis combien de temps mon dragon était-il muselé ?

Depuis combien de temps étions-nous séparés ?

Et depuis combien de temps un habitant du château complotait-il pour faire perdurer cette situation ?

Je la relâchai, fis le tour de la table jusqu'à l'assiette qu'elle avait jetée, et la portai à mon nez. Je détectai l'odeur des amandes amères dissimulées sous les figues sucrées et confites.

Elles étaient empoisonnées.

Pas de doute.

Je revins à mon assiette pour la renifler. Il n'y avait rien, mais cela n'aurait rien changé. Le cyanure ne m'aurait de toute façon pas tué. Pas grand-chose y serait parvenu.

— Mon plat n'est pas empoisonné, mais le tien, si. Rune t'a sauvé la vie.

Et à l'entendre, ce n'était pas la première fois. Mon dragon lui avait sauvé la vie plusieurs fois. Il pouvait lui parler. Et une partie de moi était sacrément jalouse.

L'autre ?

L'autre était une bête possessive et cinglée qui voulait éventrer les hommes qui avaient essayé de l'éloigner de moi et me baigner dans leur putain de sang.

— Dommage pour le repas, se lamenta Vale en se laissant tomber sur sa chaise. Et moi qui pensais que le fait d'être dans un grand château luxueux me permettrait de ne pas mourir de faim ! Je me suis bien fait avoir, hein ?

Je m'agenouillai à côté de sa chaise et pris son visage entre mes mains.

— Tu seras protégée, jurai-je en posant mon front contre le sien. Personne ne te touchera. Personne ne te fera de mal. Je t'ai déjà promis ce que tu voulais, et j'étais sincère. Je te dois tout. Mon royaume. Ma vie. Je te serai redevable pour le reste de l'éternité.

— Rune et toi n'êtes pas les seuls à pouvoir parler dans ma tête, me confia-t-elle en s'écartant, le regard inquisiteur. Je peux entendre Kian et Xavier lorsqu'ils sont sous leur forme de dragon. Ils peuvent me parler.

L'évidence menaça de m'engloutir. Si elle était aussi attirée par eux, c'était pour une raison. Et c'était quelque chose que je ne pouvais pas ignorer, que je ne pouvais pas contester et que je ne pouvais pas entraver.

Des partenaires liés par le destin.

Cela faisait deux cents ans qu'on n'en avait pas vu, depuis que la malédiction avait infecté le continent. Chaque malédiction possédait un remède, et celui-là avait été défini par la Destinée en personne pour m'emmerder avec le seul truc qui me permettrait d'apprendre la leçon que j'aurais dû retenir deux siècles plus tôt.

Vale était née pour devenir non seulement ma compagne, mais aussi la nôtre, à tous. *La nôtre.*

Mon regard se posa sur l'épaule qu'avait marquée Kian. La peau était immaculée, mais la magie rougeoyante cachée sous sa manche en dentelle racontait une histoire bien différente. L'éclat était faible, à peine visible, car ce n'était pas totalement une marque d'accouplement, mais tout de même...

Elle ne m'appartenait pas qu'à moi. Si en plus de Rune et moi, elle pouvait aussi les entendre...

Et elle n'en avait aucune idée. Pourquoi saurait-elle de quoi il retournait ? Arden n'en aurait jamais informé ses concitoyens, et à Direveil, ils étaient si isolés qu'il lui aurait été impossible de découvrir cette information par elle-même.

Elle est à nous. À nous.

Et si je voulais briser cette malédiction, si je voulais cette paix qu'elle seule pouvait apporter, si je la désirais *tout simplement*, alors je devais mettre un terme à mon égoïsme, ma jalousie et ma cupidité.

C'était une leçon que j'aurais dû apprendre depuis longtemps, mais elle seule pouvait me l'enseigner.

— Est-ce que c'est comme les voyages oniriques ? Ça n'arrive pas à toutes les Luxas ? Freya m'a appelée la briseuse de malédiction à cause du drap que j'ai rapporté de ta chambre après mon rêve. Elle...

Je n'avais pas besoin qu'elle me rappelle sa force, mais le choc qui me terrassait me donnait du fil à retordre pour garder le contrôle sur mon pouvoir. Il m'était presque impossible de ne pas le libérer pour qu'il puisse répondre à l'appel du sien. Et c'était pour ça qu'il était dangereux que nous soyons ensemble alors que j'étais encore sous l'emprise de la malédiction.

Le sol trembla si fort que les bougeoirs chutèrent

sur le sol de pierre. Les lustres accrochés au plafond se balancèrent violemment tandis que mes émotions prenaient le dessus.

Vale s'éloigna de moi, s'enfonça dans son siège et ouvrit grand ses yeux d'un vert brillant.

— Qu'est-ce qui se passe ?

— Freya avait raison. Tu *es* la briseuse de malédiction. Et ce n'est pas la Destinée ou les circonstances qui essaient de nous séparer. C'est quelqu'un dans ce château.

— Pas nécessairement, répondit-elle en secouant la tête, les yeux embrumés et la mâchoire crispée. L'homme qui a essayé de me tuer avait été ensorcelé. Je l'ai vu. Quelqu'un se servait de lui comme d'une marionnette. Il se peut qu'ils ne contrôlent pas leurs actions.

Cette théorie avait du mérite, mais trop de choses ne collaient pas au timing. Comment quelqu'un avait-il pu être au courant d'un dîner que je n'avais décidé d'organiser que le matin même ? S'ils n'étaient pas dans ce château à nous observer, comment avaient-ils pu savoir que Vale serait avec moi ? Comment auraient-ils pu savoir quelle assiette allait lui être servie s'ils n'étaient pas personnellement dans les cuisines ?

Il se pouvait qu'il y ait une marionnette, mais il y avait aussi quelqu'un qui disposait d'une tonne d'informations et avait eu les moyens et l'opportunité d'introduire le poison dans son assiette.

Je ne voulais pas qu'elle voie ce que je m'apprêtais à faire, mais la laisser seule n'était pas envisageable.

— Viens avec moi, dis-je en lui attrapant la main.

Je la fis lever de la chaise et me faufilai derrière les tapisseries qui donnaient sur le couloir des serviteurs menant aux cuisines.

C'était plus rapide que de passer par le couloir principal. Si le coupable attendait qu'elle s'écroule et meure empoisonnée, ce serait probablement dans ce couloir qu'il attendrait, prêt à faire un esclandre parce qu'une Luxa de plus avait fini par périr.

Une part de moi me trouvait complètement idiot de ne pas avoir réalisé ce qui se tramait avant. Mais si je n'avais pas fait le rapprochement, c'était peut-être parce que Rune avait tué d'innombrables Luxas lui-même.

Quelqu'un voulait à tout prix m'empêcher de briser cette malédiction, et à part mon frère, je ne voyais personne qui souhaiterait réduire autant mon pouvoir.

Il y avait, près des cuisines principales, un petit bureau où la dernière personne encore présente dans ce château à laquelle je faisais confiance passait le plus clair de son temps. Je me méfiais du conseil, Kian et Xavier étaient partis, et quand Freya avait accompagné Vale, elle avait eu ce regard qui indiquait qu'elle était au milieu d'une poursuite, alors il ne restait plus que Briar.

Je frappai à la porte de son bureau, tremblant de rage malgré mes efforts pour me ressaisir.

— Où on est ? Qu'est-ce qui se passe ? chuchota Vale en regardant partout autour d'elle, sa dague serrée dans sa main.

Avant que je ne puisse répondre, Briar ouvrit vivement la porte. Ses cheveux argentés et ses vieilles lunettes en demi-lune furent la seule vision réconfortante de la soirée, en plus de celle de la femme qui se trouvait à ma gauche.

— Vale, je voudrais te présenter Briar. Elle fait partie de ma famille depuis toujours et c'est la seule personne en qui j'aie confiance dans l'immédiat.

Briar, qui était une lutine, était l'intendante de ce château avant même sa construction. Elle avait servi sous les ordres de mon grand-père avant le début du millénaire, avait aidé à élever ma mère et avait maintenu le château à flot pendant la guerre. Son petit-fils tenait actuellement une auberge dans la ville, où sa fille possédait l'une des plus belles boutiques.

Elle examina Vale chaleureusement, l'évaluant d'une manière qui me poussa à me redresser de fierté. Vale était forte, belle et intelligente, et Briar le sentait. Un aveugle aurait pu le voir, et Briar n'avait rien d'une aveugle. Malgré son âge, peu de choses lui échappaient.

— On a besoin de ton aide, commençai-je en m'introduisant doucement dans son bureau.

C'était une alcôve recouverte de mousse, avec un plafond en forme de dôme et des plantes qui poussaient dans chaque interstice disponible. Des papillons virevoltaient entre les fleurs, passant de pétale en pétale, et de minuscules fées volaient d'une étagère à l'autre.

— Bien sûr. Dis-moi ce qui se passe, mon enfant, répondit Briar dont le regard faisait des allers-retours entre Vale et moi. Je veux dire, mon roi.

Je rejetai d'un geste de la main sa tentative de respecter l'étiquette. Cela ne servait à rien si je ne pouvais faire confiance à personne.

— Quelqu'un des cuisines a essayé d'empoisonner Vale. Du cyanure. Si elle ne l'avait pas senti, je...

Le visage de Briar, auparavant aimable et bienveillant, devint aussi dur que la pierre. Elle plissa les paupières, ses grands yeux noisette ne furent plus que des fentes, et une paire d'ailes vaporeuses jaillit dans son dos. S'étant élevée dans les airs, elle me regarda dans les yeux.

— *Qu'est-ce* que tu viens de dire ?

J'eus l'impression de me retrouver le jour où elle m'avait surpris à me battre avec mon frère dans le jardin, quand nous avions dix ans. Nous nous étions métamorphosés et avions brûlé les topiaires, la pergola et une des dépendances parce que nous venions d'apprendre à cracher du feu. Elle nous avait obligés à reconstruire la tonnelle et les bâtiments à la main, sans utiliser la magie, et à faire repousser les arbustes nous-mêmes. Cela avait pris des mois, mais Briar n'était pas une lutine avec laquelle il fallait jouer.

Au moins, cette fois-là, je n'avais rien fait de mal.

— Du poison dans *ma* cuisine ? Par *mon* personnel ? s'offusqua-t-elle, dévoilant ses dents pointues et acérées.

Les lutins étaient une espèce loyale. Par nature, ils voulaient protéger ceux dont ils étaient responsables. Briar avait vraiment été tiraillée de nous voir si longtemps en désaccord, mon frère et moi. Toutefois, elle était restée à mes côtés parce qu'elle méprisait ce qu'il était devenu.

— Juste son assiette, pas la mienne. Compte tenu de ce qu'elle représente, je dois envisager...

L'un des yeux de Briar était agité de soubresauts. Elle claqua des doigts et la porte s'ouvrit. Elle la franchit à toute vitesse, ses ailes battant si rapidement que je les voyais à peine. Ce ne fut que lorsqu'elle arriva près de la salle à manger qu'elle redescendit vers le sol.

Après avoir passé la double porte, elle se dirigea droit vers l'assiette gisant sur le sol. Elle ne s'était pas même approchée à un mètre qu'elle s'immobilisa.

— Du poison. Dans ma maison ? Dans ma nourriture ? Par mes employés ?

Ses yeux noisette se mirent à décrire des cercles et virèrent au noir, ses veines d'un bleu pâle se teintèrent de rouge et ressortirent sur son cou et ses bras frêles. Lorsqu'elle tendit la main vers le ciel, le bout de ses doigts noircit. Alors, tous les membres du personnel de cuisine – chef, serveurs, domestiques, blanchisseurs et préposés –, traversèrent l'espace-temps et atterrirent sur le sol en pierres.

— Je les retiendrai ici, mon Roi. Faites ce que vous avez à faire.

Je jetai un coup d'œil à Vale, qui fixait le grand groupe comme si elle allait vomir. Elle serrait toujours la dague ornée de pierres précieuses dans sa main. Son regard balaya le personnel et finit par s'arrêter sur un employé, celui qui lui avait apporté son assiette. Il n'avait pas l'air différent des autres, il était même parfaitement banal, mais les narines de Vale s'agitèrent comme celles de Rune lorsque le dragon reniflait.

— Rune dit qu'il faut arrêter celui-là, indiqua-t-elle en le pointant de sa dague tandis que ses yeux verts étincelaient. Il sent la magie noire et le poison.

La foule s'écarta de l'homme aux cheveux châtain clair et aux yeux marron dont les épaules voûtées étaient légèrement brouillées par une magie que je ne pouvais pas vraiment discerner. Je le connaissais. Geoff. C'était un préposé plutôt distant, mais il ne m'avait jamais donné de raison de me méfier.

— *Il est recouvert de magie,* assura Vale en se rapprochant de moi pour poser sa main sur mon avant-bras. *Il a été ensorcelé, c'est sûr, mais si on ne le garde pas en vie...*

Sous le choc, je la fixai à nouveau. Elle parlait dans ma tête comme si cette aptitude lui était innée, comme si elle connaissait ses pouvoirs depuis sa naissance.

— *Arrête de me regarder comme ça. Le dernier assassin s'est suicidé avant qu'on puisse l'interroger, ce qui explique sans doute pourquoi Freya n'a rien trouvé.*

De toutes les choses qu'elle aurait pu dire, celle-là me remit les idées en place. Avant que quiconque ne puisse bouger, ma magie jaillit, empoignant le préposé et s'enroulant autour de lui comme un serpent. Je l'attirai à moi, sentant l'odeur de la mort et du poison sur lui.

Comme je l'approchais, il commença à se débattre et son puissant charme se dissipa. Ses iris devinrent laiteux tandis que la magie noire enveloppait sa tête, exactement comme le faisait mon propre pouvoir.

Mais là où le mien n'était que vie, celui-là était pire que la mort, pire que la tombe, pire qu'un au-delà putride.

Ce n'était pas un mort-vivant ou un revenant ; la magie qui l'avait consumé avait dû être acceptée sciemment par son hôte.

— Dis-moi qui t'as envoyé, et je te laisserai vivre ! rugis-je.

Presque instantanément, de l'écume envahit sa bouche. Peu importe les efforts que je déploierais, je ne parviendrais pas à lui soutirer une quelconque information. Le sort qui obscurcissait ses yeux détenait son propre processus d'autodestruction. Je connaissais bien la magie. Désactivant mon pouvoir, je regardai le serveur se convulser sur le sol, sa vie s'achever sous mes yeux.

— Active les boucliers, Briar. Personne n'entre ni ne sort jusqu'à ce que je dise le contraire.

Ma peau perçut presque instantanément le pouvoir de l'intendante et, peu de temps après, les portes du réfectoire s'ouvrirent brusquement. Les yeux d'ambre de Kian étaient inondés de son pouvoir tandis que les flammes bleues de la magie de Xavier léchaient le sol.

— *Reste avec eux,* chuchotai-je dans la tête de Vale en l'attirant à moi. *Chaque fois que vous êtes séparés, on dirait que quelqu'un essaie de te tuer.*

La honte et la détermination guerroyaient dans mon cœur. Je devais reprendre mon royaume en main, sinon tout allait s'écrouler autour de moi. Je croisai le regard de Kian. Il savait exactement ce que je voulais et me fit un petit signe de tête pour m'indiquer qu'il avait compris.

— Je vais te protéger, Vale, lui assurai-je en déposant un baiser sur son front tandis que Kian s'approchait d'elle. Mais quand tout sera fini, je suis presque sûr que ma façon de procéder ne te plaira pas.

À contrecœur, je la relâchai, conscient que la nuit verrait son lot de morts.

— *Qu'est-ce que tu veux dire ?*

Je ne pouvais pas lui répondre, pas maintenant.

J'avais une promesse à tenir.

CHAPITRE 21
VALE

— Est-ce vraiment le moment d'organiser une fête ? bougonnai-je en contemplant les robes que Freya avait jugé assez chic pour le bal qu'Idris voulait organiser moins d'un jour après que quelqu'un eut essayé de me tuer.

Encore une fois.

Xavier m'attira devant lui en passant un bras autour de ma poitrine. Cette marque de réconfort était merveilleuse, mais il allait me dire quelque chose que je ne voulais pas entendre. Je le savais.

— Ils doivent penser qu'on est convaincus d'avoir attrapé le coupable. Qu'on se réjouit et qu'on se repose sur nos lauriers, mais *peu importe*... Parce que, lorsqu'ils essaieront à nouveau de te faire du mal - et ils feront une nouvelle tentative -, on sera prêts à les attraper. Avec Briar, Idris s'attelle à tester la présence de magie noire chez tous ceux qui franchissent les portes, afin d'éradiquer la vermine.

Son intention avait été de me dire des mots rassurants, d'après le ton qu'il avait utilisé, la fermeté avec laquelle il me tenait contre lui, la chaleur de son corps qui cherchait à me bercer d'un faux sentiment de sécurité.

Du pipeau.

— Je suis donc un appât. Fantastique. Est-ce que je pourrais remplir ce rôle tout en étant *entièrement* vêtue ? demandai-je en désignant la sélection de robes importables. C'est quoi, ça ?

Ce n'était pas que je ne les trouvais pas jolies, elles *l'étaient*. Certaines étaient ornées de motifs complexes et des détails magnifiques. D'autres avaient de sublimes couleurs et des broderies ornementales. Elles avaient tout ce que je pouvais exiger d'une robe de qualité.

Le problème, c'était que chacune d'entre elles exposerait la marque imprimée sur mon dos. Une marque particulière qui, dans n'importe quelle autre société, m'aurait mise au ban, envoyée au pilori pour être brûlée vive.

Arden nous avait raconté des choses.

Et même si je savais qu'il n'était rien de plus qu'un menteur et une coquille vide qui utilisait la peur comme une arme, une partie de moi s'inquiétait quand même de savoir si ses propos détenaient une part de vérité. Si j'avais mis tant de temps à quitter la guilde, c'était à cause de ça, supposais-je. Comment aurais-je pu nous exposer au monde extérieur, Nyrah et moi-même, si cette marque équivalait à une mort certaine ?

Si j'avais su que je serais foutue quoi qu'il arrive, je serais probablement partie plus tôt.

— Oh, je t'en prie ! Qu'est-ce qui ne va pas avec ces robes ? s'offusqua Freya qui sirotait dans un verre à vin quelque chose qui, à mon humble avis, n'étais pas du vin. T'as déjà râlé contre celle d'hier. Tu te plains encore aujourd'hui. Quel est le problème ?

Freya était de mauvaise humeur depuis qu'elle avait découvert que j'étais probablement la briseuse de malédiction. Je me plaisais à croire qu'elle était frustrée de ne pas avoir trouvé les responsables de la première tentative d'assassinat et de ne pas avoir pu empêcher la deuxième.

— Je ne veux pas montrer mon dos. On en a déjà discuté.

— Tu crois que t'es la seule à avoir des cicatrices ? dit-elle d'une voix moqueuse en soufflant dans son verre. On est nombreux à avoir des blessures de guerre, petite Luxa. Personne ne va y prêter attention...

D'accord, il y avait peut-être bien de l'alcool dans le sang qu'elle buvait sans trop de discrétion.

— Je me fous des cicatrices, Freya. Par contre, de la marque, non.

— Quelle marque ? demanda-t-elle en retroussant la lèvre et me regardant comme si je me moquais d'elle.

Fronçant les sourcils, j'entrepris de lui exposer les grandes lignes de l'histoire.

— Après la mort de mes parents, on était affamées. Ma sœur a volé de la nourriture à la guilde, et pour qu'ils ne tuent pas une enfant de neuf ans à coups du fouet, j'ai dit que je c'était moi qui l'avais poussée à le faire. J'ai assumé la punition à sa place, et ensuite Arden m'a apposé la marque des hérétiques.

— Tu te fous de ma gueule ? s'exclama Freya en posant son verre, le visage un peu vert. C'est cette petite raclure qui t'a *marquée* ?

Elle sembla alors comprendre mon point de vue.

— Et parce que c'est une marque d'hérétique, elle ne peut pas être masquée par un charme. Quel enfoiré !

C'était exactement la réaction que j'attendais, et la colère qu'elle ressentait pour mon compte me faisait plaisir.

— En gros, c'est ça. Mais je ne savais pas que je

pouvais la masquer par un charme. Je n'avais même pas imaginé cette possibilité.

Kian me dégagea des bras de Xavier pour déposer un baiser sur mon épaule, à l'endroit où il m'avait mordu lors de cette soirée qui me semblait avoir eu lieu une éternité plus tôt. Son baiser était possessif, et bien malgré moi, j'adorais cela.

— Tu sais que tu seras magnifique, quoi que tu mettes.

— Encore une fois, je m'en fiche, protestai-je en lui donnant un léger coup de coude dans le ventre.

D'accord, c'était un mensonge. En fait, je me souciais beaucoup de paraître belle à ses yeux, mais c'était la marque qui m'inquiétait vraiment.

— Honnêtement, dit Xavier en grattant sa barbe naissante, cette marque, du moins dans cette région, inspirera plus de peur qu'autre chose. Personne ne te brûlera sur le bûcher. Ils auront plutôt la frousse.

L'idée avait beau m'être étrangère, elle ne manquait pas de m'enthousiasmer.

Ce n'était *pas* la guilde.

Je n'étais *pas* impuissante.

Plus maintenant.

Si quelqu'un essayait de me brûler, il devrait rendre des comptes à trois dragons et une vieille vampire, pas seulement à moi. D'accord, la vampire risquait d'être complètement ivre avant la fin de la soirée, mais je ne doutais pas qu'elle nous apporte tout de même son soutien.

Je croisai les bras. Une petite lueur d'espoir avait fait fléchir ma détermination.

— Très bien. L'argentée.

— Un choix parfait, assura Freya, dont les yeux s'illuminèrent de joie.

TROIS HEURES PLUS TARD, MON ESTOMAC n'était plus qu'un paquet de nœuds. Tout le monde m'avait expliqué le protocole que je devais respecter, mais je craignais de tout faire foirer. L'idée d'être un appât ne me plaisait pas, et je n'avais pas non plus envie de me préoccuper de chaque bouchée qui passerait mes lèvres.

Je ne voulais plus jamais mourir de faim, mais je craignais que ce soit de nouveau une possibilité.

— *Je ne permettrai pas qu'on t'empoisonne*, grommela le dragon dans ma tête. *Je t'ai sauvée, la dernière fois, non ?*

Naturellement, il avait fallu que Rune prenne cette remarque pour lui.

— *Et j'apprécie tout ce que t'as fait, mais la situa-*

tion est quand même très effrayante vu les circons-
tances. J'ai l'impression d'avoir une cible dans le dos,
et avec la marque, c'est comme si j'en avais vraiment
une.

Au moins, j'étais une jolie cible.

La robe argentée que j'avais choisie présentait un bustier incrusté de pierres translucides et de lourdes perles métalliques, et lacé dans le dos. Le décolleté descendait jusqu'au milieu de mes seins. D'ailleurs, je me demandais bien à quelle magie la robe avait recours pour les soutenir *et* les maintenir, vu la lourdeur du tissu dans lequel était confectionné son bas évasé.

Ce tissu scintillait à la lumière des bougies, mais ce n'était même pas la véritable attraction. Non, c'était la cape aérienne drapée sur mes épaules, dont les épaulettes ornées de perles étincelaient comme des diamants sous la lumière tamisée. Le tissu était aussi fin qu'une aile de papillon, et chaque fois que je bougeais, il s'illuminait comme par magie.

— T'es prête ? me demanda Kian à ma gauche, en passant son bras sous le mien pour me guider vers les doubles portes ouvertes.

Nous attendîmes dans le couloir derrière la procession, en écoutant la voix retentissante du héraut qui annonçait les noms et titres. Xavier me serra doucement le bras, m'apportant le réconfort dont j'avais besoin alors que mes émotions oscillaient entre la colère et l'angoisse.

— On t'a déjà dit à quel point t'es magnifique ? lança Xavier, dont les yeux bleus s'illuminèrent quand il me contempla. Parce que je pense qu'il va bientôt falloir inventer de nouveaux mots pour toi. Aucun de ceux qui existent ne te rend justice.

Freya jeta un coup d'œil par-dessus son épaule. Sa robe noire et dorée mettait en valeur ses courbes.

— Mon Dieu, Xavier. Si tu continues à parler comme ça, tu pourrais bien me faire oublier que j'aime les femmes.

Même si elle venait d'affirmer son penchant pour les femmes, j'eus envie de lui donner un coup de pied. Xavier et Kian étaient *à moi*, bon sang. Bien sûr, ma réaction me donna l'impression d'être possessive et égoïste. Mais...

Ils m'appartenaient depuis le temps que nous avions partagé dans la forêt, et je n'aurais su expliquer pourquoi.

— C'est bon, murmurai-je, et je digérai mon mensonge en essayant de calmer le vacarme que faisait mon cœur.

Les gens qui se trouvaient derrière nous chuchotaient déjà, et en quelques minutes seulement, j'avais déjà entendu le mot « hérétique » franchir les lèvres de plus d'une personne.

— Menteuse, me dit Kian en se penchant pour m'embrasser le cou. Mais ne t'inquiète pas, je ne le dirai à personne.

Un sourire incurva mes lèvres, et ses mots apaisèrent la majeure partie de mon appréhension.

Lorsque ce fut le tour de Freya, le héraut faillit me crever les tympans tant sa voix, que la magie amplifiait, portait dans la salle géante.

— Sa Grâce, la Grande Duchesse Freya Elowen Ashbourne, Duchesse de Fierkeep, Comtesse de Gravesend.

J'essayai d'écouter malgré le sifflement de mes oreilles tout en regardant la vampire descendre les marches pour atteindre le cœur de la salle de bal.

Ashbourne.

Freya était une Ashbourne.

Freya était une Ashbourne et j'avais tué un membre de sa lignée en prenant la vie de Thane.

Oh, merde. Oh, merde, merde, merde.

J'étais encore abasourdie lorsque le héraut clama le titre de Kian.

— Général Kian Blackheart, commandant des forces du roi, défenseur du royaume.

Puis ce fut le tour de Xavier.

— Seigneur Xavier Silverthorne, Main du Roi, Gardien du Sceau Royal.

Mais je me figeai sur place lorsque le héraut me

regarda, m'adressa un sourire complice et annonça un nom qui n'avait jamais été prononcé à voix haute.

Par personne.

— Sa Grâce, la Duchesse Isolde Vale Ténébris, Dame de Shadowmere, Porteuse de Lumière, Briseuse de Malédiction, Grande Luxa de Tarrasca.

Je fus presque contente de n'avoir rien mangé, sinon j'aurais vomi sur le sol en marbre poli. Le héraut pencha la tête, l'air décontenancé, mais son expression paraissait presque fausse. Ravalant ma salive avec peine, je relevai vivement la tête et tentai de masquer la peur qui s'était manifestée sur mon visage.

— *Pourquoi tu as peur, ma Reine ?* demanda Rune, dont la voix dans ma tête me fit l'effet d'un baume et m'aida à descendre les marches derrière Freya, alors que Xavier et Kian devaient pratiquement me soutenir. *Tu as besoin de mon aide ?*

Je secouai presque la tête, même si je savais que le grand dragon ne pouvait pas me voir.

— *Non, je ne sais pas. Je ne crois pas.*

Fermant les yeux une seconde, je parvins à me ressaisir.

— *Personne ne connaît ce nom, Rune. Pas même ma sœur. Il n'a jamais été prononcé à voix haute. Jamais.*

Entre nous, le doute se répandit, suivi par une

vague de colère. Car le petit plan d'Idris avait déjà dérapé. Celui qui agissait contre lui se trouvait déjà dans le château, dans cette pièce, dans...

Ce nom n'était écrit qu'à un seul endroit. Dans un livre très spécial, caché dans nos quartiers sous la montagne. C'était dans ce livre qu'était consignée toute notre lignée, *et nulle part ailleurs.* Dans ma famille, il avait été courant de n'utiliser que nos seconds prénoms pour protéger ce que ma mère appelait notre « nom souverain ». Elle m'avait dit que les noms détenaient un pouvoir et que personne ne devait connaître le mien, que le cacher me protégerait.

À l'époque, je n'avais pas compris de quoi elle parlait, mais à présent tout s'expliquait. La seule personne capable de communiquer mon nom vivait sous la montagne. Ce qui signifiait que quelqu'un dans ce château était en relation directe avec Arden.

Et qu'il voulait que je le sache.

J'examinai la grande salle en reprenant le contrôle de ma respiration.

Les plafonds voûtés imitaient le ciel nocturne en scintillant d'étoiles incandescentes. Sur les vitraux multicolores, on pouvait voir les dieux et les déesses de l'ancien temps, leurs batailles perdues et remportées. De grandes tapisseries couvraient les murs de pierre, représentant des dragons en plein vol et dont les images étaient si détaillées que je m'attendais à tout moment à voir les bêtes se libérer de l'œuvre d'art. Devant les solides tables en bois qui débordaient de nourriture, les invités picoraient dans les plats tandis que nous attendions le vrai début de la soirée.

Les lustres en fer avec leurs lumières magiques projetaient une lueur sublime sur toute la salle, illuminant même le petit balcon rempli d'instruments à cordes qui semblaient jouer tout seuls.

Kian et Xavier me conduisirent jusqu'à une estrade surélevée, au milieu de laquelle Kian tira un gigantesque siège finement sculpté. Toutefois, je savais que je ne devais pas m'asseoir, à cause de celui qui arriverait en dernier. Troublée, je m'accrochai fermement au dossier du siège.

— Qu'est-ce qui ne va pas ? chuchota Xavier en cherchant du regard une menace, tandis que Kian serrait plus fort ma main.

Je secouai la tête, ne sachant comment lui parler, sans provoquer une scène, de la menace voilée que représentait mon nom souverain. Ils voudraient mettre l'endroit sous clé, et je ne savais pas si tous les employés avaient été scannés par les boucliers de Briar.

— Sa Majesté, le Roi Idris Ashbourne, Souverain du Crédour, Protecteur du Royaume, Seigneur de

Tarrasca, signala le héraut en frappant trois fois son bâton sur le sol.

Oh, mon Dieu !

J'aurais dû faire le rapprochement avant. Idris détestait son frère. Arden était un dragon. Direveil était en guerre contre le Crédour depuis des années.

Idris était donc le frère d'Arden.

J'avais tué son neveu.

Oh, mon Dieu !

J'inspirai à pleins poumons lorsque Idris traversa la pièce à grands pas et s'assit à ma droite. Je me laissai alors pratiquement tomber sur la chaise et cachai mes mains tremblantes sous la table pour ne pas attirer l'attention lorsqu'elles se mirent à briller.

— Ton visage a une teinte verdâtre, Vale, me chuchota Idris à l'oreille. Est-ce que...

— Je vais bien, le coupai-je en placardant un sourire sur mon visage. Tout va bien.

— *Dis ça à ta tête, ma petite téméraire. Ton esprit me hurle dans les oreilles.*

Je voulais rester neutre, rester calme, mais mon esprit m'en empêchait.

— *Vous êtes frères*, fis-je, accusatrice, en essayant de comprendre.

Était-ce un jeu pour voir combien de temps je mettrais à m'en rendre compte ? Était-ce parce qu'il avait honte ?

— *Pourquoi tu ne m'as pas dit que l'homme qui m'a torturée, qui a failli m'assassiner et qui a tué mes parents était ton frère ?*

La colère me motivait. J'avais sauvé Nyrah de son salaud de neveu et le referais. Je ne regrettais pas de l'avoir tué, pas une seconde, pas une minute, pas un jour. Il méritait de mourir pour ce qu'il avait fait.

— *Parce qu'il est ma plus grande honte,* répondit-il.

Choquée par le chagrin et la sincérité de cette déclaration, je tournai mon regard vers le sien. Ses yeux consumèrent les miens alors qu'il me suppliait de le comprendre.

— *Tout ce qu'il a fait, c'est de ma faute, parce que je n'ai pas été capable de le tuer quand j'aurais dû. Deux cents ans de misère parce que j'ai failli à mon devoir envers le royaume.*

Ma colère diminua légèrement, remplacée par la peur que j'avais ressentie auparavant.

— *Il faut que tu saches que ton héraut a annoncé mon nom souverain. Le seul endroit où il apparaît est le livre relatant l'histoire des Luxas où tous nos noms de famille sont inscrits. Celui qui lui a communiqué ce nom connaît personnellement Arden, car ce livre est toujours sous la montagne, là où je l'ai laissé.*

Le visage d'Idris se figea, sa mâchoire se crispa et ses yeux dorés prirent une teinte rouge.

— *Tu te souviens quand j'ai dit que tu n'aimerais pas le moyen que je devrais employer pour te protéger? Tu dois agir comme si tu ne t'attendais pas à ce que je m'apprête à dire. C'est important. Promets-le-moi.*

J'eus le souffle coupé lorsqu'il attrapa ma main sous la table, se leva et m'entraîna avec lui.

— Tu me le promets ? murmura-t-il alors qu'un silence s'installait dans la foule.

Je me préparai au choc en lui faisant un signe de tête réticent.

— Restez assis, tonna-t-il d'une voix plus forte que celle du héraut qui avait été amplifiée par la magie. Chers invités du Crédour, je vous ai fait venir de loin pour vous faire part d'une annonce capitale.

Son ton formel suscita en moi un effroi qui submergea mes entrailles. Je ne savais pas si cette sensation provenait de lui, de Rune, de moi, ou de nous trois réunis. Cette annonce allait mal se terminer, et je rassemblai mon courage, tout en affichant un sourire avenant – quoique totalement faux – en attendant la chute de sa déclaration.

— C'est avec une grande joie que je déclare mes fiançailles avec la charmante duchesse Isolde Vale Ténébris, qui a conquis mon cœur et mon âme par sa loyauté, sa force et sa détermination inébranlable à restaurer la paix dans ce royaume.

On aurait pu me décerner une médaille juste pour

mon expression faciale. Mais mon cœur s'était mis à palpiter dans ma poitrine tandis que je luttais contre l'envie de le frapper à la gorge, comme Kian me l'avait appris. Et pendant ce temps, Idris poursuivait son petit discours comme si rien de ce qu'il disait n'allait changer ma putain de vie.

— Notre union apportera non seulement la prospérité et l'unité à notre continent bien-aimé, mais aussi la lumière au milieu d'une époque obscure. Alors, s'il vous plaît, levez vos verres et célébrez avec moi ce joyeux événement, et que la bonne fortune brille sur nous tous.

Des acclamations s'élevèrent de la foule, les invités se levèrent pour applaudir et scander leurs félicitations.

Toutefois, de mon côté, je complotais un meurtre.

— *Tu n'auras pas à craindre que ton frère descende de sa montagne pour te tuer, car je vais m'en charger moi-même.*

Idris porta ma main à ses lèvres et l'embrassa avant de me serrer contre lui.

— *Tiens bon, ma petite téméraire. Je vais t'embrasser devant tous ces gens. Donne l'impression que ce baiser est authentique, s'il te plaît.*

Sur ce, il joignit ses lèvres aux miennes, et même si je voulais le tuer, même si je voulais lui donner un coup de genou dans les couilles et lui piétiner le torse, je le laissai m'embrasser. Et bon sang, cela me parut réel.

Il prit mon visage entre ses mains comme si j'étais précieuse à ses yeux, et non pas comme s'il m'avait eue avec un mensonge. Appuyant son front au mien, il inspira mon odeur avant que ses lèvres effleurent ma bouche.

Une fois.

Deux fois.

Et puis il revendiqua ma bouche.

Comme dans notre rêve, il ne se contenta pas de m'embrasser, il me posséda. Son pouce massa mon pouls avant qu'il agrippe ma gorge avec fougue et introduise sa langue dans ma bouche pour m'embrasser de manière charnelle et passionnée.

Et aussi agréable que cela ait été sur le moment, c'était un mensonge.

Tout n'était que mensonge.

Lorsqu'il rompit le baiser, la foule fit un vacarme aussi assourdissant que les battements de mon cœur. Mais je ne vis rien de la scène. Non, je remarquai l'expression fermée de Xavier, le visage blanc de Kian et l'inquiétude de Freya. Aucun d'eux ne savait ce qu'il avait prévu. C'était déjà ça.

— Continuez les festivités. Nous reviendrons très bientôt.

Idris m'entraîna dans un couloir caché et désert.

Paniquée, haletante, je le laissai me conduire dans une pièce sombre dans l'âtre de laquelle un feu crépitait.

Et ce fut quand il me prit dans ses bras que je perdis enfin les pédales. La magie jaillit de ma peau, le projeta au sol. Une barrière m'enveloppa d'une bulle étanche que *personne* ne pouvait pénétrer.

Allongé sur le dos, il leva les mains en signe de reddition.

— Je sais que t'es en colère...

— Tu crois, putain ? Bien sûr que je suis en colère.

J'arrachai la cape de mes épaules, dont le col serré autour de ma gorge me rappelait de façon peu subtile qu'il pensait me posséder. Et « en colère » ne décrivait pas bien mon état. «Furieuse», même, était un faible mot vu la rage que je ressentais à ce moment-là.

— Tu viens de me graver une cible dans le dos. Qu'est-ce qui t'a pris, putain ?

Il se leva et me surplomba, même s'il ne pouvait pas franchir mon bouclier.

— Je pensais que mon statut et ma couronne pourraient leur montrer qu'on ne peut pas te nuire sans conséquences. Que t'étais pleinement sous ma protection.

Ce n'était pas possible qu'avec son grand âge il soit aussi naïf.

— Depuis que je suis chez toi, j'ai failli être tuée deux fois. Ils savent déjà que je suis sous ta protection. Et. Ils. S'en. Foutent. Putain ! Qu'est-ce qui t'a fait croire qu'annoncer nos fiançailles à une salle bondée était une bonne idée ?

Le rouge irradia dans ses yeux tandis qu'un tremblement à peine perceptible ébranlait le château. *Ah, il voulait montrer sa colère maintenant ?* Eh bien, tant pis.

— Parce qu'il le fallait. Parce qu'ils ne peuvent pas venir et t'éloigner de moi. Ils ne peuvent pas, putain, d'accord ?

Je supprimai mon bouclier juste le temps de le frapper dans le ventre. Et je le regardai fièrement se plier en deux, le visage coloré par la surprise.

— Je. Ne. T'appartiens. Pas. Quand est-ce que tu vas te mettre ça dans le crâne ? Je n'ai jamais été à toi.

Son sourire révéla qu'il connaissait quelque chose que j'ignorais, et le doute m'envahit lorsqu'il se redressa de toute sa hauteur.

— T'es sûre de ça ? On communique télépathiquement, Vale.

Il le disait comme si c'était un détail important.

— Ça n'a rien de spécial, rétorquai-je en levant les yeux au ciel. Je fais la même chose avec Kian et Xavier. Rune aussi.

— Exactement. Mais seuls les partenaires liés par

le destin en sont capables. Dans toutes les légendes de notre monde, seuls les partenaires liés par le destin parlent télépathiquement, et il n'y en a pas eu, que ce soit un couple ou autre chose, depuis deux cents ans. Aucun depuis le jour où j'ai été maudit.

Je m'éloignai de lui comme si la distance pouvait me permettre de me sentir moins écrasée par la vérité.

— La marque sur ton épaule ? Celle que t'a faite Kian ? Je peux la voir... tous les métamorphes le peuvent... même à travers tes vêtements. Il a proclamé que tu lui appartiens. Le processus n'est pas achevé, mais il existe quand même.

Je secouai la tête. Non, Kian me l'aurait dit. Il m'aurait dit quelque chose.

— Je ne te crois pas.

L'expression d'Idris était résolue, ferme. Il ne mentait pas.

— Pose-leur la question, demande à Xavier. Ils sauront de quoi je parle. Bon sang, si tu veux vraiment une réponse honnête, pourquoi ne pas demander à Rune ? Il sait ce qui se passe, même s'il ne veut pas t'en parler.

Mais Rune garda le silence dans ma tête, ce qui suffit à confirmer ses dires.

— Alors, c'est juste ta stupide malédiction ? Je n'ai

pas mon mot à dire ? Rien du tout ? Je suis attirée par vous tous, mais rien n'est réel ?

Depuis le début, j'avais été poussée vers eux, je ressentais le besoin d'être près d'eux, je les désirais, contrôlée par une force que je ne pouvais pas expliquer. S'intéressaient-ils vraiment à moi ? Ou n'était-ce qu'un tour de magie ? Et pourquoi avais-je l'impression de sentir mon cœur se briser ?

— Bien sûr que si. Ce n'est pas une condamnation à mort. Vois ça plutôt comme une attirance extrême avec une manière de communiquer avantageuse. Oui, la connexion est là, mais c'est à nous de la forger, de la renforcer. T'as le choix. T'as toujours eu le choix.

Ce n'était pas du tout l'impression que j'avais. En annonçant nos fiançailles, il m'avait juste donné le sentiment de m'avoir arraché tout pouvoir de décision.

— Je ne t'aime pas, crachai-je, cherchant à le blesser à hauteur de ma souffrance, et l'attaque fit mouche, car je le vis tressaillir.

Sa mâchoire se durcit et son regard consuma le mien.

— Tu crois que je ne le sais pas ? Tu n'as pas besoin de m'aimer pour m'épouser, Vale.

Je le savais. Ce genre d'arrangements arrivait tous les jours. Je pensais juste... Je n'avais aucune idée de ce que j'avais pensé. Je n'avais jamais élaboré un quelconque projet, à part celui de nous sortir de la guilde. Qu'est-ce que cela changeait que je sois fiancée à lui ?

— Je ne les abandonnerai pas. Kian. Xavier. Je ne vais pas les négliger pour te préférer. *Jamais*.

Une expression qui ressemblait à de l'espoir apparut sur ses traits, mais il ne tarda pas à la dissimuler.

— Personne ne t'a demandé de le faire. Vu ce qu'ils représentent pour toi, ce serait une bataille perdue d'avance.

Une part de moi s'accrochait au bord d'un précipice, persuadée que j'allais tomber.

— Je ne veux pas t'épouser, chuchotai-je, dévorée par la peur avant que je puisse la retenir.

Et s'il avait raison ? Si c'était le seul moyen d'enrayer assez longtemps leurs manigances pour briser la malédiction ? Si cela nous permettait de gagner le temps dont nous avions besoin ?

— Je le sais aussi, répondit-il dans un rire dont le son dénué de joie me frappa. Mais je te donnerai ce que tu cherches si t'acceptes de m'épouser.

Mon Dieu, il était complètement idiot.

— Qu'est-ce que tu vas m'offrir maintenant ? Des bijoux ? Des richesses ? Des châteaux ? Tu sais que je ne veux rien de tout ça.

— Ta sœur, dit-il alors, en s'approchant de moi pour introduire ses doigts comme une lame dans ma bulle magique et s'accrocher à ma main. Je t'aiderai à la sauver si t'acceptes de m'épouser. Je déploierai toutes les ressources de la couronne pour la ramener près de toi.

Riant comme si j'étais à moitié timbrée, je désactivai mon bouclier, cette fichue chose qui était inefficace contre lui.

— Alors, tu me soudoies. C'est ce que tu comptes faire ?

— Si c'est ce qu'il faut pour assurer ta sécurité, confirma-t-il en posant son doigt sous mon menton pour me faire lever les yeux vers les siens.

Je devais me rappeler que je ne lui servais qu'à briser sa malédiction. Il ne s'intéressait pas à moi. Je l'attirais peut-être, mais comme il l'avait dit, il nous fallait cultiver notre relation. Or, Idris n'avait pas l'intention de s'y atteler.

— Il y a une chose qu'il faut que tu saches, dis-je, consciente des problèmes que je pouvais causer si j'attendais pour lui dire la vérité.

Il changea de position, me serra dans ses bras, et son imposant corps me remplit à la fois d'un sentiment de sécurité et d'effroi.

— Je t'écoute.

Je déglutis, ma détermination vacilla, mais je finis par me lancer.

— La raison pour laquelle j'ai été attachée à ce

pieu. C'était pour un meurtre. J'ai tué le fils d'Arden Ashbourne, ton neveu.

Il fronça les sourcils tandis qu'une faible lueur éclairait ses yeux, mais son emprise ne faiblit pas.

— Je suppose que t'avais une bonne raison. À moins que tu n'aies l'habitude de massacrer des gens ?

— Il a essayé de violer ma petite sœur. Je me suis assurée qu'il ne touche plus jamais une autre femme.

Je lui exposai la suite.

— Je ne regrette rien. Je le referais sans hésiter.

— C'était ton droit, répondit-il en hochant la tête, lèvres pincées. Mais j'aurais aimé que tu m'en parles plus tôt. Ça explique la ténacité dont mon frère a fait preuve pour t'atteindre. Pourquoi il a été si brutal au sommet de la montagne. Il veut se venger.

Je pensai à mes parents.

— Ce n'est pas lui qui mérite d'être vengé. C'est moi, déclarai-je avec un sourire tranchant. Alors, tiens-en compte en faisant tes promesses. J'ai déjà tué pour elle une fois. Je n'hésiterai pas à recommencer.

— C'est noté, mais ça ne change rien pour moi, dit-il, avec un sourire qui révélait une petite pointe de fierté. Est-ce que tu acceptes mon offre ?

Si cela impliquait de retrouver ma sœur, comment pouvais-je refuser ?

— Oui.

Aussitôt que je prononçai ce mot, j'eus le sentiment que mon cœur était pris dans un étau. Idris porta ma main à ses lèvres avant de sortir une bague de sa poche et de la glisser à mon doigt. C'était un gros bijou en onyx avec une pierre rouge sang au centre, et dont les couleurs tourbillonnaient dans un mouvement presque constant.

Le joyau était magnifique et inquiétant, et j'avais beau vouloir l'enlever, je ne pouvais pas m'y résoudre. Bien que ce ne soit qu'une simple pierre, elle me donnait l'impression de peser une tonne.

Car si je ne jouais pas le jeu à fond, toutes nos vies seraient menacées.

CHAPITRE 22

XAVIER

La pièce circulaire qui m'était familière contenait à peine ma rage tandis que je contemplais le visage de mon roi. Il avait été l'un de mes amis les plus proches pendant plus d'années que je ne pouvais en compter, et pourtant, le simple fait de le regarder me donnait envie de lui fracasser le crâne et de cracher dessus.

Mais encore une fois, j'étais peut-être juste jaloux.

L'épaule de Vale qu'avait marquée Kian me rappelait presque constamment que l'attirance que je ressentais pour elle n'était qu'un souhait futile qui ne se réaliserait jamais. Et après la demande en mariage inattendue que notre roi avait maquillée en annonce, j'avais juste envie de me métamorphoser en dragon et de laisser mon animal le dévorer.

— Tu ne peux pas encore m'en vouloir, murmura

Idris, assis sur le trône qu'il occupait depuis tant d'années.

— Et tu ne peux pas être aussi stupide. Tu l'as privée de ses choix. Comment est-ce que t'as pu faire un truc pareil après tout ce qu'elle a vécu ?

— C'était le seul moyen d'assurer sa sécurité, dit-il en se penchant sur le côté avec un visage défait qui était le seul réconfort que je pouvais trouver dans toute cette histoire.

Nan. Pas du réconfort. Juste de la bêtise.

— Arrête ton baratin. T'as fait ce que tu voulais sans te soucier des autres. Tu n'as donc rien appris pendant toutes ces années ?

Idris se leva, la fureur gravée sur chaque ligne de son visage, et pourtant, je m'en moquais complètement.

— Tu n'es pas juste. Elle a accepté de son plein gré. J'ai accepté de ne pas me mettre en travers de ton chemin ou de celui de Kian. Elle l'a exigé. Ces fian-çailles avaient pour but de la placer sous ma protection.

Tout cela n'avait aucun sens.

— Elle était déjà sous ta protection, et ils ont essayé de la tuer deux fois. Non, tu souhaitais la revendiquer publiquement et la manipuler pour qu'elle se retrouve prisonnière de la situation. C'est le même cirque qu'avec Zamarra, mais cette fois-là...

— Zamarra n'a rien à voir avec ça, protesta-t-il tandis que ses yeux s'embrasaient et que la pièce tremblait. Je tiens à Vale, oui, mais cette fois, j'ai compris que l'amour que j'ai pour cette femme n'est pas réciproque. Arden et Zamarra cherchaient à me voler mon trône. Vale n'en veut pas. Elle désire seulement retrouver sa sœur, et je serai heureux de pouvoir lui rendre service. Cette malédiction m'a transformé en pion, et parfois, on a juste besoin d'une reine pour redresser les torts.

Il s'installa sur son trône, les traits de son visage de plus en plus tirés à mesure que les minutes s'écoulaient.

— Elle sera ma reine, elle brisera la malédiction et j'aiderai à sauver sa sœur. Et peut-être qu'alors...

Il secoua la tête avec un rictus qui révélait son chagrin.

— Peut-être qu'elle me verra comme je la vois.

Oh, quels idiots en mal d'amour nous faisions.

— T'as de la chance que ce soit moi qui sois là pour cette conversation et pas Kian.

Et s'il n'était pas là, c'était uniquement parce qu'il avait dû supplier Vale de ne pas le tuer pour lui avoir caché la réelle signification de la morsure qu'il lui avait faite à l'épaule. Certes, la discussion s'était rapidement changée en gémissements que j'étais incapable d'écouter, mais au moins l'un d'entre nous s'amusait.

— On sait tous les deux que je ne l'aurais même pas vu venir, grommela Idris en plissant le front. Le conseil a dit pourquoi il demandait cette réunion ? Il est bien trop tôt. Après un bal, on aurait pu penser qu'ils feraient la grasse matinée pour une fois.

— Non. Seulement que les événements de la nuit dernière étaient préoccupants et que le sujet devait être abordé, indiquai-je, laissant de côté ma jalousie pour un instant.

— Tu paries combien qu'ils pensent qu'elle n'est pas faite pour le trône ? ricana Idris. Comme si en tant que duchesse elle ne détenait pas un statut plus élevé qu'eux.

— Ce n'est pas son titre qui leur pose problème. C'est ce qu'elle représente et le pouvoir qu'elle détient. Ils y voient le terme de leur règne et de leur influence. Ils pensent qu'une fois la malédiction brisée, la situation sera pire qu'avant. Que ça ressemblera au règne de ton père, quand personne ne prenait en compte les autres factions. Que leur sort est scellé.

Et c'était la partie que, selon moi, il n'avait pas comprise. Les gens souhaitaient voir Vale morte parce qu'elle représentait la fin de leur règne. Pas seulement celle de la guerre. Elle les empêcherait de continuer à tirer profit de la guerre. Le désespoir fait faire des choses très stupides aux gens acculés au pied du mur, et la montée en puissance de Vale impliquait pour eux un déclassement.

— Pourquoi tu crois que j'ai voulu la placer sous la bannière de la couronne ? C'est le seul véritable moyen de la protéger.

Il poussa un soupir de martyr.

— Laisse-les entrer. Finissons-en.

Vingt minutes plus tard, je me demandai si assassiner tout le conseil serait une meilleure idée que de les écouter plus longtemps dénigrer Vale.

— Ce n'est qu'une dépravée élevée par notre ennemi ! rugit Dorian, perdant sa dignité au fil de son argumentation. Non seulement on ne peut pas lui faire confiance, mais elle n'a pas encore passé la deuxième épreuve. On sait tous que la briseuse de malédiction est destinée à être votre compagne. Elle doit terminer les épreuves, sinon...

Une force dorée jaillit des doigts d'Idris, enveloppant Dorian et l'élevant dans les airs si rapidement que le vieux vampire fut obligé de rester suspendu la tête en bas. Son visage pâle était maintenant aussi rouge que le sang qu'il buvait.

— Sinon quoi ? beugla Idris, les yeux en feu, tandis que le sol tremblait à cause de sa patience qui s'était envolée. Je ne peux tout de même pas penser que tu allais menacer ma promise, Dorian. Tu ne serais pas aussi stupide, n'est-ce pas ?

— N... non, Sire, dit Dorian, dont le visage devint plus rouge encore. C'est juste...

— Je te suggère de cracher le morceau, intervins-je en dégainant mes épées et en les pointant vers sa gorge.

— Il y a des rumeurs, souffla-t-il. Comme quoi elle vous aurait ensorcelé. V... vu d'où elle vient, ça calmerait l'agitation à l'extérieur du château si elle réussissait la prochaine épreuve.

Rapidement, j'éloignai mes lames de son cou, reprenant ma position à côté d'Idris.

— Manque-lui encore une fois de respect, et je prendrai ta tête et la mettrai au bout d'une pique pour rappeler à tous les membres de ce conseil à qui vous avez affaire, déclara-t-il avant de se détourner de Dorian pour s'adresser à l'ensemble du conseil. Vale est sous ma protection. *La mienne.* Formuler une menace à son égard équivaut à me menacer personnellement. Je réagirai en conséquence. Elle sera votre reine. Prenez-en bonne note.

Sur ce, il relâcha Dorian, et le vieux vampire retourna à sa chaise après avoir été corrigé. Les membres du conseil en profitèrent pour s'agenouiller, ce que je trouvai intelligent de leur part. Mais ce ne fut que lorsque Fenwick se leva en se tordant les mains que la réalité s'abattit sur moi.

— Votre Majesté, si je peux me permettre... Bien que nous puissions reconnaître que les propos d'aujourd'hui aient mal été présentés, il est important que les faits soient entendus. Si nous voulons que l'agitation s'apaise, votre promise doit relever les épreuves, et vite.

Fenwick s'avança, le visage crispé par l'inquiétude.

— Les habitants parlent de guerre civile. Personne ne veut voir ce grand royaume s'effondrer. Nous devons faire en sorte qu'elle aille jusqu'au bout des épreuves, et vite, et que son succès soit à l'abri de tout reproche. Comme les autres Luxas, elle ne doit pas être informée de l'épreuve à l'avance. C'est impératif pour la prospérité de notre royaume.

Mais je savais en quoi consistait la deuxième épreuve, et elle n'avait aucune chance de la remporter. Pas sans aide.

— Dans combien de temps ?

— Dès que possible, dit Fenwick, dont la barbe remua quand il grimaça. Dans un jour au plus tard. Nous ne pouvons pas attendre plus longtemps, je le crains. Les marchands sont pillés, les fermes dévalisées, il est impératif de faire preuve de force de manière positive, sinon...

— Organisez-la, l'interrompit Idris en levant la main pour mettre fin à son caquètement. Comme pour toutes les autres épreuves, je ne lui révélerai aucun détail, mais vous verrez qu'elle possède toutes les qualités d'une Luxa, et bien plus encore. Vous pouvez disposer.

— Mais, Sire, bredouilla Fenwick. Comment pouvons-nous être sûrs que vous ne...

— La malédiction m'empêche de parler des épreuves à qui que ce soit, s'offusqua Idris, dont les yeux s'embrasèrent. Cette information a été transmise aux membres du conseil il y a deux cents ans. Prétendez-vous que même les liens dont la malédiction m'enserre ne sont pas irréprochables pour vous ? tonna Idris en se levant, tandis que le conseil se précipitait par terre. Cette malédiction a été conçue par une sorcière déterminée à me faire comprendre que seule ma véritable compagne pouvait la briser. J'ai vu trente-cinq femmes périr sous les flammes de Rune, treize mourir au bord de la falaise et trois consumées par leurs pouvoirs. Cinquante et une femmes sont mortes. Certaines auxquelles je tenais, d'autres non. Aucune d'entre elles n'a été informée à l'avance. Pensez-vous qu'après tant de morts, je romprais cette chaîne maintenant ?

Un chœur de « non » résonna dans la pièce.

— Organisez cette satanée épreuve et faites attention à votre loyauté. Sinon, je m'en chargerai personnellement. *La séance est levée.*

Aussitôt que le conseil quitta la salle, Idris se tourna vers moi.

— Tu sais, tout ce que je viens de dire ? Rien ne s'applique à toi. Prépare-la, tu comprends ? Tu as juré que tu ne la regarderais pas mourir. Moi non plus.

Sur ce point, nous arrivions enfin à être d'accord.

Sans un regard en arrière, je m'enfonçai dans les tunnels dissimulés, traversant à toute vitesse le château pour la rejoindre avant que le conseil l'atteigne. Nous devions partir, et vite. Lorsque j'arrivai dans la chambre de Kian, j'avais mis au point un plan.

Il ne me restait plus qu'à obtenir l'accord de Vale.

Faisant irruption dans les appartements, je passai devant Freya qui, les pieds posés sur la table à manger, somnolait à moitié. Elle ouvrit un œil, me vit et se remit à roupiller. Elle ne serait d'aucune aide. À mon avis, Kian supervisait probablement ses soldats, et toute interruption risquait de faire des vagues.

J'étais donc le dernier rempart.

Je me dirigeai directement vers la chambre. Nue, enveloppée dans un drap et endormie, Vale était blottie contre un oreiller. Ses cheveux formaient un tas de vagues emmêlées autour de ses épaules. Elle avait l'air si paisible, et j'étais sur le point d'éclater cette bulle de tranquillité.

Avant même que je puisse la toucher, elle se réveilla en sursaut, tenant à la main une dague qu'elle me mit sous la gorge en un éclair. Elle était de plus en plus rapide. Et putain, elle était la plus belle chose que j'aie vue de ma vie. Mon sexe durcit au contact de son corps chaud et nu.

— Xavier ?

Je devais me concentrer. Ce n'était pas le moment de laisser ma bite me contrôler.

— Habille-toi, il faut qu'on parte. Tout de suite. Ils organisent la deuxième épreuve pour demain, et tu dois être prête. Dépêche-toi avant que quelqu'un du conseil n'ait la brillante idée de te séquestrer.

Ouvrant de grands yeux, elle se mit en mouvement et quitta le lit en vitesse pour se rendre dans la garde-robe.

— Des chausses, s'il te plaît. Et une cape. Il va faire froid là où on va.

Dix minutes plus tard, elle était habillée et tressait ses cheveux dans son dos tout en me suivant à travers les couloirs dissimulés qui menaient au parc sud, à l'abri des regards indiscrets. J'avais déjà pris mon sac de rechange, et bientôt, elle apprendrait la suite de mon plan.

Ce serait le moment où les choses risqueraient de se gâter.

Avant de sortir du tunnel, je la forçai à s'arrêter.

— Deux choix se présentent à toi, aucun d'eux ne va te plaire.

— Tu me fais peur, Xavier. Dis-moi ce qui se passe.

— On doit se rendre dans les montagnes et revenir avant le lever du soleil, quand ils viendront te chercher pour l'épreuve. Ça signifie qu'on doit...

— Voler ? s'exclama-t-elle en s'éloignant de moi, les yeux écarquillés. Non. Pas question. Pourquoi...

— L'épreuve concerne l'altitude. Si on ne travaille pas sur ce point maintenant, tu mourras demain, et je ne pourrai rien y changer. Maintenant, voici les choix qui s'offrent à toi. Soit je t'endors avec ma magie et on peut voyager rapidement, soit tu voles avec moi et tu commences à surmonter ta peur dès maintenant. Choisis.

— T'es sûr que c'est la seule solution ? demanda-t-elle dans un souffle tremblant, son cœur battant la chamade dans sa poitrine.

— Sinon, je ne te ferais pas subir un truc pareil.

— Je veux voler avec toi, déclara-t-elle alors qu'elle se raidissait.

Les cris lointains des gardes m'indiquèrent que son absence avait été détectée. Si nous ne partions pas sans être remarqués, nous nous retrouverions dans une impasse.

— Quand je me serai métamorphosé, je me baisserai. Monte sur mon dos. À la base de mon cou, il y a un creux profond derrière la dernière nervure. Assieds-toi là et accroche-toi à mes épines. Compris ?

Les cris se rapprochaient. Il ne nous restait plus beaucoup de temps.

— Nervure, épines, compris. Transforme-toi. Je m'occupe de ton sac.

J'enlevai mes chausses, qu'elle rangea dans le sac pendant que j'avançais dans le grand espace dégagé. Mes os craquèrent et se fissurèrent quand la métamorphose me submergea. Je me remettais encore de la douleur provoquée par le changement de forme lorsque Vale grimpa sur mon dos, s'installant exactement à l'endroit que je lui avais décrit. Son corps était beaucoup plus léger que ce que j'avais cru, et je m'inquiétais de savoir si elle serait capable de rester en selle.

— *Accroche-toi bien, s'il te plaît.*

Sentant sa prise se resserrer, je décollai du sol pour m'élancer vers les nuages inférieurs, dans la masse desquels mes écailles blanches se fondraient facilement. J'espérais que personne ne nous verrait partir, et dès que je le pus, je bifurquai vers l'ouest, en direction des falaises où se déroulerait son épreuve.

En calèche, le voyage aurait pris des heures, mais de cette façon, il ne durerait que quelques minutes. La falaise se profilait déjà au loin, les chutes projetaient des rayons de lumière malgré l'obscurité.

— *On y est presque.*

Quelques minutes plus tard, nous atterrissions et Vale sautait de mon dos, tremblant de tout son corps. Tombant à genoux près de la rivière sinueuse qui menait aux chutes, elle respira à pleins poumons et serra les poings. Là, l'eau était glaciale, parce qu'elle provenait principalement de ruissellements montagneux, mais elle se jetait au pied de la falaise dans une source d'eau chaude naturelle. C'était l'un de mes endroits préférés, malgré le caractère horrible du lieu.

Ma métamorphose fut rapide. Tout en enfilant un pantalon, je pus lui donner les informations nécessaires, à présent que personne ne pouvait nous entendre.

— L'épreuve de demain est censée tester ton lien avec Rune. La briseuse de malédiction doit pouvoir lui parler télépathiquement pour réussir. T'es la seule à en être capable, il n'y a donc pas de problème.

— Pourquoi je suis obligée de parler à Rune, Xavier ? demanda-t-elle toute frissonnante, en me fixant comme s'il venait de me pousser une deuxième tête.

C'était plus un reproche qu'une question, et si elle

avait pu me poignarder, j'avais le sentiment qu'elle l'aurait fait. J'aurais eu peu de chances de m'en sortir après ça.

— L'épreuve consiste à descendre les yeux bandés de cette falaise. Pour que tu réussisses l'épreuve, Rune doit te rattraper. La seule façon de survivre est de communiquer télépathiquement avec lui. Mais ce n'est pas ce qui m'inquiète. Je suis presque sûr que c'est l'altitude qui pourrait te faire échouer.

— T'en es presque sûr ? dit-elle dans un ricanement à moitié hystérique qui contrastait avec sa posture droite. Et en quoi exactement m'emmener ici va résoudre ma peur du vide ?

Elle avait raison, mais je n'avais rien trouvé d'autre dans un délai aussi court. Peut-être que si elle essayait et ne mourait pas...

— J'envisageais de te bander les yeux et de te faire marcher comme tu devras le faire pendant l'épreuve. Comme je serai métamorphosé et à proximité, je pourrai facilement t'attraper, comme Rune. Ça t'aidera à te préparer à la...

— Chute soudaine ? proposa-t-elle, avant de lâcher un rire nerveux qui me glaça le sang. Qui a inventé ces épreuves ? Et pourquoi... pourquoi moi ?

— Elles ne sont pas aussi compliquées qu'il y paraît.

— Dit l'homme qui n'a jamais eu à les relever.

C'est comme si on te demandait de sauter d'une falaise et de te métamorphoser dans l'air. Ils sont *fous* ?

Oui, mais ce n'était pas le conseil qui avait défini les épreuves. C'était Zamarra. C'était autant une punition qu'un moyen de ne jamais libérer Idris de sa malédiction.

— Fou ou pas, c'est quand même ce qu'ils vont te faire subir. Dès que nous serons rentrés au château, ils t'isoleront et te conduiront sur cette falaise. Ils te banderont les yeux et te feront marcher au sommet. Sous la menace d'un couteau si nécessaire. Tu ne serais pas la première à ne pas vouloir te précipiter du haut d'une montagne vers une mort quasi certaine.

— Génial. Fantastique. J'adore ce projet. Et puis, ce n'est pas comme si c'était ma phobie de tomber d'une montagne ou d'ailleurs.

Je tendis la main vers elle, conscient qu'elle détesterait ma réaction, mais mon instinct me poussait toujours à la réconforter. L'air réticent, elle me laissa cependant la prendre dans mes bras.

— Je te rattraperai. Toujours. Tu me fais confiance ?

— Je suis prête à te confier ma vie, dit-elle en posant son front contre mon torse nu et en me serrant fort. Est-ce que je dois le faire les yeux bandés la première fois ?

Vingt minutes plus tard, Vale se dirigeait enfin vers le bord de la falaise, le visage pâle et les jambes tremblantes alors qu'elle avançait aussi vite qu'une tortue. Une rafale inattendue l'obligea à se mettre à quatre pattes et le vent emporta ses larmes.

— *Je te rattraperai, petite Luxa. Je te le promets. Tu peux le faire.*

Même si elle ne pouvait pas m'entendre, j'espérais qu'elle comprendrait le message. Elle leva la tête et croisa mon regard comme si elle m'avait bien entendu. Prenant une profonde inspiration, elle se releva, la détermination gravée dans chaque ligne de son corps.

Et avant que je puisse dire autre chose, elle se jeta dans le vide.

J e réussis à atterrir avant qu'elle tourne de l'œil, mais il s'en fallut de peu. À proximité des chutes, elle se dégagea de mes griffes, le visage baigné de larmes.

—*Tout va bien, ma petite Luxa. T'es en sécurité.*

Elle laissa échapper un petit rire sans joie. Les embruns des chutes avaient presque instantanément trempé ses chausses et ses cheveux.

— Je ne comprends pas où tu vois que je suis en sécurité, Xavier.

J'eus l'impression d'halluciner. Venait-elle de me répondre ? Figé par le choc, mon esprit dut mettre les bouchées doubles pour comprendre.

—*Dis-moi que tu m'entends, Vale. Je t'en prie. Mes dieux, s'il vous plaît, faites que ce ne soit pas un hasard.*

—Bien sûr que je t'entends, confirma-t-elle en se

levant sur ses jambes tremblantes, le visage marqué par la confusion. Je t'ai entendu dans les cavernes. Je t'entends maintenant. Qu'est-ce qui te fait flipper ?

Ma métamorphose pour reprendre forme humaine fut douloureusement lente, mais j'acceptai toute cette souffrance et l'endurai pour pouvoir la serrer contre moi et la hisser dans mes bras. Je ne me souciais pas du fait que j'étais aussi nu qu'un nouveau-né ou que l'eau des chutes était presque glaciale. Je ne me préoccupais pas non plus de la sensation de faim et d'affaiblissement due à la rapidité de mes métamorphoses.

J'avais besoin de l'embrasser plus que de respirer.

Frôlant sa bouche avec la mienne, je capturai ses lèvres pulpeuses et charnues et la goûtai avec ma langue. Elle laissa échapper un petit soupir surpris, répondant à mon baiser comme elle l'avait fait à l'auberge, se laissant aller contre moi comme si elle n'allait jamais se détacher de moi pour respirer. C'était comme si je rentrais chez moi. Elle passa ses bras autour de mon cou, enroula ses jambes dans mon dos, et je voulus me perdre en elle.

Mes baisers dérivèrent vers son cou et je mordillai son pouls palpitant, désireux d'y apposer ma marque. Elle était aussi ma compagne, et le sentiment de paix que cela me procurait me mit presque à genoux.

— Xavier, gémit-elle d'un ton suppliant qui me

donna envie de la dévorer jusqu'à ce qu'elle crie mon nom. Qu'est-ce qui se passe ? Pourquoi...

J'avais encore besoin de me régaler de cette bouche. Je lui répondrais plus tard, j'avais juste besoin de quelques secondes supplémentaires.

Plus de baisers, plus de gémissements, plus de temps avec elle. J'en avais tellement besoin que j'ignorais si je serais capable de reprendre mon souffle. Passant la main entre nos deux corps, elle saisit ma bite dans son poing serré. Sa poigne n'était pas assez forte pour me faire mal, mais suffisante pour retenir toute mon attention.

Quand elle rompit le baiser, je laissai échapper un gémissement excité, mais je réussis à me concentrer sur elle.

— Xavier. Tu dois me répondre. Qu'est-ce qui se passe ?

Elle me caressa doucement en posant sa question, et je dus lutter contre l'envie de donner un coup de rein vers sa main. Mon Dieu, cette femme me menait vraiment par le bout du nez.

— Tu peux m'entendre, murmurai-je contre sa bouche en savourant le gémissement fiévreux qui lui échappa. Seuls les partenaires en sont capables. Comme tu entendais Kian et Idris, je pensais que je serais exclu pour le reste de ma vie. Toujours à te désirer, à avoir besoin de toi, sans jamais plus avoir ta lumière. Je pensais que...

Cette fois, ce fut son baiser qui m'interrompit. Et quand elle le rompit, je réalisai qu'elle m'appartenait, vraiment.

— Je pensais que tu t'en étais rendu compte dans la caverne, chuchota-t-elle, me serrant plus fort, plus près. Je n'ai jamais voulu que tu te sentes exclu. Après l'auberge, je me suis dit que tu ne voulais peut-être plus de moi. T'as gardé tes distances... J'aurais dû te poser la question.

Je l'agrippai plus fort et capturai ses lèvres à nouveau, avant de contourner le bassin d'eau chaude pour nous mener à la cabane cachée près de la rive. Un de ces jours, je la baiserais dans l'eau, je lécherais sa chatte enivrante sur le rivage, mais pour l'heure, elle avait besoin de se retrouver sans vêtements dans une cabane chauffée.

Je fis un geste de la main et les boucliers magiques nous enveloppèrent de leur protection alors que nous pénétrions dans l'unique havre de paix que je possédais loin du château. Ce n'était pas aussi luxueux ou confortable que mes quartiers, mais c'était calme et sûr. Une part de moi s'en voulait de ne pas l'avoir amenée là plus tôt. D'un claquement de doigts, j'allumai dans l'âtre un feu qui réchauffa la pièce presque instantanément.

Mais même si elle était de nature curieuse, elle voulait encore de mon corps. Elle se hâta de baisser les fermetures de sa tenue en cuir, qu'elle retira de ses bras, et je l'installai sur la petite table en bois pour l'aider à se débarrasser du reste. Chaque vêtement enlevé faisait durcir ma bite, décuplait mon excitation tandis que son parfum m'enveloppait et se mêlait au mien.

Le premier à partir fut son chemisier, qui révéla ses sublimes seins, plus volumineux que la dernière fois que je les avais vus. Je refermai mes lèvres sur ses tétons roses. Le gémissement que ce geste lui tira fit souffrir ma queue, et je fus envahi d'une envie presque irrésistible de la pousser à recommencer. Lorsqu'elle fut complètement nue, son cul parfait posé sur la table de ma cuisine, je décidai de lui préparer ma spécialité.

Agrippant ses hanches, je la tirai jusqu'au bord et m'agenouillai à ses pieds, puis calai ses jambes sveltes sur mes épaules.

—Ta saveur est gravée dans mon esprit, ma petite sorcière, dis-je d'une voix grave contre la peau de sa cuisse tandis que mes crocs s'allongeaient à mesure que mon besoin de la marquer grandissait. Je meurs d'envie d'y goûter à nouveau.

La première lampée fut divine, meilleure que dans mes souvenirs, qui d'ailleurs m'avaient permis de passer quelques nuits solitaires sans elle. Son parfum assaillit mon nez tandis que je léchais sa petite chatte lisse, dont la mouille enroba mes lèvres. Repliant ma langue autour de son clitoris, j'aspirai son petit bourgeon, et les sons qu'elle émit me rendirent complètement fou.

Je m'attelai à la faire crier, conscient de ce dont elle avait besoin. Suçant son clitoris jusqu'à ce qu'elle se tortille sur la table, je plongeai deux doigts dans sa chatte humide de désir. Cambrant les hanches, elle chevauchait mes doigts et mon visage en agrippant mes cheveux avec ses poings pendant qu'elle prenait son plaisir. Je recourbai mes doigts et en ajoutai un troisième pour l'étirer, la préparer à m'accueillir.

Ce petit orifice serré comprima mes doigts quand sa libération survint, et de la lumière jaillit de sa peau alors qu'elle surfait sur la vague de son orgasme.

Putain, elle était magnifique. Les yeux brillants, la peau rougie, les pointes de ses mamelons rosés si tendues qu'elles ressemblaient à des cailloux. Toute sa peau recouverte d'un scintillement doré, elle tendit la main vers moi pour me faire signe.

—*Prends-moi, Xavier. Baise-moi. Marque-moi. J'ai besoin de toi.*

Je ne savais pas si elle avait vraiment parlé ou si nos pouvoirs avaient fusionné nos esprits.

Ma magie répondit à la sienne, nous enveloppa

tous les deux de flammes bleues alors que mon désir me conduisait au bord de la folie. Nos pouvoirs s'enlacèrent, et je la hissai dans mes bras et traversai la pièce pour l'allonger sur le lit moelleux. Je ne perdis pas de temps, et écartai immédiatement ses cuisses pour guider ma bite entre ses plis lisses.

L'excitation la fit frissonner et son esprit m'appela.

— *S'il te plaît. Je serai sage, je te le promets. J'en ai besoin. J'ai besoin de toi.*

Je la pénétrai d'un mouvement brusque, ses supplications télépathiques me faisaient perdre la tête.

— Tu veux être une gentille fille, hein ? grognai-je avant de capturer son gémissement avec ma bouche et de lui voler un baiser. Montre-moi à quel point t'es mignonne.

Le regard brumeux, elle porta mes doigts à sa bouche, prit les trois que j'avais glissés en elle et les suça l'un après l'autre. Je ressentis ce mouvement de succion jusqu'à la base de ma bite, et je la baisai en même temps, tandis que sa chaleur me consumait totalement. Je devais lutter contre l'instinct de rut, contre l'envie bestiale de forniquer.

—La prochaine fois, je demanderai à Kian de baiser ta jolie bouche pendant que je suis dans ta petite chatte serrée. Ou mieux, je le laisserai baiser ton cul pendant que je te prendrai. Pour que tu sois remplie complètement, lui chuchotai-je à l'oreille, et ses gémissements m'indiquèrent qu'elle en avait envie, et même besoin.

Elle se resserra autour de ma verge lorsque les frissons de son premier orgasme la happèrent.

— Mais pour l'instant, t'es à moi, hein ? déclarai-je d'une voix grave en enlevant mes doigts de sa bouche pour les poser sur sa gorge. Dis-moi que tu m'appartiens.

La vibration de son gémissement descendit le long de mon bras et de ma colonne vertébrale jusqu'à contracter mes couilles.

—Je suis à toi, confirma-t-elle d'une voix plaintive, sur un ton qui me fit presque plonger.

Je m'éloignai d'elle, et sa magie réagit, s'abattit sur moi, me brûla presque. Bon sang, cela m'excita encore plus.

—*J'ai encore envie de toi. J'ai besoin de toi.*

Roulant sur le côté, je l'installai à califourchon sur moi, son cul appétissant entre mes mains, ses jambes de chaque côté de mon corps.

—Glisse-moi en toi, chérie, ordonnai-je en serrant les dents lorsqu'elle saisit ma bite, trop fiévreuse pour me taquiner.

Logeant le gland dans sa fente, elle s'abaissa lentement sur moi et écarquilla les yeux lorsqu'elle toucha le fond. La respiration saccadée, elle laissa échapper un gémissement passionné quand elle se mit à se déhancher pour m'emmener plus loin.

—*Tu parais tellement plus grande comme ça ! Je te remplis jusqu'au bout. C'est tellement bon !*

Tout en l'aidant à donner le rythme, j'agrippai sa tresse avec mon poing et fis basculer sa tête en arrière tandis que je m'enfonçais en elle. Au moment où je tirai sur ses cheveux, elle gémit d'une voix exquise, le cou exposé à mes dents. Mordillant sa gorge, le haut de ses seins, ses mamelons, je la pénétrai jusqu'à ce que ses jambes perdent leur force et que son orgasme soit si proche qu'elle se cramponne à mes épaules.

Alors, je me retirai à nouveau. Cette fois, sa magie me fouetta violemment, et après l'avoir retournée, je fessai son petit cul sexy en réponse.

Une fois.

Deux fois.

Trois fois. Sa chair devint rose et sensible. Quand je passai mes serres sur les empreintes en relief de mes mains, elle frémit et gémit.

— Tu ne jouis pas tant que je ne t'en donne pas l'autorisation, ma petite sorcière. Pas tant que tu ne m'auras pas supplié.

Après l'avoir mise à quatre pattes, j'enveloppai sa gorge de ma main et l'attirai vers moi pour l'empaler sur ma queue. Je la baisai à un rythme effréné jusqu'à l'abrutir tandis qu'elle griffait mes jambes, mes bras, tout ce qu'elle pouvait atteindre avec ses petits ongles émoussés.

—*Oh, mon Dieu ! S'il te plaît. Je ferais n'importe quoi. S'il te plaît, laisse-moi jouir.*

— Voilà. Putain, tu es tellement belle quand tu m'implores. Recommence.

J'aurais bien voulu faire durer les choses, mais son orgasme allait éclater. La sueur recouvrait sa peau, ses membres tremblaient, sa chatte aspirait ma bite en me serrant si fort que je crus en mourir.

— S'il te plaît, Xavier. Je...

Aussitôt qu'elle prononça mon nom, j'effleurai son clitoris avec mon pouce, et elle hurla, sa libération explosa si fort en elle que son pouvoir se déchaîna sur nous.

Mes crocs s'allongèrent tandis que sa magie appelait mon dragon et les guidait vers l'endroit où Kian l'avait marquée. Dès que je les plongeai dans sa peau, une nouvelle vague d'extase nous inonda. Son sang emplit ma bouche et nous noya tandis que nos magies se mélangeaient et s'entremêlaient, nous liant si étroitement que je ne savais plus où elle finissait et où je commençais.

La serrant contre moi, je me perdis dans le plaisir. Le temps et l'espace n'avaient plus aucune importance. Elle était la seule chose qui comptait. Je n'avais besoin ni de nourriture, ni d'eau, ni d'air. Je n'avais besoin ni du soleil ni de la lune. Elle était la seule chose importante à mes yeux.

Alors que notre magie nous liait l'un à l'autre, je réalisai que je ferais n'importe quoi, que je serais n'importe qui pour elle.

Je mentirais même, s'il le fallait.

Exténués, nous nous effondrâmes sur le lit et nous blottîmes l'un contre l'autre tandis que sa lumière dorée et mes flammes bleues se dissipaient enfin. Et lorsqu'elles disparurent, l'incertitude qui envahit mes entrailles m'incita à la serrer plus fort contre moi.

— Ils vont essayer de te tuer à nouveau demain, murmurai-je, la vérité transperçant la frénésie de notre plaisir.

Le conseil, Arden, la guilde. Elle était dans leur viseur, et je ne savais pas quoi faire pour la protéger, à part m'enfuir avec elle.

— Je ne battrai pas en retraite, chuchota-t-elle, ayant capté mes pensées.

La détermination remplaça l'incertitude.

—Alors, on doit s'assurer que t'es prête à les étonner.

CHAPITRE 24
VALE

Le conseil vint me chercher au milieu de la nuit.

Seule et recroquevillée dans le lit de Kian, je fixai la porte de la chambre fermée. La voix de Freya retentit à travers le bois alors qu'elle exigeait que le conseil attende que je sois habillée pour m'emmener.

— On n'a pas de comptes à vous rendre ! protesta Dorian, dont la voix traversait l'épaisse porte de bois.

— Eux non, mais *toi*, si, ma progéniture. Rappelle-toi à qui tu parles, Dorian, avant que je m'arrange pour t'empêcher de parler.

Freya avait pris une voix sinistre et redoutable pour jouer son rôle qui était tout aussi important que le mien.

— Il n'est pas convenable que vous entriez dans sa chambre...

— Dans celle du *général* vous voulez dire ?

Je ne savais pas qui avait eu le culot de faire une pareille remarque à Freya, mais le bruit déconcertant qui me parvint de l'autre côté de la porte ne fut pas du tout rassurant. Apparemment, un corps démembré venait de s'affaler sur le carrelage, mais je ne voulais pas vérifier.

— Quelqu'un d'autre veut porter atteinte à l'honneur de la duchesse, ou vous me permettez de l'habiller ? Vous oubliez qu'il y a toujours quelqu'un susceptible de prendre votre place au conseil, messieurs. De préférence, des gens avec un peu plus de jugeote que vous.

— *Rune ?*

J'avais exposé le plan à celui qui en constituait l'élément central, sachant qu'il pouvait échouer bien trop facilement.

—*Je suis prêt, ma Reine,* répondit-il d'une voix qui m'apporta du réconfort, preuve que nous pouvions y arriver.

—*J'ai peur. Et s'ils essaient de te confiner dans les cavernes ? S'ils essaient de te faire du mal...*

—*Ils ne peuvent pas. J'ai quitté le donjon il y a des heures.*

C'était un détail, mais il suffit à calmer mes nerfs.

Les possibilités de sabotage étaient infinies, et je regrettais que nous n'ayons pas plus de temps pour peaufiner le plan.

Durant les heures que j'avais passées avec Xavier, seule avec lui dans sa cabine, nous avions élaboré un plan d'action qui me permettrait de rester en vie. Le plus difficile ne serait pas de prétendre être surprise et effrayée à l'idée d'être isolée par une bande d'hommes probablement désireux de me tuer.

Non, le plus dur serait de s'assurer que Freya reste mon escorte. Il était impératif que j'aie quelqu'un de confiance à mes côtés pour que cela fonctionne. Cependant, cette partie dépendait moins de notre force de persuasion que des capacités de Freya à s'imposer et se faire obéir.

Mais elle était douée pour cela.

Lorsqu'elle ouvrit, elle remarqua la dague que je tenais à la main et me fit une petite moue, puis elle entra et verrouilla la porte d'un claquement de doigts.

— Allons te préparer.

Trente minutes plus tard, Freya et moi étions encadrés par onze des douze membres du conseil alors que nous traversions le couloir menant à la salle du trône. Le douzième avait dû se rendre à l'infirmerie pour qu'on remette ses intestins à l'intérieur de son corps, et je me demandais pourquoi Freya n'avait pas pu en éliminer quelques-uns de plus avant que nous nous engouffrions dans ce piège évident.

Elle m'avait aidée à enfiler une robe de combat, dont le cuir étonnamment chaud me couvrait entièrement du cou aux poignets et jusqu'aux chevilles. La robe était presque entièrement noire et son épais corsage en écailles me protégeait les côtes et le ventre. Mais ce n'était pas la seule protection que j'avais. Le dessous de mes bras et le haut de mes épaules étaient également couverts d'écailles, et le bas fendu de la robe cachait un pantalon de cuir robuste avec le même renforcement sur les cuisses.

La tenue était une version plus petite et plus élégante des chausses que la vampire portait habituellement, ce qui me donnait l'impression d'être presque prête à affronter tout ce qu'ils allaient nous faire subir. Toutefois, lorsque nous entrâmes dans la salle du trône, avec ses larges colonnes et ses voûtes géantes, une véritable crainte s'empara de moi et refusa de me quitter.

Idris était assis sur son trône, Kian et Xavier à ses côtés, et son expression était si fermée qu'on aurait dit qu'il s'armait contre moi.

—*Ce n'est qu'un masque, ma petite téméraire. Il n'y a pas de quoi s'inquiéter.*

Je m'effondrai presque de soulagement. Notre relation était précaire, mais une partie de moi continuait à croire qu'il tiendrait ses promesses, qu'il honorerait l'accord que nous avions conclu.

Idris se leva et, conformément au protocole, tout le monde s'agenouilla sauf moi. Le gros anneau que j'avais au doigt signifiait que j'étais la seule à pouvoir rester debout. J'inclinai la tête pour montrer ma déférence.

— L'heure de la deuxième épreuve a sonné. Comme toutes les épreuves, celle-ci restera secrète jusqu'à ce qu'elle ait lieu. Comme l'exige la coutume, tu auras les yeux bandés pendant le voyage afin de pouvoir aborder les événements de façon à réellement démontrer ton pouvoir et ton lien avec la lignée Ashbourne. *Tu peux le faire, Vale. Rune est avec toi. Moi aussi. Et personne ne te laissera surmonter ça toute seule.* Acceptes-tu de mettre à l'épreuve ta détermination, ton lien avec cette couronne et ta loyauté envers elle ? demanda-t-il.

Pendant une fraction de seconde, j'envisageai de refuser. Mon regard passa de lui à Kian, puis à Xavier, avant de revenir sur Kian.

Nyrah. N'oublie pas pour qui tu fais tout cela.

— Oui, murmurai-je, sans parvenir à dissimuler la peur que m'inspiraient les événements à venir.

Puis, sans un mot de plus, on me recouvrit les yeux d'un bandeau et l'épreuve commença.

* * *

Le trajet en calèche me parut durer des heures pendant lesquelles les ballotements dans tous les sens me donnèrent la nausée. Ou peut-être était-ce ma nervosité. Freya était assise à côté de moi sur la banquette, ses tentatives de me faire rire furent infructueuses, mais j'appréciai l'intention.

Lorsque nous nous arrêtâmes, le bruit familier des chutes m'indiqua que nous étions au bon endroit, mais lorsque je sentis des mains fermes m'arracher pratiquement du siège, je me dis que mon soulagement n'avait été que de courte durée.

Le bruit d'une épée dégainée me fit haleter. Paniquée, j'eu du mal à me retenir d'arracher mon bandeau.

— Touche-la encore une fois comme ça, Dorian, et je te prendrai tes mains et ta langue, l'avertit Freya d'une voix rauque. Avec une lame en argent, pour que rien ne puisse repousser.

— Vous n'êtes même pas censée être ici, grommela-t-il, avant de poser doucement la main sur mon épaule pour me guider vers le vacarme des chutes.

— Et alors que t'es censé traiter la promise du roi avec plus de respect que tu n'en accorderais à un sac de blé, voilà comment tu agis. C'est comme ça que t'as traité toutes les Luxas qui ont participé à la seconde épreuve ? Étant donné le mépris que tu manifestes publiquement à l'égard de Vale, est-ce que je dois m'interroger sur les circonstances dans lesquelles elles sont mortes ? Est-ce que je devrais encourager leurs parents et leurs familles à enquêter ? Ou ne vaudrait-il pas mieux pour toi que tu commences à la traiter avec respect ?

Dorian me stoppa, gentiment cette fois, et me fit tourner le corps vers la gauche, en direction des chutes.

— Jamais. Je veux autant que vous que cette malédiction soit brisée. Jamais je ne...

— Mouais, fit Freya, dont le sourcil, par sa position, semblait presque indiquer que la vampire se moquait de Dorian.

— Je m'excuse, Votre Grâce, soupira-t-il à la manière d'un martyr. J'oublie parfois ma force, et j'ai laissé mes préjugés sur la guilde entacher mes actions. Veuillez me pardonner.

Je me tournai vers lui, espérant qu'il verrait mon sourcil haussé. Je n'étais pas aussi douée que Freya, mais elle m'avait bien appris à me servir de cette expression.

— Je sais que vous ne m'aimez pas. Et je ne vous apprécie pas beaucoup non plus, à vrai dire. Mais on n'est pas obligés de s'aimer. Du moment que vous tenez sincèrement à Idris, tant que vous lui serez fidèle, vous pourrez me détester autant que vous le souhaiterez.

Une boule de lumière se forma dans ma paume et brilla suffisamment pour que je puisse la discerner à travers le bandeau. Elle était incroyablement chaude, tel un mini soleil, resplendissant comme un phare en plein jour.

— Mais si vous me touchez encore une fois sous le coup de la colère, Freya devra rassembler vos entrailles dans un sac de pommes de terre pour les renvoyer à votre famille parce qu'il ne restera rien de votre personne. Est-ce que c'est clair ?

Je l'entendis déglutir par-dessus le tumulte des chutes et je sentis sa main quitter mon bras comme si le cuir l'avait marqué au fer rouge.

— Très clair, Votre Grâce.

— Fantastique.

Je laissai la lumière s'éteindre en rappelant le pouvoir en moi avant d'en abuser. Ce n'était pas le moment de me mettre à saigner du nez et à m'évanouir, même si cela m'arrivait de moins en moins.

— Alors, allons-y. Qu'est-ce que je suis censée faire ici ?

— Je suis sûre que Freya vous a expliqué le déroulement de l'épreuve, répondit une voix familière, mais que je ne parvenais pas à restituer.

— Je n'ai rien fait de tel, Fenwick, ricana la vampire. Comme le dictent les consignes, je ne lui ai rien dit sur l'épreuve. C'est à vous de l'expliquer.

— Très bien, dit-il avant de faire claquer sa langue familièrement tout en prenant un air exaspéré qui aurait presque semblé comique si nous n'avions pas été au milieu d'une épreuve dans laquelle il fallait défier la mort. Votre Grâce, Duchesse Isolde Vale Ténébris, Dame de Shadowmere, Porteuse de Lumière, Briseuse de Malédiction, Grande Luxa de Tarrasca, cette épreuve, comme l'a dit le Roi Idris, vise à tester votre lien avec la lignée Ashbourne. Plus précisément, votre lien télépathique avec le dragon connu sous le nom de Rune. Pour réussir, vous devez l'appeler à vous pendant que vous avancez.

— *Je suis déjà au-dessus de toi, ma Reine. Mais l'aube arrive bientôt. Je ne pourrai plus me cacher dans les nuages très longtemps.*

En entendant sa voix dans ma tête, je faillis m'affaler de soulagement, mais je redressai le dos.

— Et ?

Je connaissais la suite, mais ses instructions semblaient un peu succinctes pour quelqu'un d'aussi soucieux des détails. L'homme avait presque semblé furieux à l'idée d'achever son parchemin de Ténébris...

Oh. *Oh, merde.*

Nous nous attendions à ce que Dorian soit l'élément indésirable. Il avait pratiquement salivé à l'idée de nous accompagner dans la calèche pour s'assurer que l'épreuve se déroulerait selon ses critères et que personne ne m'ait indiqué ma mission à l'avance. Mais d'après Freya, personne n'aimait Dorian, ni le roi, ni les mages, ni les Faës. Il avait peu d'amis, sauf dans la communauté des vampires, où il était vénéré, et il ignorait tout de mon nom souverain.

Mais Fenwick, avec ses parchemins et ses connexions aux mages...

Fenwick, *si*.

— Vous ne devez pas enlever votre bandeau ni vous arrêter de marcher. Pour accomplir cette tâche, vous devez faire en sorte que le dragon connu sous le nom de Rune vous empêche de basculer vers les chutes ou vous rattrape si vous tombez.

Faisant une moue, j'enlevai mon bandeau et soutins son regard pâle et larmoyant.

— Ça ressemble à un lent suicide.

Le vieux membre du conseil s'appuya de tout son poids sur sa canne, son cher parchemin serré dans son poing. Son expression laissait paraître sa surprise, mais elle n'avait rien d'authentique, ce qui me permit de confirmer que mon calcul était juste.

— Qu'est-ce que vous faites ? bafouilla Dorian. L'épreuve est censée se dérouler les yeux bandés. Ce sont les règles.

Les règles ?

— Et combien de femmes sont mortes en

suivant aveuglément vos règles ? rétorquai-je en posant mon regard sur le mage, dont les yeux avaient pris un aspect laiteux que je connaissais bien. Quel était votre plan exactement ? demandai-je en penchant la tête sur le côté et en dégainant la dague qui était fixée à ma cuisse. Me briser le cou pendant que j'ai le dos tourné ? Me poignarder dans le dos ? Ou simplement espérer que je ne pourrais pas parler à Rune et que je basculerais dans le vide ?

— J... je ne sais pas de quoi vous parlez, répondit-il en reculant et en laissant tomber un court instant son masque de stupéfaction tandis qu'il regardait Freya et Dorian. De quoi elle parle ?

— Depuis mon arrivée ici, j'ai déjà été poignardée, propulsée à travers une porte en verre et presque empoisonnée, et je dois admettre que vous avez plutôt bien couvert vos traces. Mais vous n'auriez pas dû citer mon nom souverain, Fen.

Freya fixa le membre du conseil comme s'il s'agissait d'un spécimen dans une éprouvette, ses yeux bleus virèrent au rouge tandis que des veines écarlates remontaient le long de son cou. Ses ongles noircirent à mesure que ses griffes s'allongeaient en pointes diaboliques.

— Qu'est-ce que t'as fait ?

Dorian secoua la tête. Pas parce qu'il refusait de

coopérer, mais parce qu'il semblait incrédule devant Fenwick et le parchemin que le mage agrippait.

— Ça fait deux cents ans que t'interprètes les parchemins. Personne d'autre que toi ne les a touchés.

Je savais que le vampire était plus intelligent qu'il n'y paraissait.

— Arden a toujours été ton préféré, murmura Freya. Ton élève. Depuis combien de temps t'es son espion ?

Un pouvoir d'un noir intense sembla jaillir des pores de Fenwick, tandis qu'une odeur de mort et de pourriture assaillait mes narines.

Freya et Dorian s'interposèrent comme des gardes du corps entre Fenwick et moi, tandis qu'il levait les mains vers le ciel. Puis il les abattit, et sa magie déferla comme un raz-de-marée qui nous fit tous tomber. Un cercle parfait fragmenta la terre autour de nous alors que des corps s'extirpaient du sol en rampant, chacun à différents stades de décomposition. À en juger par leurs robes, ils appartenaient tous à des femmes, et en voyant les lumières dorées qui brillaient au niveau de leurs ventres, je devinai qui et ce qu'elles étaient.

C'était déjà assez pénible d'être coincée au sommet d'une satanée falaise. Et à présent, je devais affronter un truc pareil ?

— Freya, combien de Luxas sont mortes sur cette montagne ?

— Treize, me précisa-t-elle en tournant un regard inquiet vers moi avant de se reconcentrer sur l'assemblée de sorcières réanimées.

Ouep, c'était exactement la réponse que je voulais entendre.

Avec ses yeux laiteux, Fenwick se tenait à l'orée du cercle des morts-vivants et ses tourbillons de magie noire aspiraient leur lumière. Il amassait du pouvoir – le volait plutôt – et son ricanement sinistre me glaça le sang.

— Deux cents ans, et vous ne vous êtes jamais douté de rien ? dit-il en faisant à nouveau claquer sa langue avec sa mimique de bon grand-père, qui prenait à présent un tour maléfique. Pas une seule Luxa n'a survécu aux épreuves ? Elles n'étaient sûrement pas toutes assez abruties pour se jeter du haut d'une falaise. Et pourtant, ça n'a fait sourciller personne. Vous m'avez vraiment facilité la tâche.

Il agita le parchemin en l'air.

— Tout ça parce que vous ne vouliez pas lire un bout de papier.

Mais au fil de son petit monologue, la voix de Fenwick avait changé, prenant un ton plus grave, car son imposture avait été révélée au grand jour. Cette voix, c'était celle qui hantait mes rêves.

Tu mourras comme toutes les sorcières avant toi, et quand ta sœur atteindra l'âge adulte, on la tuera aussi.

Il parlait comme l'assassin qui avait tenté de me tuer et avait failli réussir. Mais plus encore, il me faisait penser à Arden. On aurait dit que le chef de la guilde s'exprimait par le biais de sa bouche. Et quand je compris à qui il ressemblait vraiment, je fus temporairement frappée de cécité alors que ma vision quittait le sommet de la montagne.

Comme si je regardais au travers des yeux de Kian, je vis les membres du conseil presser des dagues en *Lumentium* contre sa gorge, et le métal griller sa peau. Les poignets enchaînés, il se débattait, mais c'était une bataille perdue d'avance.

Le décor changea, et ce fut Xavier, le visage dans la terre, une lance constituée du même métal inhibiteur de magie plantée à la base de sa colonne vertébrale.

Puis ce fut au tour d'Idris, qui regardait ses deux plus proches amis se faire arrêter alors qu'il restait immobile tandis qu'une dague était dirigée vers son cœur. La pointe brûlante de la lame perfora sa peau à travers ses vêtements de cuir. Et tous les membres du conseil étaient enveloppés de la même magie noire que celle qui ruisselait du bout des doigts de Fenwick.

Ce n'était pas une épreuve qui m'était destinée. C'était un véritable coup d'État.

— *Rune* ! criai-je dans ma tête. *Ils ont besoin de toi.*

Je retrouvai ma vision alors qu'une boule de feu transperçait le ciel et que le dragon rouge se rapprochait.

— *Toi encore plus que les autres, ma Reine.*

Les sorcières avancèrent alors vers nous, rétrécissant le cercle dans lequel nous étions piégés, tandis que Fenwick s'esclaffait d'une voix joyeuse.

— Leur détresse te plaît, Vale ? Tu aimes voir leurs souffrances à travers leurs yeux ? Tes compagnons sont tout aussi acculés que toi, sauf que lorsqu'ils mourront, tu ressentiras chaque seconde de leur douleur. Dieux, j'adore les liens entre partenaires. Dommage que le tien doive entraîner ta perte.

Les ténèbres masquèrent presque l'aube naissante alors que le pouvoir de Fenwick se déversait dans le ciel.

— Considère ceci comme ma démission officielle. Il est temps de couronner un nouveau roi.

Freya jeta un coup d'œil par-dessus son épaule vers le bord de la falaise, intégrant les paroles de Fenwick comme je l'avais déjà fait. Nous devions sortir de ce cercle, nous devions retourner au pied de la montagne et dissoudre ce conseil de merde une fois pour toutes.

Freya serra sa lame dans une main et en lança une semblable à Dorian. Le vampire sembla stupéfait que son aïeule lui donne une arme, étant donné le coup d'État dans lequel il s'était involontairement retrouvé.

— Ne me le fais pas regretter.

Après avoir échangé un signe de tête, ils s'attaquèrent aux sorcières qui nous entouraient. Freya fut la première à agir, visant la lumière dorée émanant du torse d'une Luxa, dont le pouvoir se déversa comme d'une blessure de guerre de sa cage thoracique mutilée. Aussitôt que la lame l'atteignit, la magie de la Luxa se déchaîna et forma en représailles un dôme dont la sorcière morte constituait le centre. La lueur dorée infectée par la magie noire frappa Freya comme le poing d'un géant.

La vampire fut projetée en arrière et atterrit sur le dos, sa peau marbrée et brûlée par le pouvoir crépitant. Le cuir de ses vêtements carbonisé, la peau rouge et à vif, la vampire reprit son souffle en clignant des yeux vers le ciel, l'air effrayé.

Ce n'était pas seulement un cercle de sorcières, c'était une prison.

Dorian n'avait même pas remarqué la défaite immédiate de Freya. Il était trop occupé à cisailler les jambes de la seule sorcière dont le corps était presque intact, mais ses coups ne changeaient rien, si ce n'était de réduire sa taille. C'était la magie de la Luxa qui avait calciné Freya, pas les sorcières elles-mêmes.

Ce qui signifiait que je pouvais peut-être riposter.

— Recule, Dorian ! hurlai-je, malgré le dragon qui, dans ma tête, me rugissait d'arrêter.

Je laissai mon pouvoir monter en puissance en moi jusqu'à ce qu'il jaillisse de ma poitrine pour créer un dôme de lumière dorée qui enveloppa Freya et Dorian, puis se heurta à la barrière des sorcières.

Aussitôt que mon pouvoir les atteignit, j'eus l'impression d'être frappée par la foudre. Mon corps brûla, s'embrasa, se consuma de l'intérieur, me faisant hurler. Je souffrais, oui, mais ce n'était pas tout. Il y avait aussi les ténèbres. Comme la lame d'un couteau, elles déchirèrent mon être et je sombrai dans l'agonie.

— *Arrête, ma Reine. Ce n'est pas la bonne solution. Tu vas être réduite en cendres. Tu brûles déjà.*

Et il avait raison. J'endurais toute cette douleur, et pourtant, elles ne bougeaient pas d'un pouce. Bien au contraire, elles gagnaient du terrain et me mettaient presque à genoux.

— *Je ne peux pas rester les bras croisés pendant que le Conseil leur fait du mal.*

— *Ils peuvent se débrouiller tout seuls. Pense à toi et sors de ce cercle.*

— *J'essaie.*

Les pupilles laiteuses de Fenwick croisèrent mes yeux à travers la brume, et son regard devint noir avant de prendre l'or des iris d'Arden. Le chef de la guilde manifestait sa présence par le biais des yeux du vieux mage.

— Je t'avais bien dit que tu brûlerais. Ce n'est pas comme ça que j'avais prévu les choses, mais je dois admettre que c'est encore plus savoureux que de te voir attachée à un pilori.

— Et. Je. T'ai. Dit. Que. Tu. Tomberais. Avec. Moi.

Sur ces mots, je désactivai le dôme et optai pour une approche plus ciblée. Je m'étais toujours bien débrouillée avec les flèches, n'est-ce pas ? Durant toutes les leçons que j'avais suivies avec Xavier, nous n'avions jamais réussi à me faire utiliser mon pouvoir de façon naturelle, sans recourir à la rage que j'avais en moi.

Inspirant profondément, j'ignorai les sorcières qui se rapprochaient. Je mis de côté la douleur, le brasier que je ressentais dans mes entrailles, ma peau qui se consumait dans l'air froid. J'oubliai tout, sauf la façon de former une flèche magique. J'imaginai alors le visage de Nyrah dans ma tête. L'image changea et je vis Xavier au sol, une lance visant sa colonne vertébrale, Kian avec une lame sous la gorge, et Idris saignant à cause de la pointe d'une dague empoisonnée qui faisait pression sur sa poitrine.

La rage étouffa les flammes de la douleur en alimentant mon pouvoir. Je formai une flèche magique parfaite, ne visant ni les sorcières ni la barrière, mais Fenwick lui-même. L'ancien mage n'était qu'une simple marionnette au service d'Arden.

Et lorsque l'éclair eut traversé la barrière tel un couteau chaud s'enfonçant dans du beurre, je savourai le moment où il transperça l'épaule de Fenwick. Le choc bouleversa son visage juste avant qu'il se retrouve projeté en arrière, plaqué contre les rochers escarpés du rivage.

Mais les sorcières qui nous entouraient ne tombèrent pas inanimées. Sans leur cercle, elles commencèrent à avancer, s'approchant de nous comme si elles défendaient leur maître. Freya enfonça une lame dans le cou de l'une d'entre elles et lui trancha la tête avant de passer à la suivante. La première sorcière s'effondra et forma un tas d'os et de chair en décomposition.

Pendant une seconde, je ressentis une lueur d'espoir, mais soudain, je sentis des mains en putréfaction me soulever et me plaquer au sol avec suffisamment de force pour m'assommer. Mes oreilles sifflèrent tandis que la chair en décomposition visait ma poitrine, mais avant que la Luxa puisse me toucher, l'épée de Dorian lui découpa le haut du crâne.

Le vampire me remit vivement debout, me plaça

derrière lui et s'interposa entre une autre Luxa et moi.

— Si vous avez l'intention d'appeler ce dragon, Votre Grâce, c'est le moment.

— *Je suis en dehors de ce foutu cercle.*

— *Oh, je sais*, grogna-t-il. *Je suis à ta droite.*

J'eus à peine le temps de tourner la tête que des écailles rouges surgirent de derrière la montagne. Serres sorties, il saisit deux cadavres de Luxas dans ses griffes et les réduisit en bouillie.

Ravalant un rire surpris, je me concentrai sur la marionnette d'Arden. N'ayant plus sa canne, il rampa jusqu'au parchemin qu'il serrait si fort auparavant tandis que son sang noirci s'écoulait de sa blessure à l'épaule. Il se retourna vers moi, et ses yeux dorés brillèrent sous l'effet de son pouvoir alors qu'il se reconcentrait sur le document.

De la magie maléfique ruissela du bout de ses doigts et enflamma le parchemin tandis qu'il se mettait à rire entre deux toux grasses qui tachèrent ses lèvres de sang. Le ricanement sinistre et hystérique s'amplifia pendant que le papier se flétrissait au milieu des flammes noires.

— Bonne chance pour trouver comment briser la malédiction maintenant.

L'effroi inonda mon ventre alors que cette voix se mêlait à celles de tant d'autres. Le pouvoir d'Arden flamboyait tandis que le corps de Fenwick commençait à se décomposer.

— Tu penses qu'on n'est pas là depuis le début ? Tu penses que cette agitation n'est qu'un hasard, qu'on ne l'a pas suscitée pas à pas ? La magie n'est pas seulement en train de mourir... On la fait disparaître, une Luxa à la fois. La guerre arrive, petite. Elle sera là plus tôt que tu ne le penses. Et ce lien incomplet entre partenaires ne sauvera aucun d'entre vous. Surtout pas ta petite sœur.

Sur ce, il plongea la main dans sa cape et en sortit un orbe palpitant de magie violette.

— Si mon petit pantin doit mourir ici, il me fera au moins la faveur de t'emmener avec lui. De toute façon, il a fait son temps.

L'orbe pulsa plus rapidement, un léger tic-tac filtra à travers le verre comme s'il s'agissait d'un décompte.

Me retournant en vitesse, je projetai une vague de magie qui éjecta Freya et Dorian vers les chutes, espérant qu'ils atterriraient sains et saufs dans l'eau du bassin.

— *Rune, j'espère que t'es prêt à me rattraper parce que je vais faire un truc vraiment stupide.*

Le tic-tac s'intensifia et accéléra, le temps défilait à toute vitesse, et j'étais incapable de suivre. Je m'élançai à fond, sprintant vers le précipice que j'espérais ne jamais revoir de ma vie.

— *Ma Reine. Attends !*

Mais il était trop tard. Mon temps était écoulé.

Mes pieds atteignirent le bord bien avant que je me sente prête, et je priai Orrus pour qu'il se montre magnanime et me fasse subir une mort rapide.

Pour la deuxième fois en moins de vingt-quatre heures, je me jetai d'une falaise, mais cette fois, je ne savais pas si quelqu'un allait me rattraper.

Des écailles rouge sang me heurtèrent l'épaule au moment où j'atterris sur le dos géant de Rune.

—*Tiens bon* ! rugit-il, vrillant sur lui-même dans l'air alors que le sol semblait se précipiter à notre rencontre.

Je glissai et m'accrochai de justesse aux épines visqueuses alors que la gravité menaçait de m'emporter. Le vent me fouetta les yeux, puis nous nous écrasâmes par terre et l'impact brutal me força à lâcher prise. Je fus propulsée dans les airs, ce qui m'arracha un cri avant que ses énormes serres me cueillent en plein vol et me plaquent contre son poitrail.

La gorge nouée, je m'accrochai à ses griffes, luttant pour me retenir de vomir.

—*Tu saignes*, murmura Rune dans ma tête.

Ou peut-être qu'il n'avait pas murmuré, car mes oreilles sifflaient et le monde était flou.

— Je m'en fiche. Laisse-moi descendre pour que je puisse les rejoindre, affirmai-je d'une voix rauque qui semblait être le fantôme de ce qu'elle avait été.

Rune me posa doucement, mais je m'écroulai immédiatement sur le sol et mes mains agrippèrent la neige gelée alors que mon corps se consumait. Trop chaude, trop serrée, ma tenue de cuir m'étouffait. J'en déchirai les attaches et remplis mes poumons de l'air glacial dès que je fus libérée.

Me relevant en titubant, je lançai un regard noir aux membres du conseil qui menaçaient mes hommes avec le *Lumentium*. Je retroussai les lèvres et mon pouvoir jaillit, lançant une vague protectrice pour les repousser. Puis je tombai à genoux. J'eus à peine le temps de les voir finir leur chute que Freya et Dorian s'extirpèrent de l'eau avec leurs épées dégainées, prêts à se battre.

Je toussai, et les gouttes rouges qui éclaboussèrent la neige m'indiquèrent que j'étais dans le pétrin.

Le monde autour de moi scintilla et s'estompa tandis que je tentais de me remettre debout.

— *Ma Reine ?*

— Est-ce qu'ils sont vivants ? Est-ce que je suis arrivée à temps ?

Je sentis des mains puissantes me ramasser dans

la neige et j'aperçus les cheveux blancs de Xavier avant qu'une lance de magie curative me force presque à courber le dos en décuplant ma douleur.

—*Pas cette fois, bon sang. Vous ne pouvez pas me la voler,* rugit Xavier dans ma tête, ce qui me réconforta malgré la tristesse que je sentais en lui.

Le monde bascula et vacilla, mais je perçus tout de même les éclats de lames qui s'entrechoquaient tandis que les rugissements de deux dragons ébranlaient ma poitrine. Les membres du conseil perdirent leurs armes alors que Kian et Rune les encerclaient à la manière de prédateurs.

J'ai réussi. Ils sont sains et saufs. J'ai réussi.

—Reste avec moi, Vale, ordonna Xavier, et je voulus l'écouter.

Vraiment.

Mais mon corps était lourd et j'étais si fatiguée ! Il arracha le reste de mon corsage en cuir, ne laissant qu'une fine camisole de soie pour protéger le haut de mon corps. De la neige grésilla contre ma peau lorsqu'il me reposa sur le sol, puis je sentis sa main brûlante se plaquer contre mon ventre.

Un pouvoir saisissant envahit à nouveau mon être, me faisant hurler de cette violente agonie alors même qu'il soignait mes poumons, mes organes et mon cœur. Ses yeux brillaient tandis que ses longs cheveux blancs flottaient autour de sa tête. Son nez se mit à saigner et de la sueur perla sur son front.

—*Je ne te perdrai pas, Vale. Tu resteras avec moi quoi qu'il en coûte. Je ne te regarderai pas mourir.*

—Je vais bien, le rassurai-je en tendant la main vers son visage pour toucher sa joue. Je suis en vie.

—Tu crachais du sang, répondit-il, les yeux brûlants de reproche. T'as failli te consumer.

Il n'avait pas tort, mais j'avais dû faire face à l'urgence de la situation.

— Aide-moi à me relever.

Le rugissement d'un dragon nous figea un instant avant qu'il m'arrache à la neige. Serrée contre son torse, je le laissai m'emmener à l'exécution improvisée des hommes avides de pouvoir.

Des tourbillons noirs de magie emplissaient leurs bouches, leurs yeux, leurs visages qui alternaient entre leur état normal et leur état diabolique.

— Tu peux les voir ? Tu vois la magie ? chuchotai-je, ne voulant pour rien au monde les approcher.

Ils paraissaient presque aussi malfaisants que les cadavres des Luxas sur la falaise.

—Quelle magie ? aboya Idris, dont la fureur marquait tous les traits de son visage.

Mon regard se porta sur Freya, parce qu'elle voyait la même chose que moi.

—La magie noire, ils puisent dans les Luxas mortes. Comme Fenwick. Comme Arden.

Peut-être était-ce parce que nous avions été affectées par leur magie, mais même Dorian les contemplait avec des yeux effrayés comme s'il n'avait jamais vu quelque chose d'aussi horrible de sa longue vie.

—Ils en sont couverts, confirma Freya en acquiesçant. Ça les empoisonne de l'intérieur.

— Comme s'ils pourrissaient, chuchota Dorian avant de se couvrir la bouche et le nez comme s'il allait rendre son petit déjeuner.

Idris se redressa de toute sa hauteur, le torse ensanglanté, le regard dur.

—Je n'ai pas besoin d'en entendre plus. Pour le crime de haute trahison envers la couronne, vous êtes par la présente condamnés à la mort par le feu du dragon.

Son regard se porta sur les quatre membres restants du conseil.

— Des objections ?

Les hommes inclinés secouèrent la tête, mais je savais que le royaume était encore infesté.

Un autre rugissement ébranla la terre tandis que Rune et Kian engloutissaient leurs ténèbres dans les flammes. Et le plus troublant ?

Les membres condamnés du conseil ne crièrent même pas.

LA CHAMBRE D'IDRIS ÉTAIT LE SEUL ENDROIT où je me sentais en sécurité, et ce grâce aux boucliers protecteurs de Briar. Freya et Dorian étaient assis à la table à manger, leurs coupes remplies de sang, tandis que, enveloppée d'une couverture, j'étais installée sur une grande chaise confortable. À ma gauche, Kian se trouvait par terre, jouant avec les pointes de ma tresse, tandis que Xavier était posé sur le divan, sa main ne quittant pas ma cheville.

Même Rune était à proximité, perché sur la tourelle comme un pigeon obèse.

—*Retire ce que t'as dit. Je suis, au minimum, un aigle ou un faucon si t'insistes pour me comparer à des oiseaux.*

Je gloussai dans le vin que je buvais, mon quatrième verre de la soirée. J'avais l'intention d'en vider très vite un tonneau entier.

Idris cessa de faire les cent pas, et ses yeux brillèrent un instant juste avant qu'un bref sourire se dessine sur ses lèvres. Je sentais sa présence dans mon esprit, où il lisait mes émotions comme il l'avait fait maintes et maintes fois ces dernières heures. Kian, Xavier et Rune le faisaient aussi, et je commençais à m'y habituer. J'envisagerais de mettre un terme à leur curiosité une fois que mon agitation se serait dissipée, mais pour l'instant, cela les apaisait.

Pendant que Freya, Dorian et moi étions sur la falaise, le véritable coup d'État s'était déroulé au pied des chutes. Un mur de magie noire érigé par Fenwick les avait empêchés tous les trois de me rejoindre, et cela les avait tous effrayés.

Personnellement, j'essayais tant bien que mal de ne pas paniquer. Plus de la moitié des membres du conseil étaient morts, soit de leur propre main, dans le cas de Fenwick, soit parce qu'ils avaient été exécutés. Étonnamment, Dorian avait été un bon gars. Le parchemin que Fenwick transportait avait disparu, et nous ignorions comment briser la malédiction. Oh ! Et presque toutes les personnes auxquelles je tenais avaient failli être tuées, sans oublier qu'une guerre se préparait.

Ce n'était pas fini.

Loin de là.

— Redis-moi ce qu'il a dit, demanda Idris, dont l'immobilité ne contribuait guère à me calmer.

— Elle te l'a déjà répété trois fois, dit Freya dans sa coupe. La malédiction est liée à l'achèvement de la connexion entre les partenaires. C'est à peu près tout. À part « la guerre approche », on ne sait rien d'autre.

Mais il avait besoin de l'entendre, même si je ne voulais pas revenir dessus.

—Il a dit qu'ils étaient là depuis longtemps. Qu'ils divisaient ce royaume depuis le début. Et que la magie s'étiole avec chaque cadavre de Luxa. Il vous a menacé, Nyrah et toi...

— Vous devez avancer le mariage, murmura Kian. Le plus tôt sera le mieux. Renforcez le lien et voyez si ça aide à briser la malédiction. Dans le cas contraire, si la guerre approche, tu vas avoir besoin d'un niveau de protection maximal. Un titre royal pourra te l'offrir. Je ne le pensais pas au moment des fiançailles, mais ils hésitaient encore à faire du mal à Idris même lorsque tu te battais pour ta vie là-haut.

Mais ils n'avaient pas hésité à mon sujet. Ils avaient hésité à le tuer, mais j'avais été de la chair à canon pour eux.

— Et tu crois qu'un titre me sauvera ? rétorquai-je en fixant ses yeux ambrés et flamboyants.

Son hochement de tête fut presque imperceptible, mais je le remarquai.

— *Xavier ?*

— La cérémonie doit être publique et grandiose, déclara-t-il en serrant ma cheville dans sa main. Invite les habitants de la ville. Organise une fête. Ils ont besoin de te voir, de t'aimer.

Je tournai mon regard vers Idris. Ses yeux étaient

remplis d'espoir, mais aussi de détermination. Il était d'accord avec eux.

— Je ne peux pas faire plus tôt que dix jours, une semaine au mieux, dit Freya, l'air songeur.

Je levai ma coupe et avalai le reste de mon vin.

— *C'est mieux ainsi, ma Reine,* murmura Rune d'un ton doux que je ne lui avais jamais entendu.

Il m'avait toujours surnommée « sa Reine », et bientôt, ce serait plus que vrai.

— Alors, faisons-le, murmurai-je, les yeux fixés sur mes genoux tandis que je réorganisais ma vie dans ma tête.

Lorsque j'avais accepté la proposition d'Idris, je n'avais jamais vraiment imaginé l'épouser. C'était une idée lointaine, un fruit de l'imagination, une simple vue de l'esprit qui ne deviendrait jamais réalité.

Et à présent, nous allions nous marier dans une semaine.

Je ne l'avais pas vu venir.

Pas du tout.

— Je crois que je vais avoir besoin de plus de vin.

Merci beaucoup d'avoir lu **Ailes ruinées**. *Je ne sais pas comment vous expliquer à quel point j'aime Vale, Kian, Xavier et Idris, ainsi que leur bande d'amis. Et leur histoire n'est pas encore tout à fait terminée !*

*Dans le prochain livre, **Braises volées**, les folles manigances des métamorphes dragons vous attendent. J'espère que vous êtes prêts à voir Vale et ses partenaires faire face au lien créé par le destin, à la guerre qui s'annonce et à la malédiction qui enchaîne leur roi !*

*Si vous voulez lire une scène NSFW supprimée d'**Ailes ruinées**, tournez la page ! J'espère que vous l'apprécierez !*

SCÈNE BONUS

Chères lectrices, chers lecteurs,

J'espère que vous avez apprécié *Ailes ruinées*. Vale, Kian, Xavier et Idris occupent une place très spéciale dans mon cœur, et je suis absolument ravie que vous en sachiez plus sur eux.

Je vous ajoute une scène très spéciale destinée à un public averti pour vous remercier de votre lecture. Vous n'avez qu'à cliquer sur le lien ci-dessous, vous inscrire à ma newsletter, et vous recevrez un e-mail vous donnant accès à cette scène !

https://geni.us/Ailesruinees-bonus

BRAISES VOLÉES

Flammes Brisées Tome Deux

Porteuse de Lumière. Briseuse de Malédiction.
Reine... *si elle parvient à vivre jusque-là.*

Vale Ténébris n'a jamais eu l'intention d'honorer le pacte conclu avec la Bête maudite qu'est le roi. Elle ne s'attendait pas non plus à tomber amoureuse des métamorphes dragons qui lui ont sauvé la vie. Mais lorsque l'impitoyable Guilde s'introduit dans le royaume, la sorcière se retrouve piégée entre la menace d'une guerre et la promesse qu'elle n'a jamais voulu tenir.

Alors que le royaume est à deux doigts d'être annihilé et qu'une guerre se profile à l'horizon, Vale doit découvrir les secrets que renferme l'ancienne malédiction si elle ne veut pas perdre pour toujours les hommes qu'elle aime.
Et elle ne pourra y parvenir qu'en maîtrisant la magie tumultueuse qui risque de la dévorer.

Bref, ce n'est pas comme si elle avait la pression.

**Braises volées *est une romantasy explosive avec des dragons s'inscrivant dans l'univers* Flammes Brisées. *Vous y retrouverez trois métamorphes dangereusement séduisants et hautement protecteurs qui feront tout pour veiller sur leur femme. Réservé aux adultes. Réservé à un public averti.* **

Pré-commandez votre exemplaire dès aujourd'hui

À PROPOS DE L'AUTEUR

Annie Anderson est l'autrice de la série à succès international *Rogue Ethereal*. Ancienne membre de l'US Air Force, Annie écrit des romans de fantasy au rythme effréné, peuplés d'héroïnes fortes et pleines de mordant, sans oublier une bonne dose de magie.

Quand elle ne tape pas furieusement sur son clavier, on peut la trouver en train de binge-watcher *The Magicians*, flirter avec son mari, gérer ses enfants, ou encore soudoyer ses chiens grincheux pour les faire sortir en promenade.

Pour en savoir plus sur Annie et ses livres, rendez-vous sur

www.annieande.com

facebook.com/AuthorAnnieAnderson

instagram.com/AnnieAnde

amazon.com/author/annieande

bookbub.com/authors/annie-anderson

goodreads.com/AnnieAnde

pinterest.com/annieande

tiktok.com/@authorannieanderson